魍魎

較莫一一的

金仔蹄仔

荷名

刮之枋

台語日常

胡撇仔戲

哺豆仔魚

四方眼

抔

跤捏

手

天狗熱

無錢剪布

揀

烏面玉

大縣

料小

粉紅色小屋

台南生活

麩奶甲

拍納涼

光批

孵金婆

Tâi Gí guân-lâi

台語原來是這樣 2

Sī án-ne

台南生活的台語日常。

大頤 著

柔香 繪

粉紅色小屋

推薦序

煉製台語的解毒大補丸

黃震南（藏書家）

　　2019 年，我同時承接了兩個台語轉譯的審訂工作：一是世界名著《小王子》的台語版，由旅港作家蔡雅菁翻譯，交由我進行用字遣詞的審訂；另一樣則是「台灣好色」的《黃音出古》老色情黑膠唱片復刻計畫，由收藏家林太崴提供、曾郡秋初稿，將逐字稿交由我閱聽審核。那年夏天，我上午看小王子勸我「上蓋重要的物件，用目睭是看袂著的」，下午則戴耳機將音量調到最大，仔細聽著半世紀以前的男女怎麼用口語描述性行為。精神分裂之最，莫過於此。

　　兩個工作都是台語轉譯的審訂，但性質非常不同：「黃音出古」是繼承，把半世紀以前黑膠上的台語口白逐字化為文字，把過去的詞彙找回來；《小王子》是創作，思考如何將台語進行文化的轉換，把異國風情帶到讀者面前。語言要薪傳下去，繼承與創新都要同步並行。而我讀《台語原來是這樣》時，也有同樣的感覺。

　　《台語原來是這樣》收錄了種種道地的老詞彙，讓讀者初識或複習了許多台語的用法。例如「烏囹玉」、「使態」、「臭濁」，都是極為道地，我曾經知道卻幾乎忘了使用的詞；而「有字」、「鐵骨仔生」、「若卵」

等則是我不曾聽聞的用法。前者這種「聽了知道意思，但自己不會主動講」的語詞，在語言學上稱為「被動語彙」，基本上是語詞瀕臨滅亡的徵兆；連聽都沒聽過的後者，對我而言等於是「死話」。但是沒有關係，今天我們讀了《台語原來是這樣》，「死話」也能「死而復生」。

其實只要翻翻《台日大辭典》，這種等待「復生」的「死話」比比皆是。然而《台語原來是這樣》並不是像《台日大辭典》的工具書，它除了介紹語彙，更結合作者「粉紅色小屋」的生活經驗，成為極富生活趣味的散文，散文中又經常旁及其他語彙或知識。例如〈歹聲嗽〉這篇，語詞的意思是「形容人說話的口氣、態度不好或粗暴」，但文章卻從台南的「點心擔」（瞧，又多學一個語詞）講起，點心擔賣什麼呢？作者介紹給你聽：肉燥、米糕、米粉炒、豬血湯、鱔魚意麵、麻油豬心，這些點心會用「生理碗」裝盛......最後再告訴你，不少點心擔的老闆都滿有個性的，有些老闆有點「歹聲嗽」，成為口耳相傳的特色云云。最後再用一整段文字介紹「歹聲嗽」的語源、意思以及延伸語詞「肺火叫」，整篇文章知性與感性兼具，不但讓讀者學到多種語詞，也讓讀者恨不得訂車票，馬上去台南進行一趟美食朝聖，親耳聽聽性格的老闆「歹聲嗽」一下。

這本書除了是優美的散文、高密度的語料庫之外，最特別也讓人激賞的是附錄了許多自創的「新名詞」。例如「公主病」、「瘋傳」、「浴缸」、「去角質乳」怎麼講？看看粉紅色小屋的說法，或許能讓你會心一笑。

有人批評台語之所以會衰落，是因為跟不上現代詞彙的腳步。事實上這是一種「用結果推結論」的謬誤。台語在日治末期開始受到當權者限制，換了政府卻依然沒有鬆綁，直到戒嚴結束，約有五十年的斷層與汙名化，元氣大傷，要迎頭趕上日新月異的現代語彙確實氣喘吁吁。但

是粉紅色小屋做了非常好的示範，斷層就由我們這一代來彌補，汙名就由《台語原來是這樣》這樣的精良出版品來破解。

　　台灣有多元的文化，造就了豐富的語言層次和種類，像是水果總匯千層蛋糕一樣，混搭卻美味。我最後舉一個從台語工作者恆春兮那裡聽到的童謠做結尾，這個童謠便是本書專文介紹到的「烏囡玉」。恆春兮說他小時候的玩伴會唱「oo i sioo，『史可法，是個是個洋娃娃，每一個孩子』loo kái siooh！」雙引號中的字是以華語發音。開頭的「oo i sioo」其實就是「烏囡玉」，但是「烏囡玉」為什麼會跟「史可法」扯上關係呢？原來是「是個啥」的訛音啦！於是，變成台語的日語「烏囡玉」，與中國的古人「史可法」、華語「洋娃娃」一起出現，最後又與日語中做工的呼喊「ごかいちょう」連結，真是太有趣了。這種新舊時代的文化融合之美，值得未來更多創作者繼續挖掘、衍生。

人人大聲講，台語向前行

又仁（全方位創作藝人）

　　兩年前，我開始在公視台語台主持節目《逐工一句》，但觀眾們可能不曉得，起初我根本不知道什麼是七聲八調，甚至連羅馬字都不會看。在接到節目主持邀約時，內心經歷一番波濤洶湧的小劇場——沒錯，台語是我的母語，是我小時候常說的語言。但接到邀約的當下，我的腦中開始回想多年來在台北生活、演出，別說十年了，一年就好，平時說台語的頻率是多少？上一次大量說台語也是因為劇場演出吧？我真的要接下這個具教學性質的節目嗎？

　　「啥物攏毋驚！」

　　一時之間，腦中冒出這句林強《向前走》的歌詞（後來我也知道台語正字寫成「向前行」），當時的我就衝了。從最一開始，我就跟製作夥伴們說，無論是錄影的劇本或任何參考資料，都請讓我直接閱讀台語文。我在節目主持初期試錄階段，都會趁著工作空檔閱讀台語書籍、學看羅馬字，並盡速向顧問老師們請教聲調和符號，以便能更順暢地閱讀劇本，甚至能自己做筆記。每次錄影就是六集的台詞量，有些詞語甚至平時極少使用，而我必須在錄影日前全部消化。現場顧問老師也會在錄影時修正我說錯的台詞、變調等等，我得立即修正，再透過角色狀態順

暢地演出。這個挑戰壓力不小，但是無比開心啊。

日後，我能用台語文寫些文章，也養成隨時看到詞語便打開軟體、查詢辭典的習慣，並開始運用在自己的創作上，那是一種將最親切的事物找回來的幸福感。

這樣的幸福感，在我閱讀《台語原來是這樣》第二集時也深深地感受到。太棒了！我在閱讀這本書的時候，一直被大郎頭、禾日香的文筆與插圖萌到，讓我整個人從頭到尾都充滿愉悅的粉紅泡泡，帶著微笑讀完，我想這就是粉紅色小屋的魔力。

《台語原來是這樣2》延續第一集的寫法，每篇文章都會透過豐富的圖文介紹一個台語詞彙，進而帶出作者從生活裡、生命中所見所聞的體會，甚至是這些詞彙的歷史與背景。像是這本書最一開始就提及現今科技時代的許多新詞，當我邊讀邊充滿興趣地想著還有什麼例子時，沒想到幾頁後便有整面的可愛圖文總整理。當我看到除溼機有「水吸（tsuí-khip）」的說法，後面註釋寫說「將動作『吸』置於後方，成為專有名詞」。這讓我想到《逐工一句》其中一位顧問老師周定邦曾告訴我，台語有許多詞彙的組成就是這樣，將動詞放在名詞後面，就會成為一個專有名詞。老師說完我便問，我愛吃的「白菜滷」就是如此對吧，他笑說：「足巧--ê，無毋著！」（很聰明，沒有錯！）

兩年前，我也因為對泰國影視作品的好奇，去學了泰語。我的老師除了教泰語，更會補充滿滿的泰國文化與歷史。每次我總是邊聽課邊想到自己主持台語節目、推廣台語的過程，再度意識到語言對於文化延續與傳承的重要性。

如同本書其中一篇提到，作者大郎頭有天帶著家裡的巴哥溜逗桑到巴克禮公園散步，看見溜逗桑狂奔時喊出了「咧『猴傱籠』矣！」，一旁經過一位四十多歲的太太很驚訝，跟大郎頭說她過去也曾聽長輩說過

這個詞，之後很長一段時間就沒有再聽過，現在卻在作者嘴裡「復活」了。大郎頭很有感觸地說：「即使這個詞很有可能和成長過程中的各種經驗或情感連結在一起，但因為遺忘了，那個詞也不見了，語言所包含、承載的這段記憶也就被抽離了。」我反覆咀嚼這篇文字想著，是啊，語言消失，文化也將漸漸逝去。

　　台灣有太多美麗的語言，如同這本書中記載許多詞彙背後，都有其根源值得我們探究、保留，也還有太多事物等著我們挖掘並創造，讓我們攜手繼續將這些文化延續下去吧。

自序

　　喝下最後一口牛肉湯，雖然有點涼了，但是還是非常甘甜。趁著口中還有餘香，我們偷偷地把剛剛聽隔壁桌客人所講的台語詞彙記下來——沒錯，這本書所蒐集的台語詞彙，都是我們在台南聽到的。至於新創的台語詞彙，則是我們在台南生活的日常當中，所激發出的靈感。

　　台南是個遊玩、工作、戀愛的好所在。但我們覺得，台南更是一個聆聽台語的聖地。我從出生、求學、當兵、結婚到工作，都沒離開過台南，而 Phang Phang 則是攻讀研究所時，才開始被台南緊緊拉住、紮根台南。她常說：「攏台南啦！」沒錯，是台南讓她學會了台語，了解怎麼品嘗道地的小吃，怎麼欣賞巷弄之間的悠閒，怎麼愛上廟宇剪黏藝術的精緻之美，以及歷史古蹟和老建築。這些瑣碎細微的事物，都因為台語而緊緊地扣在一起，進而向外蔓延，成為一種對台灣每一處的好奇與疼惜。

　　2015 年，我們出版了第一本書《台語原來是這樣》，裡面所收錄的詞彙都是 Phang Phang 學習台語的筆記。這些筆記的內容隨著時間而增加，成為我們的第二本作品《鯤島計畫》，它是十篇共享世界觀的短篇小說集，融入十種不同主題的台語詞彙，故事的時空背景雖有不同，但地點都發生在台南，對我而言是非常燒腦的創作過程。一方面要安排故事情節，二方面又要顧及在行文中加入的系列台語詞彙，算是半實驗型的小說型式。

在這個歷程中，我們也不斷在生活中記錄所聽到並覺得有趣的台語詞彙，同時也察覺到，有些華語的新詞彙目前在台語好像沒有固定或對應的說法，譬如吸塵器、空氣粉餅等物件名詞，或是厭世、爆雷、情緒勒索等等流行語。所以我們開始創作新詞的全新階段，成為《台語原來是這樣 2》的主題。

在本書中，我們以桃紅色的套色字表示新創詞彙，這些詞都是我們經過長時間的討論，選擇貼近華語原本意思，但又很有台語味道的講法，說得順、意思也算通。最重要的是，說給高齡九十多歲的阿公聽，他也可以多少理解我們想要表達的意思。或許有些讀者對本書所收錄的新創台語詞有不同的意見或自己的想像，那也是我們最樂見的情況──因為這代表台語的討論是活絡的，如同這幾年的台語創作，無論任何形式都有越來越「豐沛」的趨勢，彷彿在牛肉湯店，老闆突然為你冷掉的湯碗再次加滿熱湯，食慾又再度被打開的感覺。台語的命運好像也是這樣，經歷了不同時代的波折，但因為台灣人與台語人之間的情感，源源不絕地又注入了「熱湯」。

這幾年，我們也因為台語結識了許多同樣也以台語創作，或是研究台灣文史的前輩與同好，很感謝大家在各層面給予我們的幫助，更感謝幫我們贊聲及寫推薦序的前輩。回顧本書的創作歷程，有的篇章初寫時，台南美術館才剛開始動工，到現在已經落成開幕多時了，如今回頭校稿、修改文章中的這類細節時，才驚覺台南近幾年有了許多改變及發展。這些變化與成長，不只是執行單位的努力，也需要眾多市民的支持，就像台語以及台灣其他本土語言與文化，都需要靠大家的參與，在不同面向依自己的所長發展。哪怕只是分享一張台語圖文，或是聽一首台語歌，觀賞各類影視作品，甚至在日常生活中用台語說了一句話，無形之中都在累積能量。

我們覺得台語跟台南很像。台南或許不是台灣最先進的第一大城市，但他一方面保有舊時的美好，帶一點樸實的美感，一方面也一點一滴、慢慢地在轉變。我們會持續觀察、記錄著生活中聽到的台語詞彙，並不時激發出新的台語創新詞。希望未來，這些創意能成為每個人的日常，激發更多台語的討論和使用。

作者 **Da Lang**
繪者 **Phang Phang**　2020 年 12 月於台南

台語原來是這樣2

台南生活的台語日常

目次

[01] 擴充台語硬碟
較莫--ê

羅馬字 khah mài--ê
釋義 最好是這樣，少來了。

　　有聽過「較莫--ê」嗎？

　　若寫成全漢字，應該會是「較莫--的」，羅馬字為 khah mài--ê，華語諧音「咖麥ㄟ」，有點像是發語詞，類似「最好是這樣啦！」的意思。譬如我跟Phang Phang說，想要戒掉手搖飲料，她就可以說：「較莫--ê！我無相信。」

　　生為土生土長的台南人，日常一直處於「雙語」穿插的環境，這種狀態對我來說是非常自然的。但學生時代認識 Phang Phang 的時候，當時的她幾乎聽不懂台語，她是因為某天在台南一間牛肉現炒老店，聽到帶位的阿姨說了一句表達感謝之意的「勞力！」之後，使她大為驚艷，從此開始學習台語。這也讓我意識到，原以為稀鬆平常的台語詞彙，在似懂非懂的人聽起來，是這麼「奇巧」。因此，為了讓她能更快吸收台語，我每教一個詞彙，便會順道帶入一件趣事或其他相關的詞彙，漸漸地，開啟了我們整理、收集台語詞彙之路。

　　儘管我們彼此會要求盡量以台語對話，但多少會夾雜一些華語。好比一句：「我欲坐『捷運』去『小巨蛋』看展覽。」越是新的詞彙，就越容易棄守台語，直接用華語唸出，這其中還牽涉到詞彙使用頻率的習慣，進而影響說話順暢度。又比如我們上電台接受

一六

訪問時，主持人臨時考我們「耳機」的台語怎麼講，其實耳機當然可以就字面直翻，但當下一時緊張，還是讓我遲疑了一陣子才回答出「耳機」（hīnn-ki）二字。原本因為遲疑、不夠流暢，連自己也覺得像在「硬翻」，有些心虛。但回頭看字典收錄「耳機」也是 hīnn-ki 直翻，一切都只是習慣問題。

這時候，想起上電台前，爸媽聽到我們打算要「全台語」時，阿母說了一句口頭禪：「較莫--ê！恁真正有法度？」爸則是在一旁偷笑。直到我們走出電台，又想起了這句「較莫--ê！」，不由得會心一笑。

「較莫--ê！」跟英文的「Come on!」發音接近，甚至語意也差不多。阿母在說這句「較莫--ê！」時，只差沒有搖頭晃腦、比著手勢。如果今天把她換成美國影集裡的媽媽，大概也會這樣說「Come on!」吧？說不定這句「較莫--ê！」跟英語「Come on!」還真的有關？畢竟無論是戰前日治時期，或是戰後美國文化在台灣，外來語都確實對台灣的語言產生影響，或許也因此埋下了這句「較莫--ê！」的伏筆也不一定。

只是不曉得，現在還有多少人聽過或記得這句「較莫--ê！」呢？搞不好還會以為這是新發明的詞哩！或許有些人會覺得把英文跟台語聯想在一起有點突兀，但若是兩種語言的慣用者說起來，應該一點也無違和。像是前陣子聽到一首新加坡饒舌歌手ShiGGa Shay的作品〈Paiseh〉，意思就是台語的「歹勢」，他在MV當中選用的漢字也很講究，並非單純的諧音字，而是寫著大大的「怕羞」二字，以英語、新加坡福建話、華語所創作，其中副歌為：「We don't really care, buay paiseh. Look at my hair, buay paiseh. You gotta get it to let it get mended. Get money and spend it, buay paiseh.」這段歌詞反覆出現的「buay paiseh」就是「袂歹勢」，透過他的詮釋，兩種語言融合得非常諧調。ShiGGa Shay其他類似作品還有〈LimPeh〉、〈Lion City Kia〉、〈Last Warning〉，都有這種將語言融合的創作手法。聽過他的音樂後，不免又讓我聯想到「較莫--ê！」跟英語「Come on!」，或許在某個時空下的台灣，有一個以台語、英語兩種語言做為慣用語的創作環境，那應該也會產生許多類似的作品吧？

那次電台行後沒多久，回到台南受邀參加座談。那次座談令人印象深刻，因為會中有讀者提出該如何以台語說出跟電腦知識相關的詞彙。現場講到了「硬碟」這個詞，從字面直翻爲 ngē-tiàp 固然沒問題，字典也如此收錄，但眾人在問答之間的轉換稍有停頓，直譯唸出，難免會讓人有一種不輪轉且生硬的感覺。加上先前被問到「耳機」的記憶猶新，於是我們便試著轉個彎來翻譯，索性以「電腦碟」或「空間」來替代。當然這不是很好的替代，但在當下如此換句話說，語速沒多做停頓，倒也順暢。

「硬碟」是否該用 ngē-tiàp 來直譯呢？又或者應該另創一個新的詞彙？這是個很好的問題，而我們也在討論這個問題的過程中，體會到自己還有許多要學習的，這顆「台語硬碟」尚有諸多空間待填充，無怪乎我們的口頭禪仍是那句老話：「原來是這樣！」

因此，我們在這本書中，會介紹一些我們自創的台語新名詞，這些都是我們覺得講起來最順，又最符合意義的說法。如果大家覺得這些說法講起來很順的話，歡迎一起來多講這些新詞，讓台語可以更加生活化。

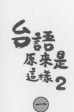

驚驚袂著等

羅馬字 Kiann-kiann bē tiȯrh/tiȯh tíng.
釋　義 凡事猶豫不決，必然坐失良機。

　　台語圖文創作是我們生活的一部分。目前，我們在台南開店面做生意，也一直持續著。

　　店面的地址選在我小時候成長的老家，有一種回到自己根本的期許，以「顧自己的根、孵家己的本」做爲精神。開店後，加上第一本書的推波助瀾，認識了一些在地的文史愛好者，也因此意外得知此處在日治時期原是台南「競馬場」的所在。根據美軍過去爲了軍事目的而繪製的地圖，以及後來周邊的空拍圖來判斷，競馬場涵蓋的範圍很廣闊，而我們店鋪的位置恰好就是當時的馬廄。現在當然景物已非，完全沒有「競馬場」的影子了，但我卻不時想像外頭競馬奔騰與汽機車夾雜的古今疊影。想到這裡，待在曾經是馬廄的店內顯得安靜，便眞的有股「養精蓄銳」的氣氛。

　　「競馬場」就跟台語一樣，平常不開啓這個話題，它好像就被擺在另一個世界的保險櫃裡，但只要誰一開口，很常會有意外的收穫。比如說，我們得知競馬場的歷史後，就在店裡特別標示，寫著「這裡的所在是過去的競馬場馬廄位置」，因此曾有客人跟我們表示，確實聽老一輩說過這裡曾經是「走馬場」（tsáu-bé-tiônn）。原來「競馬場」的台語是這樣說啊？這讓我不禁聯想到跑馬燈的台語「走馬燈」（tsáu-bé-ting），若是由空中往下俯瞰，在「走馬場」跑道上奔馳

的馬匹，確實宛若「走馬燈」一樣閃耀著。

我們的店裡有一面牆，上面貼著《台語原來是這樣》的圖像作品，有人覺得這樣的台語圖文有趣，但還是很常被問：「爲什麼要學台語？」

事實上，講母語應該是理所當然的事，或許提問者的母語不是台語，而是其他語言。如果是這樣的話，「爲什麼要學台語？」這件事，或許也就跟「爲什麼要學其他語言？」是一樣的道理——我們可能因爲某首歌或某部影視作品而愛上這個語言。

譬如我和 Phang Phang 就是因爲港劇，而意外開始了試著聽學粵語的過程。甚至在更早之前，一首叫做〈無賴〉的粵語歌，讓我突然對粵語產生一種「音頻相通」的感覺，多少對粵語產生了興趣。這就好像有人會因爲日本動漫而產生學習日語的動力一樣，所以是不是母語，倒也不是學習語言的必然關係。

幾年前，在因緣際會之下，我們開始了回顧及整理台語圖文創作的奇妙旅程。坦白講，當時我們全然憑著一股傻勁，也就是台語說的「戇膽」（gōng-tánn），靠著記憶不斷統整，把小時候聽過的、自己覺得趣味的種種詞彙陸續歸位建檔，就像是替每一個在生命歷程中出現的詞彙，找到一個屬於它們的定位。

可是這樣的創作會有人喜歡嗎？只是單純分享這些詞彙能夠引起共鳴嗎？在創作的路途中，除了免不了的質疑外，自我的猶豫也是難免。

後來我跟 Phang Phang 說：「驚驚袂著等，先嘗試看看吧。」豈料她第一次聽到這句話時，竟然聽成「驚驚會著等」，天啊！這是兩種截然不同的意思耶！不過台語倒也不是沒有這種說法，通常

我們是會說「愈驚愈著」（jú-kiann-jú-tiȯh），意味著「越怕越中」，類似所謂的「吸引力法則」吧？可見我們的上一輩老早就發現了這種定律也不一定喔？

　　回到「驚驚袂著等」（kiann-kiann bē tiȯh tíng），這句話的意思是，凡事猶豫不決，導致最後坐失良機。其實人難免有惰性，習慣待在舒適圈，希望可以與眾不同，卻又害怕改變，我們的創作之路也是選擇了邊做邊嘗試、邊嘗試邊修正的方式，現在回過頭來思考，如果很多事情都先擔心起來放的話，那麼永遠都無法向前走了。如同學騎腳踏車，起步時，總會害怕摔倒，但其實只要鼓起勇氣踩上腳踏板、讓輪子轉動起來，就能逐漸掌握平衡、獨立行駛了。所以心中若有懷抱什麼目標，「免驚啦！去做啦！」就對了。

台語應去民起源

烏囝玉
oo　gín　gio̍k

[03] 優雅的微笑
烏囡玉

羅馬字 ▶ oo-gín-giȯk（お人形）
釋　義 ▶ 人偶、娃娃。

　　台南人應該都知道去「沙卡里巴」食「點心」是什麼意思，「沙卡里巴」是以前台南小吃聚集的地方，但這個詞其實源自日語的「盛り場」（sakariba），泛指鬧區，由此可見其繁榮的盛況。現在的「沙卡里巴」指的則是中正路的康樂市場內部，在那裡仍可吃到經典的府城點心「棺材板」、「鱔魚意麵」、「鼎邊趖」（tiánn-pinn-sôr）等等。記得第一次帶 Phang Phang 吃這幾道台南小吃時，我們討論起這些小吃的名稱，「棺材板」看外觀倒能猜出為什麼會如此命名，倒是「鼎邊趖」讓她感到非常好奇。

　　台語的「鼎」（tiánn）是指鍋子，至於「趖」（sôr）的原意是指遊蕩、閒晃。如果照字面來解釋，「鼎邊趖」就真的是在「鼎」邊「趖」，也就是將麵糊在鍋邊翻滾後，成為一片又一片的薄片，與鍋鼎邂逅而不長時間逗留，卻能產生難以忘懷的滋味。仔細想想，是很浪漫的命名方式。

　　這種浪漫的想法和感覺，很容易在台南吃小吃的時候萌芽。例如在前往品嘗「鼎邊趖」的路上，總有機會看到擋風玻璃前掛滿「烏囡玉」的公車經過。這時總會有個浪漫的想法，認為只要湊滿幾次這樣的風景，那我們應該一生再也離不開台南了。

　　又有一次，我們在回程的路上碰巧看到一輛垃圾車經過，但特

別的是，垃圾車頂後端塞滿了大大小小的「烏囡玉」，當下帶給我們相當大的衝擊。因爲這些「烏囡玉」雖然都面帶微笑，但他們偏偏都是被主人丟棄的，主人若看到這些居高臨下微笑著的「烏囡玉」時，不知道心裡會有什麼感覺？

　　「烏囡玉」是源於日語的台語外來詞，語源爲「お人形」（oningyoo）。我從小以爲這個語詞是符合這三個漢字意義的台語固有詞彙，因爲「烏」（oo）是黑的意思，正好符合台灣人黑頭髮、黑色瞳孔的外表，而「囡」（gín）則是孩子的意思，「玉」（giȯk）正如字面所示，給人珍貴的聯想。於是乎，一旦講到這個詞，彷彿便能看到一個有著黑溜溜大眼睛、如翠玉般的孩童端坐在眼前。這美麗的誤會一直存在於我的記憶中，完全沒有想到會是外來詞。

　　後來知道「お人形」已經是好久以後的事了。原來日語的「人形」意指人形般的玩偶，正如字面上的意思，有著擬人化的造型跟外貌，當然也包括日本的人形娃娃。日治時期，台灣已有玻璃彈珠、尪仔標、紙娃娃、塑膠製娃娃等玩具，如此回過頭來看「烏囡玉」的存在，做爲日治時期遺留下來的語言痕跡，似乎也不足爲奇了。甚至我的阿母到現在都還會以「烏囡玉」來形容外貌可愛的女生，譬如說：「這位查某囡仔，生做足成烏囡玉呢。」

　　台語中有許多日語外來詞，譬如「病院」、「便所」、「注文」等等都是，但我們不唸日語音，而是以台語音直接讀出漢字。像病院的台語是 pēnn-īnn，而非日語 byoin；而本文提及的「烏囡玉」也是台語音，而非日語音的「お人形」，否則我就不會多年來都無法聯想到是外來語了。

　　如果不說外來語，台語其實也有稱呼人形玩偶的說法，那就是

「尪仔」（ang-á）或「柴頭尪仔」（tshâ-thâu-ang-á）。若是動物布偶類，像是熊熊或狗狗的布偶，則可以說是「布尪仔」。不過，若是單純要形容人的面容像是娃娃般袖珍可愛，或許還是用「烏囡玉」感覺更生動吧？這也顯示出台語當中的外來語的珍貴之處。畢竟講「烏囡玉」的感覺或評價似乎比較正面，但若說「尪仔」，好像會讓人聯想為樣板人物，比如說「柴頭尪仔」是指木頭人，幾乎是截然不同的語感。

這有點像是以「洋娃娃」形容人的五官精緻袖珍，但卻鮮少有人會用「公仔」來形容人的長相一樣。而且「公仔」一詞，事實上也是將粵語的「公仔」（gūng-jái）二字以華語音讀出來的外來語彙。不過這並非意味著什麼詞可用、什麼詞不應該用。如果我們能清楚分辨「洋娃娃」跟「公仔」的差別，並以此反思台語，就可以清楚明白「烏囡玉」跟「尪仔」都有其存在的必要和使用情境。語言是活的，也與記憶的連結有關。

小時候，我常跟阿母一起搭乘興南客運回麻豆的阿公家、外公家，那時只要坐在興南客運總站內，就會給我一種很安心的感覺。當時總站內有個雜貨店鋪，上面擺滿了布袋戲偶，阿母在那買了一個給我，我坐在從麻豆回台南的公車路上，第一次擁有了屬於自己的布袋戲偶。或許是因為如此，看到公車擋風玻璃前擺滿了「烏囡玉」，又在回程的路上偶然看到垃圾車後方擺滿了被遺棄但始終微笑著的「烏囡玉」時，無論是這些台語詞彙或是這一切，喚起的都是深植在腦中的印象與記憶。

看著那些垃圾車頂擺滿的，被丟棄的「烏囡玉」，那些髒髒的臉卻依然天真的笑容，突然覺得他們宛如被拋棄的母語，即使被丟棄了，面對著你，它還是保持優雅的微笑。

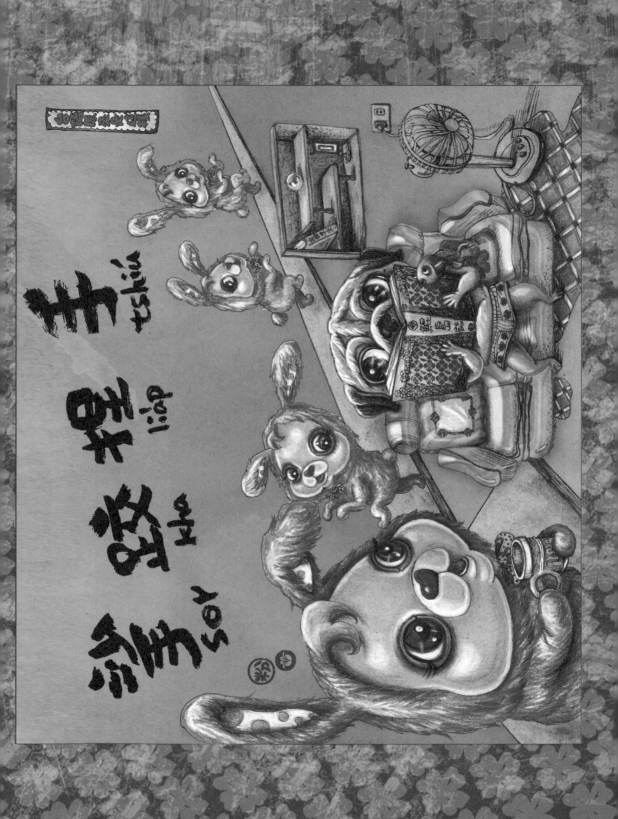

[04] 捏手還是拎茶
挲跤捏手

羅馬字 sor/so-kha-liap-tshiú

釋義 摩拳擦掌。

　　一位在關廟種鳳梨的達人私訊找我們，他說有一件事跟台語有關，希望能當面跟我們講才清楚。

　　久聞關廟腔的台語極有特色，不禁先想起高中時曾聽過家住茄萣的同學講台語，那種茄萣腔總會在說話的時候加上一個語助詞「搭」（tah），譬如：「我特別來揣你 tah ！」這是擺在句尾的用法，但也能擺在話頭，譬如：「Tah 是欲按怎辦？」這樣「搭」來「搭」去的口音，讓我印象深刻。

　　關廟腔跟茄萣腔一樣，也極具在地特色，能有機會多聽、多了解其他有趣的台語腔調，簡直如獲至寶。於是我們便答應了這送上門來的關廟腔台語，約好時間地點，期待當天見面。

　　果然不負期待，這位鳳梨達人的關廟腔台語的特色真是鮮明。譬如「菜市場」（tshài-tshī-á），關廟腔說 sài-tshī-á；「紅菜」（âng-tshài），關廟腔說 âng-sài ，諧音「翁婿」（ang-sài），成了丈夫的意思。巴不得可以親耳聽到這些特別的詞彙，我繼續問：「恁閣有啥物詞，是關廟腔講起來較特別的詞？」

　　他笑說：「阮家己講，哪會感覺有啥特別？」

　　說的也是，「特別」或「差異」是相對、比較出來的，如果身處在同樣腔調的環境中，這些所聽所聞確實再普通不過。反倒是我

自己的腔調，若跑進了關廟腔的環境，對他們而言才是「特別」的腔調，想到這點，不禁覺得自己剛剛陷入了本位主義的迷思。

　　我轉念一想，與其大海撈針地問，倒不如天南地北多聊一點，或許會有意外的發現。結果我們莫名聊到「摩拳擦掌」怎麼說的時候，還真找到了不一樣的答案。

　　「摩拳擦掌」的台語是「挲跤捏手」（sor-kha-liap-tshiú），當形容一個人準備做什麼事情時，就會用到這個詞，而且通常是「悄悄進行」某事的氣氛或語境才會用。「挲」本身有撫摸、搓揉的意思，就字面上來看，很直接明瞭地描述了搓腳捏手的樣貌，其實更有蓄勢待發的感覺。

　　「挲跤捏手」還有另一個同義詞，據這位關廟網友所述，他們家會講「挲跤拎茶」（sor-kha-lîng-tê），字面上差異更大。一個是捏手，一個則是拿著茶杯，用不同的語彙形容同一件事。如果以台語跟華語來類比這種情況，我想到的是「母雞帶小雞」，這個大家都普遍知道的說法，如果轉換成台語，會說是「鴨母𤆬鴨咪仔」（ah-bó tshuā ah-bî-á），「鴨母」是母鴨，「𤆬」是帶領、引領之意，至於「鴨咪仔」則是小鴨的意思，整句直翻就是「母鴨帶小鴨」。意義相近的句子，卻分別用雞與鴨來形容，這種差異讓人印象非常深刻。

　　提到「雞」，我們更常舉公雞和母雞台、華講法不同，構詞顛倒的例子。公雞的台語會說成「雞公」，「母雞」就是「雞母」。那麼換一種動物，如果是「公鴨」又要怎麼說呢？台語會說成「鴨公」嗎？在此，我們來分享幾個台南人的說法。

　　「公鴨」的台語，台南人的答案是「鴨觕」（ah-kak），這個「觕」泛指雄性家禽，所以套用在公雞上叫「雞觕」也是可以的。這也是

為什麼小孩的學步車會叫「雞觡仔車」（ke-kak-á-tshia），那是因為最傳統的學步車上面有許多小公雞的木頭裝飾，小時候不曉得，還以為是木頭學步車會發出咖咖聲，才會讀做 ke-kak-á-tshia 呢！

另外，小公鴨還有另一種說法，叫做「鴨雄仔」（ah-hîng-á），通常又引申為變聲期男生說話的聲音，叫做「鴨雄仔聲」。和華語的「變聲期」相比，實在是傳神多了。

小鴨可以說成「鴨雄仔」，但小雞比較單純，就只稱為「雞仔囝」，所以那句「母雞帶小雞」翻成台語會變成「雞母悉雞仔囝」。而母雞除了「雞母」以外，也有另一個稱呼，那就是還沒下蛋的「雞母」，叫做「雞健仔」（ke-nuā-á）。

至於「鴨母」，有一句相關的諺語這麼說：「鴨母喙罔叨。」（Ah-bó-tshuì bóng lo.）「叨」是指家禽叨、啄的動作，這句話就跟現在普遍會說的「無魚蝦嘛好」意思一樣，但有趣的是，沒聽過有人把「鴨母」換掉，變成「雞母喙罔叨」、「鵝母喙罔叨」。是不是因為台語講「鴨母悉鴨咪仔」，母鴨都忙著帶小鴨，所以特別忙著覓食、叨食物的原因呢？

在這些俗諺語當中，可以發現每種動物各司其職，都有專屬的說法跟形容詞對應著。以前發明這些詞彙或諺語的人若上節目，應該可以打上「專職生活觀察家」的頭銜吧！同一個詞彙，在不同的地方有不同的講法，可能因為腔調的差異，也可能是觀察事物的角度不同，所以詮釋的方式也不同。日常中一些看似微不足道的事，仔細研究觀察後，拼湊出來的點點滴滴，也是很饒富趣味的。

[05] 現在站在哪裡
徛名

羅馬字 khiā-miâ
釋 義 落款、署名。

　　某天接到一通來電，電話那一頭的中年人說：「阮是某某單位，有一寡理念議題，想欲和咱店家來討論。」接著就開始宣傳一些理念。我原本沒有太多興趣，不過他講了一句話，倒是引起我的注意：「恁若是認同，會使交一寡有全款理念的團體、店家做伙『徛名』。」

　　「徛名」（khiā-miâ）有兩個意思，一是指傳統字畫的落款題字，二是在文件上「署名」。從字面上來說，「徛名」的「徛」本身是「站立」的意思，但也指物體設置在某處，登記註明的狀態。譬如書畫作品，每一幅「徛名」的韻味都有點不同，根據字體、架構、形式與位置，雖是簽名題字，但在畫面中看起來，也確實是獨立的個體，有其所見不同的特色。

　　記得小時候某次跟阿爸外出，遇到他以前的老同學，那位老同學說：「這馬是徛佗位？」乍聽會以為他是在問目前的狀態，我們「站在哪」。但事實上，這句「站在哪裡」的「徛佗位」是問我們目前「住在哪」，雖然直接就字面說成「踮佗位」也可以，但「徛佗位」是相對更純正的講法，。

　　「踮」（tuà）是居住的意思，不過它本身還有另一種更道地的意義，如果你學會這種說法，對方就會瞬間覺得你的台語等級很高，那就是在工作年資問答時說：「你佇這間公司踮幾多矣？」意思是

問對方在這間公司任職幾年，而不是住在這間公司幾年，有一定程度才聽得懂。

台語的「徛」，有「目前狀態停留在哪」的意涵，也象徵著每個地點上的人事物，並非永恆不變，而是隨著時間變動的。這種變動，讓我聯想到台南美術館，之前有一段很長的時間是公園兼停車場。在更早之前，我爸媽那一輩的印象中，這塊地是做為忠烈祠及體育館之用。追溯到日治時期，這裡更是台南神社的所在位址，當時這裡還設有全台灣第一座公共博物館「台南博物館」。所以，將台南美術館設置在此處，這種呼應是非常有意義的。

在更早之前，這塊區域被稱為「檨仔林」，「檨仔」(suāinn-á)是芒果之意，從這個地名可以明白，當時這裡肯定是整片的芒果樹林了。當然，無論是「檨仔林」或是台南神社、忠烈祠、公園停車場，現在都已不復存在。

同樣的地點，隨著時間變動，地面上所「徛」的人事物變換，沒有什麼是永恆不變的。這樣想起來，這句「這馬是徛佗位？」似乎還真的精準形容了極為抽象的事理：地面上所待的人們，即使乍看之下，是在某處長時間定居，但放在歷史的時間軸中，終究只是暫時地站在某個地點一段時間罷了。

簡單整理一下，需要對方署名時，直接說「簽名」、「將逐家的名排做伙」也可以，但「徛名」一出口，實在更加俐落；詢問對方現在住哪裡，直白地說「蹛佗位？」也是可以，但如果說成「徛佗位？」實在是「足厲害」；如果想詢問對方工作資歷時，問對方「佇這間公司做幾多矣？」當然也可以，但如果說「蹛這間公司幾多矣？」肯定是更原汁原味啦！所以，只要學會了這些道地的用法，

馬上能讓對方覺得你的台語好厲害。

　　前陣子我們討論到這個「徛名」，聊著聊著就想到，現在音樂圈很常使用 feat. 或 ft.，公式是「A 歌手或團體名〈歌名〉Feat./ft./f. B 歌手或團體名」，例如「粉紅色小屋 -《鯤島計畫》Feat. 溜逗桑」。以前常有人會說笑故意問：「到底 feat 是誰？這麼有名！很多首歌都看到他的名字。」其實這個 feat. 或 ft. 都是 featuring 的縮寫，有「跨刀」、「客串」的意思。話說回來，如果用台語的「徛名」來表示這件事呢？好像也不太合適，因為「徛名」是署名的意思，跟跨刀性質似乎不太一樣。簡單舉例的話，「徛名」若用在歌曲，比較像是眾多獨立個體的歌手或團體被邀請共同合唱某一首歌或某個活動的主題曲，而 feat. 或 ft. 這種帶有「跨刀」意思的用語，似乎就不太妥。

　　如果要以台語思考，跨刀客串除了直翻為「客串」（kheh-tshuàn）之外，其實應該可以說成「插花仔」（tshah-hue-á），也就是非正式的去參與幫忙、贊聲奧援的意思。「插花」感覺就是在一旁點綴、不喧賓奪主的味道，也很貼切。所以前面提到找溜逗桑來跨刀，用台語思考或許可以這麼說：「這擺，這塊歌曲是粉紅色小屋所演唱，插花仔的是，溜逗桑。」

　　是說，到時候可能也還是會有人問：「到底插花仔是誰？這麼有名，很多首歌都看到他的名字。」如此這般的疑惑吧？

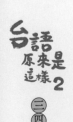

[06] 台南郵便局
光批

羅馬字 kng-phue
釋　義 明信片。

　　某次週末午後，我跟 Phang Phang 在台南孔廟附近散步。台南孔廟，在地人多半會以「孔子廟」（Khóng-tsú-biō）稱之，附近的古蹟林立，近年來也有許多特色商店進駐於周邊街巷之中。

　　經過一處販售台南在地文史明信片的攤位，發現其中一張的主題是我們最在意的建築，那就是「台南郵便局」。台南郵便局是日治時期 1909 年由日人建築師森山松之助所設計的，雖躲過空襲，但卻逃不了二戰後被拆除的命運。這棟建築物原本位於現在台南市中西區忠義路與民生路交叉口，但如今郵便局的建物遺跡早已不存在，現爲中華電信的大樓。

　　我們一直覺得台南郵便局的外觀宛如穿著吊帶褲的小孩。吊帶褲或許可以稱爲「吊褲」，所以私底下我們又常以「吊褲囡仔」（tiàu-khòo-gín-á）來暱稱台南郵便局。但如果吊帶褲是牛仔褲的材質，也可以直接稱爲「拍鐵仔褲」（phah-thih-á-khòo）或者「拍鐵褲」（phah-thih-khòo），這也是牛仔褲道地的台語說法，諧音近似「party 褲」。這種說法感覺還滿潮的？

　　以前常聽長輩說「郵便局」（iû-piān-kiók），想說爲什麼不直接講「郵局」（iû-kiók）就好。但就像「病院」這類的台語詞一樣，「郵便局」也是一個源自日語的台語詞，當這個語言與歷史的脈絡浮現

之後，總會勾起人們心中記憶的情緒，讓人感到激動。或許物質的形象可以被破壞、被鏟平，但人們心中最強大的，便是那些難以抽離的記憶跟情感。

至於明信片的台語該怎麼說？現代人或許多半會以「明信片」三字直翻為台語 bîng-sìn-phìnn，歌手流氓阿德在〈放捨〉這首歌當中就有唱到這個詞，歌詞中把思念跟情意形容成黑白的明信片。不過我們在這裡想分享明信片的另一種台語說法：「光批」（kng-phue）。

正如同我們現在常以「裸裝」的「裸」來形容不需要特別包裝的商品一樣，「光批」的「光」也同樣是指「沒有遮掩」的狀態，而「批」則是信件、書信之意，兩個字合起來，顧名思義就是指外露的信件，也就是明信片的外貌。至於一般的信件除了單稱「批」之外，也可以稱為「批信」（phue-sìn），裝信件的信封則稱「批囊仔」（phue-lông-á），完成這個動作，把信件密封起來的話，這封信就是「暗批」（àm-phue）了，剛好和「光批」成為一組相反詞。

台灣有部分的老一輩人也會用日語「繪葉書」來稱呼明信片，日治時期，像明信片這樣的「光批」，一張單純的空白單子，叫做「葉書」；但若其中一面印上繪畫或攝影圖片，日語漢字就寫作「繪葉書」，在當時也逐漸成為通用普及的郵件形式。這樣一份將資訊外露的郵件之所以令人著迷，是因為其中一面會善加利用攝影或圖畫創作，結合不同地區的美景民情，成為一份紀念或傳遞在地人思念祝賀的濃縮情感。

這樣的表現手法在日治時期，除了忠實呈現台灣山河風貌的美景外，還有兩個功能。一來是能具體呈現這塊土地的面目，透過圖像攝影記錄人文，做為後續學術調查研究之便；二來是透過記錄重

大具體建設，譬如建築、商圈、鐵道車站或交通設施等影像畫面，以攝影或圖畫的方式，做爲當時建設的一種宣傳或紀念。

　　某些日治時期的建築或風景，或許今天已經不存在了，但透過圖畫或攝影，他們得以藉由「絵葉書」這樣的「光批」形式被保存下來。反觀無形的文化資產和所有的本土語言，即使能錄音錄影加以保留，但若不持續透過行動傳承，再隔個幾代，本土語言就眞的只能成爲博物館裡的數位典藏內容，台灣人搞不好連聽都聽不懂了。

　　屆時，這些語言聲調，對於未來的子孫而言，將成爲一張張空白的「光批」……

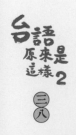

隨著時代進步，某些新興的科技產品、文具產品的台語該怎麼講？譬如要把電腦硬碟中的某些檔案刪除，有些長輩會說「刣掉」（thâi-tiāu），直接翻譯成華語就是把檔案「殺掉」，「殺」原本是造成傷害的動作，造成某人事物消失在世界上的結果，故也能引申為「刪除」。讓檔案或照片消失在電腦中，用「刣」（thâi）來表達，是很直覺的聯想。

那麼隨身碟呢？以前看港片，劇中角色都將隨身碟稱為「手指」。台灣除了直接講隨身碟以外，大多數人應該是習慣稱為「USB」，但USB其實是輸入輸出介面的技術名稱。華語說「隨身碟」，台語也許可以直接照字面翻成suî-sin-tia̍p即可，畢竟台語的「手指」（tshiú-tsí）已經有戒指的意思了。

面對這些新事物，也許還有其他更好的命名方式，但重點在於如何成為習慣，約定俗成、長期使用，用久了就能理解。以下，我們也整理並想出一些房間或文具類用品的新詞，一起來看看好不好用，也許你會有不一樣的想法，讓這些事物找到自己的台語名字。

註：新創詞以粉紅字表示

走描機
tsáu biô ki

走描機（tsáu-biô-ki）：掃瞄機

日治時期，台灣有許多「競馬場」，台語稱「走馬場」。掃瞄機在掃瞄時，光線的移動結合啟動的聲效，也有順著固定路線行駛的感覺，故稱「走描機」。

紙印機
tsuá in ki

紙印機（tsuá-ìn-ki）：印表機

「紙印」，一如「蚵仔煎」、「米粉炒」，將動詞放置在後，形成名詞。

字枋
jī-pang

字枋（jī-pang）：鍵盤

「枋」為木板、板子，鍵盤就像是擺滿字的板子。

鳥鼠仔
niáu tshí á

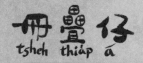

鳥鼠仔（niáu-tshí-á）：滑鼠

滑鼠為mouse，故直接稱為「鳥鼠仔」。

冊疊仔
tsheh thiap á

冊疊仔（tsheh-thiap-á）、
苴枋仔（tsū-pang-á）：墊板

「冊疊仔」是專門放在紙張或書本下，用來寫字的墊板。至於「苴枋仔」的「苴」本身就有墊東西在某物下的意思。滑鼠墊也可說是「苴枋仔」。

空淨機
khong tsīng ki

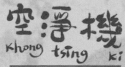

空淨機（khong-tsīng-ki）：空氣清淨機

華語簡稱「空濾」，那台語何不簡稱「空淨」呢？詞末加上「機」，較好發音。

水吸
tsuí khip

水吸（tsuí-khip）：除溼機

將動作「吸」置於後方，成為專有名詞。

燃燒機
hah sio ki
hot

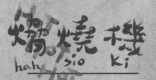

燃燒機（hah-sio-ki）：暖氣機

「燃」本身有熱氣烘曬之意，我們家裡通常會把暖氣機說成「彼台燃燒的」，加以簡化改稱為「燃燒機」。

紙テープ
tsuá Tepu

紙テープ（tsuá tepu）：紙膠

テープ（tepu）本身便是台語從日語借來稱膠帶的說法，紙膠帶則直接說「紙テープ」即可。

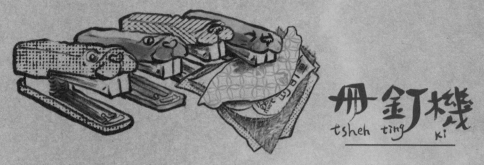

冊釘機（tsheh-tìng-ki）：釘書機

將「釘」放置在後，形成名詞。詞末加上「機」，較好發音。

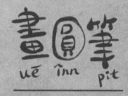

畫圓筆（uē-înn-pit）：圓規

指透過支點在紙上畫圓的器具，至於另一種面積較大，可直接於平面畫圓的尺，則稱為「圓尺」。

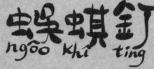

蜈蜞釘
ngôo-khî-ting

蜈蜞釘（ngôo-khî-ting）、
馬釘（bé-ting）：釘書針

ㄇ字型用來固定的釘子。蜈蜞為水蛭，
或許命名是取自其吸覆能力或姿態而來。

色水鉛筆
sik tsuí iân pit

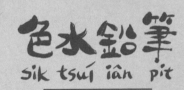

色水鉛筆
　　（sik-tsuí-iân-pit）：色鉛筆

「色水」為顏色，「色水鉛筆」
的「水」，正好符合色鉛筆色澤
水嫩的特色。

漸色
tsiām sik

漸色（tsiām-sik）：漸層

漸層的顏色，華語簡稱「漸層」，
台語可簡稱「漸色」。

草 tshór

草（tshór）：保麗龍

台語也會說phoo-lí-lóng。另外有一種俗稱「乖乖粒」的保麗龍，外觀很像一種叫「通草」（thong-tshór）的藥材，兩者特性接近，用手捏一捏都會碎掉，所以我們認為可以用「草」來稱呼。至於「保麗龍碗」台語則說「草碗」。

自動修正筆 tsū tōng siu tsìng pit

自動修正筆（tsū-tōng siu-tsìng pit）：修正帶

「立可白」為「修正液」，「立可帶」則為「修正帶」。有不少「修正帶」將造型設計為筆狀，所以稱「自動修正筆」。

點控筆
tiám khòng pit

點控筆（tiám-khòng-pit）：觸控筆

　　「觸控筆」和「觸控螢幕」，台語或許可以說「點控筆」、「點控螢幕」。以前曾聽人把「智慧手機」說成「用摸的手機」，但「摸」似乎沒辦法涵蓋手機的使用方式，主要還是得依靠「點」的動作才有辦法操作。所以我們覺得講「點控」可能比較順。

［07］ 之所以迷人在於無限可能
料小

羅馬字 liāu-siáu
釋義 不耐用、不好看、不紮實、不體面。

　　不曉得各位是否有個專屬的「萬用詞」呢？

　　所謂的萬用詞，有時候幾乎可以跟流行語同義，譬如現在流行的「94 狂」、「潮」，好像不管什麼情境都可以套用。以前也曾經流行過像是「拉風」或「壓馬路」等等萬用詞，但已幾乎成為死語。講著講著，似乎也不小心透露自己的年紀了。

　　「拉風」有點類似現在常說的「潮」，例如「穿這麼拉風啊！」、「買新車唷，這麼拉風！」；而「壓馬路」則是逛街的意思。我還滿喜歡「壓馬路」這個說法，因為有一陣子對港劇極為熱衷，劇中講到粵語的「遊車河」，就讓我聯想到「壓馬路」。

　　「遊車河」是開車逛街的意思，跟台語「坐車出迌迌」（tsē tshia tshut tshit-thô）很像，都是兜風、閒逛的情境。至於「壓馬路」這個老派流行語，其實是在虧逛街的人走在路上，好像是在幫忙把馬路整平，所以才叫「壓馬路」。不過，「遊車河」跟「壓馬路」的語境或氣氛有點類似，形容車子塞在車水馬龍的路上，整個行程就像是出門觀賞車流一樣，而台語說「坐車出迌迌」通常是在虧對方車子搭太久，把搭車這件事當成遊玩的主題，交通時間幾乎佔據整個行程，就跟「壓馬路」差不多。這讓我想起以前參加國內的觀光旅行團搭遊覽車時，就常聽到同團長輩自嘲是在「坐車出迌迌」。

以前的人想到這些生動的方式來形容塞車或冗長的交通體驗，固然充滿趣味，不過他們或許也難以料想，現代的確有以搭車為主題的旅遊行程。譬如來台南搭乘雙層巴士遊府城，便是貨真價實的「坐車出迌迌」。

　　回到主題，台語曾流行過什麼樣的萬用詞呢？

　　我覺得國中時期曾經流行過好一陣子的「礤」（tshuah），音近似ㄘㄨㄚ，非常有代表性。已故藝人小鬼在電影《陣頭》裡面所飾演的角色也是用這句當口頭禪，所以當時看到電影片段，就覺得好親切。

　　這句台語的萬用語也可以這樣用：「你買這領新衫，有夠礤！」、「敢會傷礤？竟然考一擺就通過矣。」不論是形容實體的物品，還是某種帥氣或幸運的行為都可以，這樣夠萬用了吧？

　　仔細觀察一些台語詞彙，似乎可以找出許多曾經是萬用語的跡象，只是隨著時間推移，使用人口流失，這些詞彙也漸漸消失。不要說曾經流行過，如今幾乎只能在傳說中聽到吧？有一個台語詞，我就覺得很有可能是某個時代的萬用語，那就是「料小」。

　　「料小」（liāu-siáu），近華語諧音「了笑」，意思是不耐用、不好看、不紮實、不體面、難登大雅之堂，總之是負面的意思。

　　我們這一代的父母，有時候不直接說衣服「歹看」或「品質無好」，也不直接說東西「歹看頭」或「料無啥勇」，而是以「料小」一詞來形容。不管怎樣都派得上用場，似乎可以想像阿爸阿公正值「春風少年兄」、「烏狗兄」的歲月時，同儕之間用這句「料小」來彼此互虧的那個盛況哩！

　　「這物件足料小，穿起來無新無舊。」、「這跤玻璃珠的耳鉤，

品質感覺足料小。」、「這禮盒內的物件一點仔，送人傷料小。」除了上述的運用之外，也可以說整體活動的精緻度或氣氛，如：「辦活動，莫遮儉遐儉，按呢場面看起來會足料小。」總括來說，從實際的物品到整體的場面，幾乎都可以用「料小」去形容。

我們常覺得，每寫出一個詞彙，就像是幫它安排一個位置，貼上尋人啟事，希望所有的人都能回過頭來看看這個許久不見的老朋友，你是否還記得呢？

這幾年下來，台語跟在地文化逐漸成為一門顯學，這些老朋友就好像透過社群網路，重新以各種姿態回到我們的生活圈一樣。不過老朋友重新出現，總是會有一陣既熟悉又陌生的感覺吧？好比社群中會有許多不同的討論聲浪出現：「為什麼這個詞是這樣說？」、「為什麼是採取這種拼音方式？」、「外來語算是台語嗎？」、「新創的詞算是台語嗎？」

這也就像台南這幾年的變化，一些老街巷弄陸續以嶄新的面貌登上舞台。重新打理過後的外表，有著歲月累積的內涵，會更讓人感到親近而想一探究竟。可是也有人認為台南「變了」，認為台南應該呈現出怎樣的面貌才是台南。然而台南真的「變了」嗎？與其說台南變了，不如說這裡其實一直都在變。從阿公阿嬤、父母那一輩，一直到我們這一代，幾乎都不斷地在改變。小時候跟爸媽去逛東帝士、中國城，聽爸媽口中說到「沙卡里巴」跟「民族路點心擔」的往昔盛況，現在有時回到「石舂臼」（tsio̍h-tsing-khū）吃著點心，看那不遠處有「米街」之稱的新美街人潮，總覺得這樣的時空背景及人潮轉移，都是這座城市的美妙面貌。

我喜歡假期時人潮滿滿的台南巷弄，也著迷台南平日寧靜的日

常；這就如同我喜歡翻開台語字典或《台日大辭典》，尋找過去台語古樸的詞彙及諺語的古典，但也很嚮往看到許多新式的台語詞彙討論，即使它可能不那麼古典，甚至過於新潮。

　　無論是台語或是故鄉台南，她們之所以迷人，就在於充滿了無限的生命力跟可塑性，像是難以預料的未來，才有期待這一切會變得更好的無限可能。

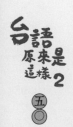

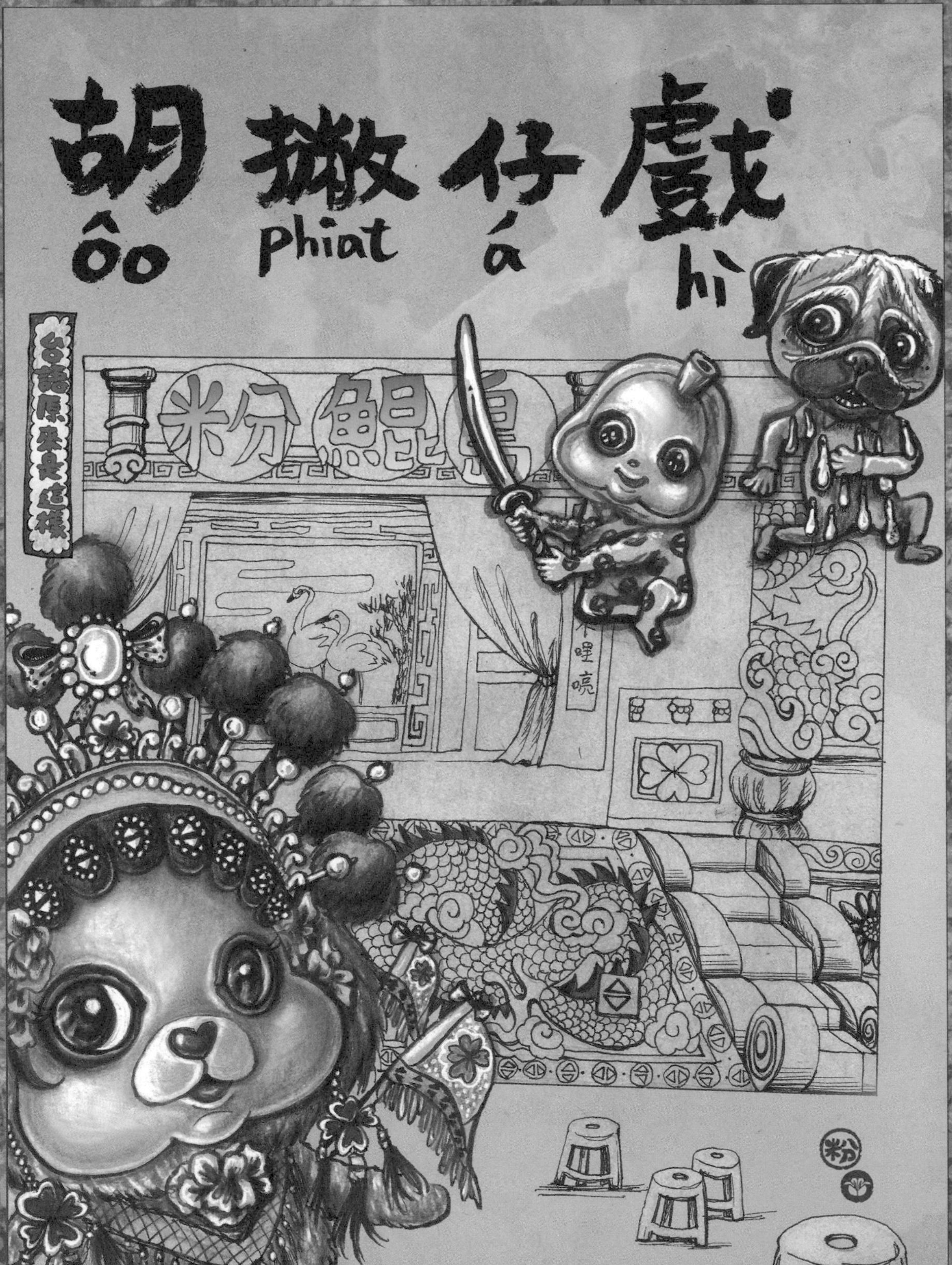
胡撇仔戲
ôo phiat á hì
台語原來是這樣

胡撇仔戲

| 羅馬字 | ôo-phiat-á-hì |

| 釋 義 | 由歌仔戲衍生的戲劇種類。

　　講到台灣戲曲，大多數人的直覺反應就是「歌仔戲」，但是其實還有一種戲劇，叫做「胡撇仔戲」！

　　先說「歌仔戲」，有一說其實應該寫作「歌兒戲」或「歌子戲」，但民間約定俗成寫成「歌仔戲」，目前的教育部字典亦收錄「歌仔戲」一詞。顧名思義，歌仔戲便是「以歌入戲」的一種戲曲形式，但「歌仔戲」更重要的是融合了台灣民間各種表演形式而產生的本土文化。

　　歌仔戲最早期的表演形式跟今日我們所熟悉的樣貌截然不同，不需要專屬的搭棚舞台，在空地就能即興演出，俗稱為「落地掃」（lȯk-tē-sàu），可以算是歌仔戲的雛型。之後融合南管、北管等元素，登上舞台演出，這才逐漸形成了今日我們熟知的「歌仔戲」。

　　另外，歌仔戲也有做「野台」的，通常稱為「做活戲」，意思就是即興創作，演出時沒有固定劇本，臨時決定戲齣、分派角色，是相當深具功力的表演方式；「做活戲」若以現在的方式形容，就好比舞蹈或饒舌的 freestyle，但在 freestyle 看似自由的形式背後，其實要具備熟練基本功的深厚底子，才能隨心所欲地大展身手。

　　這樣的表演形式到了日治時期，因為時代與社會背景的不同，也逐漸發展出不一樣的手路。像是「歌仔戲」的演出者開始穿和服、

搭配武士刀，將表演形式改成另一種不同於傳統的樣子，這也就是「胡撇仔戲」（ôo-phiat-á-hì）的開始。

「胡撇仔戲」又寫作「烏撇仔戲」，有一說是源於日語發音的オペラ（opera）。但也因爲這種新式的演出方式和造型，和當時傳統歌仔戲大相逕庭，於是又有一說認爲「胡撇仔戲」相對於正規歌仔戲，是「烏白撇撇」胡亂演出之意而得名。這種表演形式，可以說是一種混搭風格的美學，所以在「胡撇仔戲」中，可見更誇張的造型，更生活化的對白，其歌舞表演的形式，也反映了時下文化或熱門話題。

時至今日，「胡撇仔戲」仍持續存在於台灣，並且用更生動豐富的方式傳達舞台戲劇的表演效果。例如金枝演社的《浪貢開花》二部曲及其他作品，延續豐富的歌舞演出，融合傳統及現代時事，利用舞台燈光效果以及服裝造型，將「胡撇仔戲」的特色呈現出來。若 opera 本身就是結合音樂及歌唱的表演藝術，那麼台灣的「胡撇仔戲」簡直可以算是台灣的歌劇了。

我曾看過金枝演社的「胡撇仔戲」，其中印象最爲深刻的，便是在台南億載金城演出的《祭特洛伊》。表演者直接走位於城牆之間，搭配「架空式」的古裝及略爲魔幻的妝容，用以詮釋這齣史詩環境劇場的作品，實在相得益彰。億載金城過去曾有「安平大砲台」（An-pîng tuā-phàu-tâi）或「二鯤鯓砲台」的說法，「鯤鯓」（khun-sin）原本是指鯨魚浮出海面上的部位，自古就用來形容這種圍繞潟湖的沙洲地形，有的地方也稱爲「海翁線」，「海翁」（hái-ang）就是鯨魚的意思。

很多地方都是以動物的部位形容地貌而得名，好比台南「鹿耳

門」的「鹿耳」（lòk-hīnn）並不是因爲這裡有很多鹿，而是描述沙洲之間的港灣，有如鹿耳般彎曲。而台南海濱還有許多以「鯤鯓」命名的地名，例如台南北門的「南鯤鯓」，當地著名的南鯤鯓代天府，其廟宇爲國定古蹟，每年的王爺祭典已是珍貴的無形文化活動資產；在台南將軍區，則有「青鯤鯓」，是形容沙洲有如一尾青色鯨魚，美麗的青鯤鯓扇形鹽田也在此處；另外台南在地以「鯤鯓」命名的，還有從「一鯤鯓」到「七鯤鯓」的一系列地名。

　　總而言之，這些「鯤鯓」早已融入於台灣之中，甚至台灣最古老的地名便有「鯤島」之稱，把台灣形容成在海上的一尾巨大鯨魚，這樣的說法真的很美，再加上這些零散的「鯤鯓」融入於「鯤島」之中，更有大魚帶小魚，共同乘風破浪的命運共同體之感。可以在億載金城這樣充滿歷史意義的地方欣賞「胡撇仔戲」，又是《祭特洛伊》，更是有其相對深刻的意涵。

　　這齣《祭特洛伊》是以全台語表現，歌唱對白令人動容，透過最後的聲聲齊唱：「搖啊搖……搖啊搖……」彷彿像是在跟全場觀眾不斷述說這警世寓言。整部戲在台南億載金城上演，聲光與月色，搭配古城的場景，真不愧是環境劇場，感覺像是穿越時空、以古寓今，觀戲的同時，渾身不自覺起了雞皮疙瘩。在場的所有觀眾彷彿都成了特洛伊人。但別忘了這齣戲的英文標題「Troy Troy...Taiwan」，戲齣結束，我們都是台灣人，要謹記著那片尾的歌聲：「搖啊搖……搖啊搖……」

　　別忘了，我們都同在一條船上，這艘名爲「鯤島」的船上。

[09] 台南也有淺草
無錢剪布

羅馬字 bôr/bô-tsînn tsián-pòo
釋義 沒錢剪布，引申為貧窮。

　　形容窮有好多種講法，譬如大家都耳熟能詳的「窮到脫褲」，但為什麼貧窮要脫褲子呢？其實這句話的意思是說，一個人窮到必須連身上最後一件捍衛尊嚴的褲子都得典當換錢，可見處境有多艱鉅。還有更誇張的「窮到快要被鬼抓去」、「窮到被鬼抓」，意思也是指身家處境困頓，生活都過不下去了，只能等鬼差來到，有瀕臨死亡邊緣的意味。

　　上面提到的幾種講法都非常直接了當，不過台語其實還有另一種相對委婉的說法，那就是「無錢剪布」。

　　「無錢剪布」（bôr-tsînn tsián-pòo），照字面解讀，就是沒錢可以剪布的意思，但「剪布」（tsián-pòo）並不是把布剪破，而是指以前的人會買布料裁縫製衣，現在則多半是買了衣服不合適再剪布修改。台語說「無錢剪布」，就如同「捉襟見肘」一樣，意指生活困頓或是無法顧及整體，連買布做衣服的錢都沒有。所以說一個人到底有多窮，是窮到快被鬼抓？還是窮到快脫褲？或是少了那點錢可以剪布改衣？可以視情況做出最適合的形容。

　　除了「剪布」以外，台語也有「裁布」（tshâi-pòo）、「鉸布」（ka-pòo）等等意思相近的說法，「裁」亦即切割，而「鉸」則是將物品裁切、修剪的意思。

提到「剪布」，台南有個俗稱「布街」的所在，就是位於台南中西區，在地人俗稱「大菜市」（tuā-tshài-tshī）的西市場。直到現在，「大菜市」內仍有許多布店持續經營著，只要有「剪布」改衣的需求，第一個就是想到「大菜市」內的布店。

這個「大菜市」於日治時期 1905 年落成，位於當時的台南西門町，也是那個時候南台灣最大的市場。市場落成時，可以說是極其華麗，不只有老虎窗、馬薩式屋頂、圓山牆等細節設計，甚至前方還有水池等等如同庭院般的景緻。這樣的規模，不難理解為何西市場會被稱為「大菜市」了。

某次，我們到大菜市後方的「淺草新天地」晃晃，那裡現在被規劃成一個商場，有常態店面及創意市集，與大菜市內部連成一氣。之所以命名為「淺草」，是因為在 1933 年時，為了促進周邊的商業活動，官方在西市場周圍建造了販售日常用品的商店，就命名為「淺草商場」。除此之外，在台南有「五層樓仔」（gōo-tsàn-lâu-á）之稱的林百貨，也在附近不遠處，可以說是彼此呈現一個「鬥市」的狀態。

台語說「鬥市」（tàu-tshī），指的是店家生意熱鬧而能彼此互利共生，其實乍聽之下也諧音「鬥食」（tàu-tshī），字面上就是「大家一起吃」，頗有「有福同享」的美感在內。

當時的「淺草商場」跟「大菜市」有許多時髦的布莊跟商家，或許「布街」正是因此得名。而目前「大菜市」正面對著的「真善美戲院」，在日治時期則是「宮古座」的舊址，正巧也是以前看戲的所在。由於以前看戲都要跪坐於榻榻米上，所以「宮古座」又被戲稱為「艱苦座」。二戰後，此處曾一度改為延平戲院、延平大樓，之後由圓典百貨進駐。小時候在這附近逛，繞到旁邊的店家吃手扒

雞，是童年來到此處最期待的行程。

聊到「手扒雞」，我一時好奇，這個詞是不是由台語演變而來的？一如「老花眼」可能是「老歲仔眼」（lāu-huè-á-gán）的變體，意指老人家衰退的眼睛；又好比中部小吃「拉仔麵」，據推測應該是來自「搦仔麵」（la̍k-á-mī），「搦」是「揉捏」之意；又如同台中著名的「麻薏」小吃，其台語發音應該是「麻穎」（muâ-ínn），「穎」即幼芽，「發穎」（huat-ínn）也就是「萌芽」的意思。如果這些詞彙推斷有些道理，「手扒雞」跟台語的關聯，就有點值得玩味囉。

先看「扒」（pe）這個字，有「抓」、「挖」的意思，譬如「扒飯」（pe-pn̄g），就是把飯不斷地送進嘴裡，又或者說「扒癢」（pê-tsiōnn），亦即用力地來回抓送，感覺是充滿力道且快速的。不過從語意來推敲，也有可能是「手擘雞」（tshiú-peh-ke），因為「擘」本身就是用手把東西剝開的意思，譬如「擘柑仔」（peh kam-á）就是剝橘子，而「手擘雞」也有把雞一分為二的撕裂感。難道說「手扒雞」從台語轉化而來的說法是真的也不一定？

總而言之，語言就跟地景一樣，只要一個引子，很容易就能從旁牽引出許多延伸的想像。像是日治時期的「淺草商場」，現在以「西門淺草青春新天地」之姿重新站立起來，但我們或許可以從現在的「大菜市」內部的布店，以及這幾年周邊正興街帶動的人潮，再次想像著台灣早年婦人及仕女們逛完市場，又順道逛布店剪裁、訂製洋裝的盛況。

下次若有機會來到台南市的「大菜市」，看到寫著「淺草」二字的商圈，就能夠明白，這可是有其歷史背景的唷！

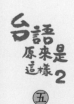

[10] 欲濺藥仔矣
天狗熱

羅馬字 thian-káu-jia̍t
釋　義 登革熱。

　　記得幾年前,登革熱疫情非常緊張。左鄰右舍之間最常聽到的一句話大概是「毋知咱遮敢有花跤蠓?」或者是「這擺天狗熱……」,「花跤蠓」跟「天狗熱」在那陣子幾乎都快取代「食飽未」,成為新一代的問候語了。

　　「花跤蠓」(hue-kha-báng),字面上的翻譯是「花腳蚊」,也就是傳播登革熱的病媒蚊——埃及斑蚊及白線斑蚊,因其腳部都有黑白相間的條紋,所以台語便以「花跤」稱之。至於令人聞之色變的「登革熱」,語源來自「Dengue」,音譯為「登革」,又稱為「斷骨熱」、「骨痛病」,台語通常說成「天狗熱」(thian-káu-jia̍t)。教育部字典有收錄「天狗熱」,並在近義詞欄位中註明「骨疼熱」及「登革熱」,這或許代表近代也有人將「登革熱」直翻為台語了。不過,「登革熱」的台語說法基本上仍以「天狗熱」為主。

　　那陣子,宣導清理積水容器的廣播車不停在街道上穿梭著,幾乎都是講「天狗熱」。在打掃環境之餘,不禁令人感到好奇:為什麼台語會把「登革熱」稱為「天狗熱」呢?

　　其中一種說法是,台語的「天狗熱」源自日治時期,是先由日語將「Dengue」音譯為「デング」(dengu),而「デング」與日語的「天狗」(Tengu)諧音,再以台語讀出「天狗」的漢字,最終成

了台語所說的「天狗熱」。在《台日大辭典》中,亦有收錄「天狗」(thian-káu)一詞,解釋爲「邪神的名」,可見當時台語早有「天狗」的概念,將「天狗」與這麼可怕的疾病聯想在一起,似乎也說得通。事實上,「天狗」做爲日本的經典妖怪,本身就與災厄有關,傳說一旦發生「天狗食日」,便要敲鑼打鼓才能趕走天狗。又或許是因爲天狗的基本造型就是紅臉加上醒目的長鼻子,背上有一對翅膀,神出鬼沒之餘還會攻擊人類,這樣的外觀跟蚊子有幾分相似,也就此和令人聞之色變的登革熱聯想在一塊,成了「天狗熱」。

附帶一提,日語有句「天狗なめし」(Tengu nameshi),翻譯爲「天狗倒」,意指深山裡的樹木被天狗推倒而發出巨大聲響。或許台語可以吸收這個「天狗倒」(thian-káu-tó)做爲外來詞,用來形容天際或是城市外突然發出的巨大聲響;由此延伸,若是持續不停的噪音,也許可以說是「天狗吠」(thian-káu-puī)。

回到「天狗熱」,防治它最根本要解決的就是「水蛆」(tsuí-tshi),也就是生活在水中的孑孓、蚊子幼蟲。如果親眼看過,一定會被牠的外觀嚇到,因爲真的很像生活在水裡的蛆,難怪台語會用「水蛆」來表現。

另外,消毒噴藥的工作也是不能免的。台語把「噴藥」直白地說成「噴藥仔」(phùn ioh-á),應該是最常見的說法。另一種講法是「濺藥仔」(tsuānn ioh-á),我想這應該是從噴殺蟲劑的台語「濺蠓仔水」(tsuānn báng-á-tsuí)來的吧?

登革熱的噴藥消毒除了室外的水溝外,住家內部也要全面噴灑。消毒的前一晚,得把住家內的桌椅器物全「包膜」。在疫情的全盛時期,網路上甚至還有人分享許多快速包膜的撇步。

某天，我們所住的社區也接到消毒通知，當天中午過後時間一到，左鄰右舍都走到騎樓外面等，大家早已做好準備，前一晚也把該包膜的都包好了，甚至有些做生意的鄰居還休息一天，時間一到就等人員進去消毒。

　　等待之餘，大家有許多意外、熱情的交流，像是有鄰居養了一隻很漂亮的鳥，幾位平時較少出現的公寓鄰居原來很健談，有位歐巴桑很熱心地發送口罩給有需要的人，有些鄰居甚至在前一晚互相打招呼，很熱心地詢問需不需要幫忙包膜裝箱。「恁塑膠袋仔、紙箱仔，敢有夠用？」這樣親切的問候聲，牢記在心。

　　「天狗熱」的「天狗」雖然恐怖，但似乎也稍微牽引了人與人之間，互動交流的那一面啊！

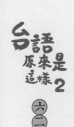

鐳 lúi 錢 tsînn

台語原來是這樣

［11］王城
壘錢

羅馬字 luí-tsînn
釋　義 借錢。

　　台南目前為人所熟知的古蹟「安平古堡」現址，以前曾是荷蘭人所興建的「熱蘭遮城」，原名為 Zeelandia，由於台語發音的關係，才以漢字「熱蘭遮」表示。台語另一個說法為「王城」，源自鄭成功來台、荷蘭人離台後，鄭氏王朝遷入城內，於是乎才有了「王城」的說法流傳至今。

　　有句台南諺語說：「三日無見王城，頭殼會眩。」這裡的「眩」（hîn），意指眼睛昏花，看東西晃動不定，譬如「眩車」、「眩船」等等。另外還有一句跟王城有關的諺語這麼說：「食王城水，袂肥也會媠。」意思是喝王城的水，包你天生麗質難自棄。總而言之，從跟王城相關的諺語，不難看出這裡對王城的文化記憶與認同相當濃厚，特別是德記洋行一帶，一直到後方的海頭社自行車道，沿線的瓦片上刻有許多跟王城有關的諺語。

　　德記洋行是 19 世紀由英商成立的洋行之一，目前做為台灣開拓史料蠟像館，裡面有許多跟海洋文化以及安平有關的展覽。某次在此看展時，發現有一面牆上寫著：「里爾被稱呼為『鐳』……」、「里爾（Real）是西班牙的銀幣，為 real da a ocho 的略譯……」

　　看到這些敘述，瞬間聯想到的是星馬一帶的影視作品，在戲劇中可以知道當地會把錢唸作「鐳」（luī）。台語也有一個詞發音跟

「鐳」有點相似，那便是「壘錢」的「壘」，但意思全然不同，或許我們也能從中一探關於錢的各種說法。

「壘錢」（luí-tsînn）的意思是借錢，而「壘」一字也可以單獨當動詞用。雖然是借錢，但幾種借錢的用詞之間，緊急與需求程度有別。譬如說：「和你壘一萬箍。」就是跟你周轉一萬塊，有暫借速還的意思。如果是籌錢，則會說「傱錢」（tsông-tsînn），「傱」本身就有「奔跑」的意味，為了錢而四處奔波，想必是相當急迫。有趣的是，國中時代常聽同學說「傱錢」，後來才曉得，那時候講「傱錢」其實是勒索的意思。

回到「壘錢」，關於星馬福建話「鐳」這個說法，有一說是源自馬來話的 duit，正如同在德記洋行所見到的解說，原來是過去西班牙人通商，直接將該外幣的名稱 ocho reals 音譯而得，就成了外來語。

我們習以為常的台語，其實包含了許多豐富的外來語元素。就以「和你壘一萬箍」這句話來說，其中的「箍」（khoo）是台語計算金錢的單位，也就是元的意思。台語有時候會用疊字「箍箍」來代稱錢，但這個「箍」據說是源於英語的 coin（硬幣）。至於另一個台語用來計算錢幣的單位「仙」（sián），則是源自於英語的 cent（一分錢）。附帶一提，台語「公分」的講法跟 sián 發音很像，因為是取日語「センチ」（senchi）的前段發音而得，而日語的「センチ」又是源自英語 centimeter，可見台語的外來語真是豐富啊！

還是讓我們回到錢吧！台語常用「一仙五銀」來表示最少的財力，譬如：「身軀一仙五銀攏無。」就是形容身上連半毛錢都沒有。而這裡的「銀」（gîn）也是台語用來指稱錢的單位之一。前面提到

「籤」跟「仙」都有可能是源自英語的外來語，那這個「銀」又是怎麼來的呢？

這跟古代鑄製「龍銀」有關。簡單來講，就是上面有著龍圖騰的硬幣，這樣的硬幣攜帶便利，或許也因為如此，以前的人便習慣以「銀角仔」（gîn-kak-á）稱之。不過這個「銀角」的「銀」字發音若不正確，很可能會說成「菱角」（lîng-kak），「你有沒有零錢？」反倒成了「你有沒有菱角？」，真的是差很大。

台語還有很多和錢相關的語詞，像是「銀票」及「青仔欉」都是。現在或許還有長輩偶爾仍會說「銀票」；至於「青仔欉」則是取自日治時期發行的百元鈔票，因為鈔票背後印著象徵台灣風土的檳榔樹，紙鈔也就因此被戲稱為「青仔欉」了。

馬來西亞音樂人黃明志的音樂作品〈咱是好兄弟〉這樣唱：「天頂日頭曝到暗暝，為著生活趁紙字……」這裡的「趁紙字」其實就是賺錢的意思。望文生義，應是直接以「紙字」形容鈔票上花花綠綠的圖樣跟數字而代稱。不管怎樣，幫錢取「小名」的習慣自古皆有，至於台灣此時最流行、最熟悉的講法，非「四個小朋友」莫屬了吧？這一方面象徵著語言跟社會的變遷，幣值造型的影響也有很大關聯。

隨著時代變遷與貨幣的改變，以前台語會說「幾銀」、「幾籤」、「幾仙」，現在比較常聽到的大概會是「幾籤」或「偌濟」。而從「壘錢」的「壘」多少錢出發，竟然讓人不自覺地聯想到不同地方但相似的語言，以及因為歷史而造就的外來語彙之差異與奧妙。那些曾經被密集使用的說法，也見證了語言在歷史停留、變化的痕跡呢！

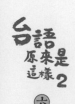

魍
mǎng

魉
sǎng

[12] 都市傳說
魍魎

羅馬字 mǹg-sǹg
釋 義 在山林出沒的精怪。

　　某次，友人在聊天軟體上透過打字問我台語詞彙，螢幕顯示著：「台語島仔竹，是什麼意思？」

　　一看到「島仔竹」，我下意識便將這三個字以台語讀成 tó-á-tik，心想難道是某種竹子嗎？結果「島仔竹」跟「很慢的奶雞」一樣，都是華語諧音——原來說的是台語的豆薯「豆仔薯」（tāu-á-tsû）。但因爲他把「薯」發音成 tsû 而不是 tsî，所以華語諧音就成了「島仔竹」。而我因爲是用台語思考，所以才誤會是某種叫 tó-á-tik 的竹子品種。

　　如果學會羅馬拼音，聽到人家講 tāu-á-tsû 這音節，便能直接把發音記起來，不曉得漢字該怎麼寫也不會失誤，事後再查詢也能得到答案。

　　不過，儘管再怎麼會拼會查，總有一天還是會遇到字典裡找不到的字詞。其中有一個目前沒有被收進教育部字典的詞，我有一個非常深刻的記憶。

　　國中時參加學校舉辦的大露營，晚上我和同學跑去夜遊。回程路上，我左手邊是樹木跟雜草地，雜草高度只比腳踝高一點點，竟突然「閃出了一個身影」，那閃出來的瞬間就像是電影特效一樣，旁邊都是零星的閃光，接著看到一大朵暗紅色的花，但這花有身體，

是深色的人形。這過程僅有一瞬，當我轉過頭要仔細看清楚時，這個「身影」又快速往下沉，接著就消失了。整個過程加起來不曉得有沒有三秒，重點是這個「身影」不是瞬間消失，而是上升又下沉之後消失。

我當場愣在那裡，套句現在的話就是「驚呆了」。華語說「嚇到吃手手」，台語大概就是「驚到喙開開」吧？

後來回家跟父母聊起這件事，阿母只說：「敢會是搪著 mǹg-sǹg--ê？」

那是我第一次聽到「mǹg-sǹg--ê」這個詞，經阿母解釋，才曉得那是類似「魔神仔」或是「鬼怪」的同義詞。饒舌歌手 JY 的歌曲〈魔神仔〉歌詞這樣唱到：「魔神仔魔神仔，你的喙有草蜢仔，魔神仔魔神仔，予你保全你性命，是魔是神毋知影。」其實就很精準地將「魔神仔」大致的輪廓透過簡單幾句話勾勒出來。

事隔多年，有次跟 Phang Phang 聊到各種神祕事件，在我們國小時，都曾經聽過關於幽靈船跟殭屍之類的都市傳說。幽靈船的傳說，就是幽靈船會在城市天空盤旋，要載滿人才會繼續移動到下個城市。只是這個都市傳說不曉得怎麼傳，居然還變化成「幽靈公車」(iu-lîng kong-tshia) 的版本，也就是半夜會有一台「幽靈公車」在城市裡跑來跑去，千萬不要搭。後來這個傳說又發展出兩種版本，一種是上車之後發現「幽靈公車」是客滿的，但有留一個位置給你；另一種是「幽靈公車」都沒人，上車時只有自己一個乘客，最後要下車前才發現連司機都不見了，車子還繼續在午夜的街頭跑。不管是哪一種版本，都會讓人「驚到喙開開」。

「幽靈公車」之所以特別標記台語拼音，是因為我聽過的「幽

靈船」都是華語發音，但提到「幽靈公車」都是台語發音。不曉得是不是受布袋戲當中的「幽靈馬車」（iu-lîng bé-tshia）所影響。「幽靈馬車」是人氣角色「黑白郎君」乘坐的交通工具，我小時候還有電視布袋戲，學校裡也一度頗熱門，兩者互有關聯也不一定。

另一個都市傳說是「殭屍」，這個傳說有很多種版本，諸如在哪個地點發現疑似殭屍的蹤跡，或者哪裡有殭屍的「展覽」，通常目擊的地點都離當時還是學生的我們非常遙遠，加上當年並沒有像現在這樣發達的網路，只靠口耳相傳，以至於故事版本也一大堆。

「殭屍」的台語就是 kiong-si，有人可能以為跟「薑絲」的台語一樣，但即便發台南腔，「薑絲」的台語讀 kionn-si，仍是有所不同。聊到這裡，Phang Phang 也回憶起她大學時，有位同學的家中長輩是 1945 年之後移民到台灣的中國北方人，他將「殭屍」發音為「tshiōnn-sip」，有點接近華語的「窮西」。

討論到最後，我也再度提到上面講過的，發生在我國中大露營時的「mng-sng」事件。事隔多年，再次想起這件事及「mng-sng」這個詞，連忙先查字典，但教育部字典並沒有收錄。反而在 Wiktionary 查到了關於 mng-sng 與「魍魎」的紀錄，這我倒是有印象，也就是所謂的「魑魅魍魎」，以此來理解似乎也說得通？

這四個字的前兩字「魑魅」，簡單講是指在山林出沒的精怪，而「魍魎」則是指在水中出沒的精怪。假設老一輩把在山中出沒的精怪叫做「mng-sng」，那應該是屬於「魑魅」囉？

以上的都市傳說和親身經驗僅供參考，但「mng-sng--ê」的意思倒是千真萬確，這也多虧有羅馬拼音，即使多年後還是能靠記憶拼音記錄下來，不會成為語言中的「都市傳說」。否則就太可惜了。

[13] 來泡老人茶
拍納涼

羅馬字 phah-lā-liâng
釋 義 乘涼閒聊。

　　台南德記洋行在安平設行 150 週年紀念時，開發了「芒果烏龍茶」與「高粱隆本一號」兩樣紀念品。因為台南很早就有品茗的文化，使用特產玉井芒果結合烏龍茶香，搭配極具紀念意義的茶罐，吸引我們特別抽空前往購買。

　　講到泡老人茶，就會聯想到「開講扲豬屎」。有關閒聊、鬼扯淡的台語，現在比較常聽到的有「練痟話」（liān-siáu-uē）、「話虎膦」（uē-hóo-lān）、「扲豬屎」（lā-ti-sái）等等。不過，即使這些詞意思相近，其描述的程度還是有點不同，以下分別舉例討論。

　　多年未見的老同學打了通電話來邀約，可能會說：「想欲招你出去食頓飯兼扲豬屎。」這時候會用「扲豬屎」，而不是「練痟話」或「話虎膦」，畢竟聽到對方說要約你出去「練痟話」、「話虎膦」，感覺好像不太對勁吧？

　　又譬如形容某人很愛打屁，我們會說：「伊逐工攏來揣咱員工練痟話，毋知有啥物目的。」這時候就不會說「扲豬屎」了。

　　若是「話虎膦」則會這樣用：「你咧講遐 manga，聽你咧話虎膦！」而客家話也有類似的說法是「畫虎膦」（fa fuˋ linˊ），意指膨風、不實的言論，近似台語的「噴雞胿」，但也可用來形容「講八卦、隨便聊聊」，比如邀朋友來家裡做客，客語便會說：「來坐啊！食茶、

畫虎㼈。」

上述聊到的這種友人之間殺時間的相約，令我想起饒舌歌手蛋堡的〈找王A〉，整首作品彷彿把人拉進了台南中西區，從沙卡里巴、撒梅仔粉的芭樂、豆花到牛肉湯，不禁回憶起學生時代在台南街上閒晃的感覺，隨興地停下來吃吃喝喝，嘴巴咀嚼的空檔與友人「話虎㼈」，一個午後就這樣「抐豬屎」到日落了。

還有一個漸漸要消失的說法，那就是「拍納涼」（phah-lā-liâng）以及「話仙」（uē-sian），兩者都有聊天閒扯的意思。以前常聽長輩說：「你莫拍納涼。」就是在講正經事，不要閒扯一堆。又或是三五好友齊聚在家「拍納涼」，東南西北閒話家常。

記得小時候，家裡客廳總擺著一組茶具，旁邊有煮開水的電磁爐，其他如茶盤、茶海、茶巾、茶船等等也一應俱全，甚至還有聞香杯。每逢親朋好友來家中做客時，可以泡茶話仙、拍納涼。當時到長輩家做客，好像也都會在客廳看到這樣一套茶具，然後長輩們會輪流「掌壺」，為眾人服務泡茶。

有些愛「拍納涼」、「話仙」的長輩，泡茶時還會起各種招式並加以命名，例如將幾個杯子並列，再用茶海一鼓作氣成排倒茶，這招叫「一尾龍」（tsit-bué-liông），簡直像是武俠小說的招式。還有一招稱為「踅桌」（sèh-torh），直翻就是「繞桌」之意，把茶杯繞著茶船排，然後用茶海一股作氣繞一圈，看能不能把每一杯的茶湯倒得平均。

除了泡茶以外，每次說到「拍納涼」總會讓我聯想到「納涼」，就像在樹下邊納涼邊閒聊，非常有畫面。

其實「納涼」本身就有乘涼的意思，台語也說「歇涼」（hioh-liâng）。

拍納涼

七三

某次在車站，我聽到一位正在講電話的先生說：「我在後站這裡的椅子納涼，出站就能看到我了。」現在這個「納涼」（nah-liâng）就跟許多台語詞一樣，成爲華語的一部分。哪天可能會有人反問「納涼的台語該怎麼說？」，就跟某次我在網路上看到有人發問「吐槽的台語怎麼說？」一樣。

話說「吐槽」本來就是取自台語的「黜臭」（thuh-tshàu），「黜」本身有用尖銳物戳破的意思，所以「黜臭」才經常用於揭人瘡疤或短處的時候，或者偶爾開開玩笑虧一下別人。

除了吸收台語以外，華語還有不少來自日本漢語和粵語的語詞，只不過都直接使用華語讀音。譬如粵語說「鹹魚翻生」或「鹹魚返生」，有起死回生之意。粵語不直接提「死魚」，而用「鹹魚」替代，華語則是照字面讀，常寫作「鹹魚翻身」，但鹹魚即使翻身還是條鹹魚，不是嗎？

回到「納涼」，我猜「拍納涼」是不是從乘涼聊天的畫面演變成打屁聊天的意思？這個詞跟「抐豬屎」很像，都是從原本詞彙衍生出不同於字面的新意涵。「抐豬屎」（lā-ti-sái）又或者說「抐屎」（lā-sái），華語諧音多半以「喇賽」表示，「抐」本身有攪拌的意思，可能是因爲用棍棒攪拌糞坑穢物，越攪越臭、混亂，最終才引申爲打屁亂聊。

無論是「拍納涼」還是「抐豬屎」，其實都是人與人之間的情感互動。回到家，將茶具備妥，一家人齊聚客廳，品嘗結合玉井芒果香的烏龍茶「拍納涼」，現在回想起來，一切是如此美好，名副其實。或許「拍納涼」就是源自於心裡的「納涼」，一種徹底的身心靈放鬆吧？

四方眼

羅馬字 sì-hng-gán
釋　義 眼神靈活。

　　通過阿波羅噴泉廣場，沿著奧林帕斯橋走，兩側雕像的目光活靈，似乎緊盯著我們。直到謬思廣場，奇美博物館的建築本體就在眼前。

　　奇美博物館展出的藏品，以西洋繪畫藝術、樂器、兵器、動物標本以及化石為主。在看繪畫作品時，我總會想到有些人物畫作之精湛，無論觀看者在畫前怎麼移動，都會有一種畫中人物的眼神跟著自己跑、不斷被注視著的錯覺。

　　這種錯覺有個名稱，姑且稱為「蒙娜麗莎之眼」。

　　著名的肖像畫《蒙娜麗莎》，是文藝復興時期由達文西所繪製的作品。這位表情內斂、神祕的人物，其笑容到現在仍是難以破解的謎題。這個笑容被稱為「神祕的笑容」，是利用眼神製造出錯覺，當觀眾盯著「蒙娜麗莎」的整體表情時，的確會感到蒙娜麗莎在微笑。但當觀眾專注看嘴巴的時候，卻會覺得微笑的感覺沒了，似笑非笑的，甚至有些許悲傷。這也是為什麼「蒙娜麗莎的微笑」如此神祕有名。製造這個效果的關鍵便是人物的眼神，無論觀眾如何移動，都會感受到「蒙娜麗莎」的雙眼在凝視著自己，配合嘴巴的線條成為經典的微笑，讓「蒙娜麗莎之眼」變得如此傳神生動。

　　那，「蒙娜麗莎之眼」該怎麼用台語來精準詮釋呢？

其實這種眼神或類似的效果，不用大老遠跑去看蒙娜麗莎，因為台灣傳統寺廟的門神、神像或雕像等，都多少有這樣的感覺，彷彿緊緊盯著觀者，有一種生動的靈妙表現。這種不管走到哪，抬頭看總會覺得那雙眼睛還跟著自己，就像鎖定了對象的雙眼，就叫作「四方眼」（sì-hng-gán）。

　　「四方眼」並非四四方方的眼睛，所謂「四方」是指四面八方、四處各地的意思。所以台語說「四方眼」，便是指畫中人物的眼神會隨著觀者移動的靈活象徵。

　　這種「四方眼」最早是源於傳統彩繪或雕塑，特別是宗教相關的作品，例如門神或是神明肖像。至於眼神要怎樣傳達神韻，則是畫師一輩子追求的最高境界。由於「四方眼」象徵著能夠把肖像畫活，於是也稱為「活目」（uàh-bàk）。

　　寺廟的門神或壁畫雕塑，首重就是「四方眼」、「活目」，一來是可以傳達出栩栩如生的感覺；二來是可以讓進入廟宇的人們感受到「舉頭三尺有神明」，廟宇中的神明肖像彷彿一直用雙眼跟隨、游移信眾的感受。所以，要形容畫中人物的眼神生動，除了落落長地形容說：「他的眼神會跟著我跑。」也可以講「蒙娜麗莎之眼」或是以台語說「四方眼」、「活目」，就能很精準地形容到位了。

　　廟宇中還有許多平常比較少能接觸到的台語詞彙。譬如寺廟的「藻井」，這是一般傳統建築會有的華麗內構，由許多的多邊形多層斗拱所組成，宛若天井一般的樣式，台語會說是「蜘蛛結網」（ti-tu kiat-bāng）或單稱「結網」（kiat-bāng）。

　　小時候，我跟爸媽很常到麻豆的五王廟走走，因為那裡有當時最熱門的「天堂」與「地獄」，可說是在地著名的遊樂所在。「天

堂」是由一尾龍所構成，裡面有許多人偶雕像及各式場景，「地獄」也是一樣，甚至更生動，裡面有許多可怕的警世場景，我覺得不亞於遊樂園的鬼屋。印象中，當時參觀「地獄」的人比「天堂」的要多上許多，但也因此造就出「地獄」一點也不可怕的有趣記憶。

當時的「廟埕」前，會固定擺出鳥梨仔糖（tsiáu-lâi-á-thn̂g），也就是冰糖葫蘆，又說「李仔糖」（lí-á-thn̂g）。鳥梨或李子都可以用來製成糖葫蘆，現在夜市還出現搭配蕃茄、草莓或是淋上巧克力等各種新奇的吃法，可說是歷久不衰。另外也有雞母狗仔（ke-bó-káu-á），也就是捏麵人，由於造型多以雞、狗為主，所以叫做「雞母狗仔」，台語也說「捏麵尪仔」（liáp-mī-ang-á）。在「廟埕」前也一定會有老阿伯賣芋冰（ōo-ping），這種台式冰淇淋，小時候聽到還誤以為是「挖冰」（óo-ping），不過阿伯也確實是將冰一球一球挖給客人。也因為最早期是以基本款的「芋仔冰」為主，久而久之，大家都習慣把這種台式冰淇淋稱為「芋冰」了，但其實常見的還有烏梅、巧克力、清冰等口味。

過了這麼久，不曉得當時的「天堂」與「地獄」現在變得怎樣了？「廟埕」前是否還有過去那些熟悉的語言跟記憶呢？時間就像「四方眼」一樣，默默跟著這塊土地上的人們移動著。回想起來，就像通往奇美博物館的奧林帕斯橋的兩側雕像持續看著觀眾一樣，默默看著隨著時間流動的人們，而博物館內的藝術品就像把過去的時間封存起來，讓每個時代的人們得以閱覽。我們能做的，除了持續欣賞外，更要透過行動將這些美好傳播出去，也把我們自己的語言和文化撿回來。

［15］迌籃簽
商展

羅馬字 siong-tián

釋　義 夜市。

　　夜市不但是台灣特色之一，對很多人來說，逛夜市更是一項「有食閣有掠」（ū tsiáh koh ū liáh）的好消遣。以台南市市區來講，甚至還有週一到週日夜市開張的口訣「大大武花大武花」。有一首由林夢凡演唱、饒舌歌手阿雞跨刀的台語歌曲〈話畫台南〉就加入了這句口訣：「來到，台南滋味，甜蜜蜜，鱔魚意麵，甜甜的口味，愈食愈縋喙。輕鬆，一爿行路，一爿鼻芳，暗頓，食啥？來去夜市仔！大大武花大武花！」不難理解這個口訣對台南的影響有多深了吧？

　　後來還有流傳「大大武花大花花」、「大尖武花尖武花」之類的變體，只要照著順序，就可以輕鬆掌握大東、武聖、花園、小北成功這幾個主要夜市的營業時間。「大尖武花尖武花」的「尖」要拆成「小」與「大」，「小」就是小北成功夜市，「大」則是大東夜市。小北成功夜市是傳統夜市的攤販型態，位於同一條路上的還有一個小北觀光夜市，老台南人習慣以「小北仔」（sió-pak-á）稱之。有記憶以來，只要爸媽說要來去「小北仔」，就是指小北觀光夜市，那裡有一間間店鋪餐飲聚集，跟傳統夜市的型態不太一樣。

　　夜市有一種獨特的氛圍跟氣味，只要遠遠看到夜市的燈光，就可以瞬間掉進回憶裡。小時候，我對夜市非常嚮往，不管是夜市裡華、台語穿插的叫喝聲，還是掛在頭頂上亮得發燙的燈泡等等；夜

市的氣味，有黏膩的汗水味、食物的香氣、香水味，以及一種從遠方飄來，不曉得是大馬路的汽機車煙味，還是攤販燒烤傳出的碳火味。這些氣味就像是夜市裡五色十花的攤位招牌，即使不在夜市，但只要閉上雙眼想像一下，彷彿就能聞到這些氣味。

夜市的台語大家肯定也不陌生，現在多半直接叫做「夜市仔」。有一首以夜市當作主題的台語歌，歌名就叫做〈逛夜市〉，當紅的時候大家都能哼上幾句，甚至哼到下意識作夢也學會了夜市的台語該怎麼說。

不過，夜市其實還有另一種台語說法，那就是「商展」（siong-tián）。現在要聽到這種說法恐怕也不容易了，但小時候我還是很常聽長輩講「商展」。而且電影《女朋友。男朋友》是把夜市講成「商展」，看得出劇組非常用心，精準地考究、運用了這個道地的台語詞。

但仔細想想，「商展」跟「夜市仔」可能還是有一些不同的地方。「商展」通常是指在一塊空地，固定一週某幾天或久久一次，會有攤販擺設的市集。攤位五花八門，販售各式商品或擺出簡易的遊戲攤位，當然也會有一直到今天都還存在的叫賣活動。至於小吃攤的比例相對來說則較少。

譬如在高雄已經有兩百年歷史的「岡山籃筐會」，就比較類似「商展」的形式。台語說「迌籃筐」（sêh-nâ-khah），就是來去逛籃筐會的意思。還記得以前有個專門蒐集一堆搞笑影片的節目，叫做《歡笑一籮筐》，這個「一籮筐」本身就有大滿載的感覺，只是現在人大多會將「籮筐」照字面讀成華語音，漸漸忘了 nâ-khah 這樣原汁原味的說法。

「籮筐會」是早期傳統市集的延伸，每年固定舉行三次，分別在媽祖誕辰、中秋節前夕以及義民節舉辦。早期以傳統竹器或各種編製而成的籮筐器物為主，也就是「籃筐」這樣的竹簍，後來才漸漸演變為有各式農產品、鐵器等產品的展售形式。隨著時代的不同，「籮筐會」轉變為我們所熟悉的「商展」，「有食閣有掠」的形式，還真的讓人有滿載而歸之感。歷經兩百年，在不同政權與時空背景的變異之下，還能延續這樣的活動，真的非常難得，可說是台灣珍貴的活歷史！

　　那「夜市仔」呢？傳統市場有分早市或「下晡市」，也就是黃昏市場，「夜市仔」基本上就是此一概念的延續。無論是早市或黃昏市場，地點跟營業時間基本上就是固定的。「夜市仔」也是一樣的道理，通常是在固定的場地空間，幾乎每天晚上都會營業，以吃的攤位為主，其他商品次之，這點就跟傳統的「商展」有很大的不同。當然，夜市也跟著時代在演變，成為如今的樣貌。

　　有些縣市在當時只有「商展」沒有「夜市仔」，或相反，只有「夜市仔」而沒有「商展」的縣市也有，或兩者兼有。兩種性質接近的市集久而久之，也難免大家混用，讓「夜市仔」跟「商展」的界線越來越模糊。

　　不過，我認為「夜市仔」的名稱，跟當年那首紅遍大街小巷的〈趒夜市〉多少有關，加上媒體傳播，讓大家漸漸習慣「夜市仔」的說法，「商展」反而越來越少講了。硬要說的話，現在的人比較熟知的「國際商展」，也是沒有固定時間，久久一次，跟過去所謂的「商展」有某種程度的相近。說不定「國際商展」跟以前台語說的「商展」還真有點連結。

語言會相互影響、產生變化。按照這個推理，有時候難免會思考，要是以前的人看到現在的「商展」或「夜市仔」，會有什麼樣的感覺呢？

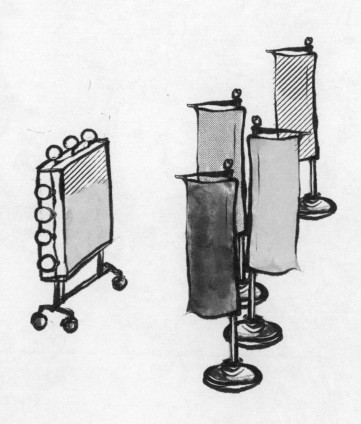

[16] 牛墟
金仔蹄仔

羅馬字 kim-á-tê-á
釋義 厚筋；心思細膩但容易過度敏感、猜疑。

　　自從開始蒐集台語詞彙的旅程後，若有機會跟人聊天，多少都會有意無意用台語交流，希望可以從中學習到更多有趣或是逐漸被遺忘的詞。這些詞彙不一定要是歇後語，像是獨具特色的聲調，有其歷史意義的外來語，或是具有多重意義的雙關語，都足以吸引我們注意。

　　若要挖到豐富的寶藏，多聽長輩之間的聊天最有收穫。不過每次只要刻意詢問長輩們，尤其是越年長者，他們越容易害羞，硬要他們回想，反而一個字都想不起來。後來發現，只要自然處於聊天狀態，他們就會在對話中不斷迸出許多別具意義的詞彙。

　　例如某次在長輩們的聊天對話中，就讓我聽到一個彷彿自帶螢光筆劃線發光強調的詞，以現在的說法就叫 punchline。那句話是這麼說：「真正是金仔蹄仔！」金仔蹄仔？那是什麼呢？

　　「蹄」是某些動物四肢前端的角質器官，譬如豬蹄或牛蹄，所以「金仔蹄仔」（kim-á-tê-á）就字面上來看，就是金蹄子、黃金打造的蹄。這個詞除了金光閃閃的意象，也透過「金」的質地象徵蹄的筋異常堅硬。因此，這個詞也可以引申出「厚筋」（kāu-kin）的意思。

　　在字面上的意思之外，「厚筋」其實也指一個人的心思細膩、敏感，但多半是用在較負面的語境。譬如有句話說：「厚筋，臭心

想。」就是指一個人心思敏銳到很容易猜疑別人，可能因為對方一個不經意的眼神或表情，就覺得很受傷、開始想太多，這個情況就是「厚筋」。

此外，老人家口中所說的「金仔蹄仔」，主角不是豬蹄，而是牛蹄。畢竟台灣早期是農業社會，在這麼多經濟動物當中，作田人（tsoh-tshân-lâng）與牛隻之間的工作互動與感情更為密切，以金牛蹄來形容人的性格，並不難理解。而這句話背後以人和牛的感情所描繪出來的農村印象，也讓我們想到「牛墟」這個充滿歷史感的詞彙。

「牛墟」（gû-hi）是指買賣牛的市集，台灣有個最早的「牛墟」，就位於台南善化。饒舌歌手阿雞的台語饒舌作品〈喜歡台南〉裡面就有提到：「我足佮意台南，我共伊囥佇我心肝頂，就算出外做兵工課，較想嘛是台南味，毋管偌無閒一定愛安排時間轉去，轉去我的故鄉，拄著 258 的透早，來去蹛牛墟……」所謂的「258」，就是每個月逢尾數 2、5、8 的那幾天，是善化牛墟趕集的日子。「善化牛墟」大約在 1870 年設立，是早期買賣牛隻的地方，這些牛隻主要做為耕種用途，而非宰殺食用的肉牛。

一直到近代，牛墟轉變為一般市集買賣的形式，有點類似「商展」與「夜市仔」的差異，也一樣維持特定日期開張的傳統。至於賣的東西，也因時代變遷而顯得五花八門、多彩多姿，有得吃有得買，似乎已有點難和原本該是買賣牛隻的「牛墟」聯想在一起。非要說和「牛」有關聯的，就是現在可以在「善化牛墟」的活動中，品嘗新鮮的牛肉湯。這點大概也是以前的人很難想像的，從耕種牛隻的交易，到一碗碗端上桌的美味牛肉湯，或許也是從市集內容和飲食習慣的轉變，見證了台灣由農業往工商業活動變遷的歷程吧？

話說回來，以前的人會聯想到「金仔蹄仔」這句話，是因為跟牛隻的密切夥伴關係而來。若時至今日，又有同樣的語言環境，不曉得「厚筋」又能以怎樣的雙關語來表現？這也是語彙跟時空背景變化後，值得想像的有趣之處。

　　關於這個「筋」，前陣子看新加坡的短劇節目《歡喜就好》，裡面有個橋段是把「傷腦筋」跟「傷老君」兜在一起成了雙關語，因為新加坡福建話的「筋」發音偏泉腔的 kun，恰好跟「老君」的「君」同音，而新加坡福建話的「老君」是醫生的意思，於是「傷腦筋」就成了把「老君」——也就是醫生給「傷」到了的雙關語。

　　然而，這句雙關語在台灣的語境下就很難成立，因為以台南混合腔而言，「筋」是發音 kin，而台灣以台語稱呼醫生，多半還是以醫生、醫師為主，搭不出那種雙關義。由此可見，每種語言在各自的環境中，都會形成獨特的雙關語，隨著時間演變，差異會更加明顯。這就是語言跟文化密不可分的線索之一啊！

海外散仙

羅馬字 hái-guā-suànn-sian
釋 義 做事沒有條理、粗線條。

　　我跟 Phang Phang 可以說是一個慢郎中，一個急驚風。我當然就是那個慢郎中了，自從 Phang Phang 開始堆疊台語字彙量之後，她就懂得用「散形」或「散仙」來形容我：「你喔！眞正是海外散仙。」

　　做事沒有條理、粗線條，就可以用「海外散仙」（hái-guā-suànn-sian）來形容。譬如說：「你眞是海外散仙，做代誌欠考慮。」另外，這句話也可以用來描述一個人無所求的心情，譬如說：「退休後，過著海外散仙的日子。」

　　一般我們比較常以散仙（suànn-sian）來形容生活閒散、漫不經心的人。其他類似的說法還有「放外外」（pàng-guā-guā）、「激外外」（kik-guā-guā）、「放放」（hòng-hòng）以及「散形」（suànn-hîng）。其中「散仙」跟「散形」都是以「散」爲主旨，「散形」是描述散漫的樣貌，而「散仙」則是「散漫到做仙」了，可見有多離譜。

　　說到「海外散仙」，得先提一句大家耳熟能詳的「姜太公釣魚」，此話一出，應該大多數人都能不約而同地接出下句「願者上勾」。可是，同樣是「姜太公釣魚」，台語版本卻有著截然不同的詮釋。

　　「姜太公釣魚」台語說「姜子牙釣魚」，但台語版的下一句接的是「線仙」，意指「散仙」，也是利用了雙關語的諧音哏。傳說

姜子牙僅用筆直的線釣魚，在《封神演義》中角色風格鮮明，許多民間故事或布袋戲中也常演出。因為台語的「線」跟「散」發音相同，姜子牙釣魚的場景也深植人心，台語才會有「姜子牙釣魚——線仙（散仙）」的說法。其實這種同樣主題但詮釋不同的現象，也不僅限於華語、台語之間。像是我前些日子在網路上看到的一篇關於粵語諺語的分享，其中一句廣東話說「十月芥菜——起心」，意思是情竇初開、起愛意。但台語說「六月芥菜」卻是「假有心」，形容人虛情假意。不同語言的使用者，可能因為語感或環境的差異，而對事物產生不同的感想，語言果真是文化的載體。

姜子牙的故事，其實台灣早在 1962 年就把它拍成《姜子牙下山》搬上大螢幕了。在台語片盛行的黃金年代，這齣電影便是以台語發音的黑白片。

台語片，顧名思義就是以台語發音的電影。在 1955 年至 1981 年的二十餘年間，台灣曾經產出數量極為可觀的台語電影，甚至在 1957 年還由《徵信新聞》舉辦第一屆「台語片電影展覽會」，規格簡直如同今日的奧斯卡。

台灣的首部台語電影是 1956 年由歌仔戲班「都馬班」出演的《六才子西廂記》，接著是「拱樂社」的《薛平貴與王寶釧》，包括上述提到由「賽金寶歌劇團」演出的《姜子牙下山》，這些都是當時歌仔戲進軍電影，形成電影歌仔戲的一大特色。我常在想，若是這樣的台語電影能維持下去，現在的台灣電影應該會有完全不同的面貌。

有一次，我跟 Phang Phang 在南門公園內的大南門散步，那裡又稱作寧南門，現存有古城門，也是台灣目前僅存的甕城。所謂的

甕城，是爲了防守而設置的雙重城牆，兩道城門不相對，會偏一邊，這是爲了防止被立即突破。在大南門不遠處，同樣位於南門公園內的還有一棟「南門電影書院」，在日治時期曾經做爲「台南放送局」。這個源自日語的「放送」一詞，現在仍保留在台語中，台語說「放送」（hòng-sàng）就是廣播的意思，譬如說「放送頭」（hòng-sàng-thâu）就是指廣播台。日治時期，城市的公園都會設置石製的廣播亭用來傳播訊息，台灣人便以「放送頭」稱之，後來也用來形容人很會傳播消息、很八卦的意思，譬如說：「伊是有名的放送頭，你有祕密毋通予伊知。」

「台南放送局」便是專職於廣播內容的任務，當時是經由管理廣播電台的「台灣放送協會」所掌管，現在則是做爲「南門電影書院」之用。那次我們來到「南門電影書院」，現場正展示著關於台語電影的介紹，譬如前面提到的《姜子牙下山》或是《薛平貴與王寶釧》，甚至還有一部精彩且奇幻的台語童話故事片──《大俠梅花鹿》，簡直堪稱台灣最古早的「特攝片」！「特攝片」泛指日本的怪獸片或英雄戰隊系列，穿著各色隊服的影集。當我看到《大俠梅花鹿》時，突然有這種非常熟悉的感覺。

過去曾經輝煌的台語電影，簡直就跟台語一樣，有許多可能是我們這個世代雖不太熟悉，但重新回過頭認識，反而覺得有其獨特韻味的內涵。其風華是否有機會再回歸呢？就像是復古的髮型穿搭，爸媽那年代的「空菝仔褲」（khòng-pat-á-khòo），華語諧音「控巴拉褲」或「控芭樂褲」，也就是喇叭褲，還有粗框大眼鏡，現在不也重新改變樣貌，又流行回來了嗎？

回到「海外散仙」，我猜有沒有可能是從「海岸散仙」（háihuānn-suànn-sian）音變而來的呢？因為「海岸」跟「海外」的發音接近，或許講著講著就成了「海外散仙」。畢竟若是以姜子牙待在岸邊釣魚的觀點來看，「海岸散仙」較說得通，不過如果以台灣為主體的角度思考，姜子牙釣魚發生的地點的確在「海外」，「海外散仙」倒也有理。

　　小時候，我有一整套古代圖文小說，其中就有姜子牙的故事，現在偶爾還是會回味那精美的圖畫，重溫姜子牙拿著釣竿「願者上勾」的神髓。經過這一番「散仙」的思考後，我似乎可以想像垂釣的姜子牙被問話的悠閒場景：

　　「你佇遮創啥？」

　　「哦？我咧做海外散仙啊！」

刮 khe
之 tsi
枋 pang

台語原來是這樣

刮之枋

羅馬字 khe-tsi-pang
釋 義 撲克牌。

　　有一次回阿公家，親戚的小孩子在客廳低頭滑手機，阿公跟長輩們閒聊之中，感嘆時代進步，即使是長輩們自己也紛紛成了低頭族。阿公說：「較早至少攏會做伙耍『刮之枋』。」

　　「刮之枋」（khe-tsi-pang）是台語諧音字，也就是「撲克牌」。這個詞若以華語表示，也是用諧音字湊合英文寫成「K擊邦」。

　　其實華語的「撲克牌」也是音譯自英文的 Poker，但 Poker 本身並非紙牌的意思，而是紙牌遊戲的其中一種。因為歷史悠久，Poker 久而久之也就沿用、音譯成「撲克牌」來指稱這種紙牌了。

　　台語的「撲克牌」叫做「刮之枋」，這個發音是源自日語的「揭示板」（keijiban），本來的意思是「布告欄」，和「撲克牌」相差甚遠。而且日語是將「撲克牌」稱為トランプ（toranpu）而非「揭示板」（keijiban）。那為什麼台語要用「刮之枋」（khe-tsi-pang）來稱「撲克牌」呢？

　　主要的原因，跟 Poker 從遊戲名稱變成紙牌「撲克牌」的名稱是一樣的道理。

　　以前台灣曾流行一種撲克牌遊戲，名為「揭示板·ストップ」（Keijiban·Sutoppu），也就是「揭示板·STOP」，硬翻成中文就是「公布欄·停止」，這應該可以說是很台灣風的撲克牌遊戲。因為這款

遊戲非常熱門，所以台語最後才會以台語音「刮之枋」（khe-tsi-pang）來指稱「撲克牌」。

我小時候很常玩「揭示板・ストップ」，這也是阿母第一次教我玩的撲克牌遊戲，所以印象深刻。在這裡簡單說明此遊戲的玩法。

「揭示板・ストップ」的牌面規則是 A 最大、2 最小，其他牌面大小則照數字順序。若是增添玩法，加入鬼牌，則大鬼牌最大、小鬼牌次之，可以做為萬用牌。

1. 首先，每個玩家手上都發五張牌，剩餘的牌堆疊在中間。
2. 從中間牌堆抽出一張牌決定玩家出牌花色，假設是梅花五。
3. 第一個出牌的玩家必須出梅花牌面，但數字不限。其餘玩家也要依序打出同花色牌，並開始比牌面大小，就算牌面比梅花五小也一樣要出牌。
4. 若玩家手中沒有同花色牌，就必須翻中間牌堆，直到翻出同花色為止。
5. 一圈過後，檯面上數字最大的玩家可以決定下一輪的花色。
6. 以此類推，輪流下去，直到玩家手上打出倒數第二張牌、剩下最後一張時，就要大喊「刮之枋！」（khe-tsi-pang），或者要喊日語發音「揭示板」（keijiban）也可以啦！總之就是向大家公告自己手上剩最後一張牌囉！
7. 這時候，其他玩家就要避免打出準優勝者手上僅存那張牌的同花色牌。假設那位喊出「刮之枋」的玩家打出紅心三，而你手上恰好有紅心 A 或鬼牌，那下一輪就可以換你決定花色，阻止對方出牌。但如果運氣不好，你手邊只有紅心四或

其他數字牌，對方下一張牌也是同花色，那他就贏了。

8. 順利打出最後一張牌的玩家，這時候就要很得意地大喊：「STOP！」以日語或台語喊 Sutoppu 比較有感覺啦！

　　以上就是這個曾經非常流行的撲克牌玩法，或許是因爲太流行了，台語最後才會習慣把撲克牌稱之爲「刮之枋」（khe-tsi-pang）。遊戲規則看起來有點複雜，但核心概念類似現在的 UNO 牌，若身邊有朋友或長輩還記得這個遊戲，不妨實際玩一輪看看，其實非常簡單，玩的過程也要有一點小心機，很有趣的唷！

　　說到打牌、玩牌，一般我們都會講「奕牌仔」（ī pâi-á），或是直接講「拍牌」（phah-pâi），但這應該是從華語直接翻成台語。台語的「奕」（ī）就是玩遊戲的意思，除了「奕牌仔」之外，下棋也會說「奕棋子」（ī kî-jí），比較普遍的說法則是「行棋」（kiânn-kî），感覺就像棋子在棋盤上走動，士兵跟車炮各司其職地進行一場虛擬戰爭，每行一步路數，都攸關整個局面的走向，我自己覺得「行棋」的說法實在生動，宛如在敘述古早版的桌遊一樣。至於棋子的種類和說法也很多元，像是「棋子」（kî-jí）、「象棋」（tshiūnn-kî）或說「軍棋」（kun-kî）、「圍棋」（uî-kî）、「跳棋」（thiàu-kî）等等。象棋或軍棋根據玩法，還有暱稱如「大盤」（tuā-puânn）或「細盤」（sè-puânn）。這裡的「盤」對應「棋盤」（kî-puânn），「大盤」是指用到一整面棋盤的玩法，那就是象棋、軍棋，又或者說是明棋；細盤，也就是小盤，則是只用半面的棋盤，最基本的玩法是把棋子反面蓋起來的暗棋，翻開來做遊戲，延伸的各種玩法還有連吃、運用亮棋的遊戲規則等變化。

這些棋盤類或紙牌類遊戲，台語都找得到對應詞彙，但這幾年流行的「桌遊」或者各式紙牌類遊戲如何稱呼，似乎有點讓人傷腦筋。除了直接以原文稱呼外，像「桌遊」這個詞我跟 Phang Phang 就討論過好多次，最後我們決定用「奕桌」（ī-toh）來稱呼，這個音也幾乎接近「椅桌」（í-toh），感覺和擺出桌椅來玩遊戲的情境正好吻合。當然這只是分享我們的想法，其他像是桌仔耍（toh-á-sńg）這樣的名稱也很適合。

　　現在的人即使有說台語的習慣，通常遇到像是「桌遊」一類的新詞語，應該還是不免反射性地直接說成華語。但與其坐等天上掉下一個新詞彙、新說法，不如自己身體力行先創造，或許還能發現更好的說法也不一定。

　　不過，這一局就讓我們先打出牌，喊一聲：「刮之枋！」

現代家庭的客廳，就像是一個迷你的3C電子產品展，如果一一細數，還真有許多新詞是需要被創造的。很多人常說：「台語原本就沒有這個詞……」但以前古代也沒有電視或洗衣機，我們現在不也能用台語說「電視」或「洗衫機」嗎？可見，最重要的還是如何即時發明一些適當的新詞，約定俗成來進行溝通，如果使用頻率高，各種新產品都能擁有專屬的台語詞了。

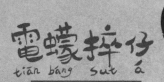

控制（khòng-tsè）：遙控

「遙控」是「搖控器」的簡稱，英文為 remote control，即遠端控制之意。華語之所以叫搖控，可能是採「可以在遙遠處控制」的意涵。但它本身就是個控制器，所以台語直接以「控制」表示。

電蠓捽仔（tiān-báng-sut-á）

電蠓拍仔（tiān-báng-phah-á）、電蠓捽仔（tiān-báng-sut-á）：電蚊拍

蠓拍仔、蠓捽仔，都是原本就有的產品，在前面冠上「電」字即可。我們是比較喜歡講「電蠓捽仔」，發音容易一點。

掠龍椅
liȧh-lîng-í

掠龍椅（liȧh-lîng-í）：按摩椅

按摩就是「掠龍」，華語也直譯為「抓龍」，
因此按摩椅直翻為「掠龍椅」即可。

奕桌
ī torh

奕桌（ī-torh）：桌遊

也有人說「桌仔耍」（torh-á-sńg），
「耍」是玩的意思。不過我們喜歡說
「奕桌」，因為「奕」本身有下棋或
玩牌之意，例如「奕牌仔」，而桌遊
比較貼近這類型的遊戲方式，講起來
也較習慣。

電桶仔
tiān tháng á

手電仔（tshiú-tiān-á）、
電桶仔（tiān-tháng-á）：手電筒

也有「手電」（tshiú-tiān）的說法，至於
「電桶仔」則是我們自己的習慣。自從
某次買了亮度十足又粗勇的手電筒後，
這種說法在家裡便不脛而走。

塗吸 thôo khip

塗吸（thôo-khip）：吸塵器

「塗」就是土，用來描述吸塵器吸地，以及集塵罐滿滿塵土的特色，一樣是將動作「吸」置於後方，成為專有名詞。附帶一提，用吸塵器將地板吸乾淨，台語會用「吸」（khip），而不是「欶管」的「欶」（suh）。若用「欶」這個字，會變成手持吸塵器者自己趴在地上「欶」乾淨。另外，因為拖把是「布擼仔」，也有人以此邏輯稱吸塵器為「電布擼仔」（tiān-pòo-lu-á）。不過我們偏好把這稱呼留給蒸氣拖把。

掠痧枋 liáh sua pang

掠痧枋（liáh-sua-pang）：刮痧板

刮痧的台語講法有「挽筋」（bán-kin）、「掠痧筋」（liáh-sua-kin）、「掠痧」（liáh-sua）等等，在最後加上「枋」變成「掠痧枋」，就是台語的「刮痧板」。但「刮痧」這個動作，在台語是說「剾」（khau），削、刮，要請人在背部刮痧，會說：「尻脊骿幫我剾一下。」、「幫我將痧掠出來。」

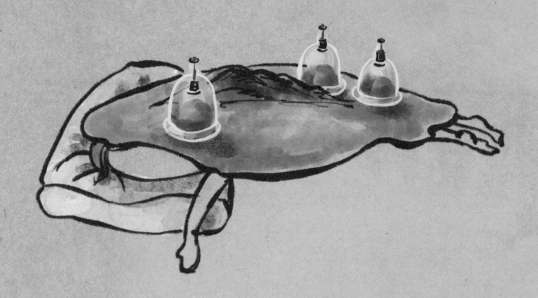

拔封
puèh hong

拔封（puèh-hong）：拔罐

拔罐是利用碗或罐狀物，產生負壓來吸附皮
膚的肌肉筋膜，最後將之拔起，身上就會有
一圈一圈出痧的印記。台語說「拔封」，主
要是以「封」形容將東西密合起來，也就是
罐狀物將皮膚範圍封住的狀態。

［19］ 吃米要知米街
孵金婆

羅馬字 pū-kim-pôr/pô
釋　義 小富婆。

　　現代人常說：「某某某真是小富婆。」然而這句話裡面的「小富婆」，台語該怎麼說呢？如果有算命習慣的朋友，或許可以仔細回想看看，是否曾聽算命師說過「孵金婆」這個詞。

　　「孵金婆」（pū-kim-pôr）的「孵金」說來相當有趣，一來是「孵」（pū）發音近似「抔」（put），「抔」有把東西掃成堆再處理的意思；二來是「孵」本身即是孵化，譬如「孵卵」（pū-nn̄g）就是指孵蛋，透過溫度讓胚胎發育成形。所以，無論是「孵金婆」或音近的「抔金婆」，都剛好符合「小富婆」聚積、孕育財富的意思。

　　此外，把「孵金婆」這個詞說出口的聲調也很有臨場感，發出 pu、pu、pu 的聲音，好像卡通片會出現的動物孵蛋的配音。其實台語有許多詞彙都是如此，彷彿是過去人們仔細觀察大自然萬物、深入揣摩而歸納出的語言。甚至可以說，台語真是一種很接近大自然的語言。

　　好比「鴨」（ah），這音節根本就是鴨子發出的叫聲。還有「雞」（ke）更不用說了，從小大家都懂得模仿「kok-kok ke」的叫聲。根據教育部字典，這個「kok-kok ke」的 kok 寫作「咯」，形容雞的叫聲會說：「雞仔咯咯叫。」可以推論「kok-kok ke」就是這樣來的吧？至於「拍咯雞」（phah-kok-ke）則是形容母雞生蛋後發出的聲音，可見台語對

形容事物聲音的觀察相當獨到且敏銳。

　　還有幾種動物的名稱跟叫聲也很像，像是「鵝」（gô），根本就是鵝發出咯咯咯的聲音。「虎」（hóo）聽起來，像不像是猛獸發出嘶吼的聲音？「貓」（niau）如果很快地發音，很像貓咪的喵喵叫。而「狗」（káu）的發音比起「汪汪汪」，則像狗低鳴會發出的聲音！

　　另外像是「牛」（gû），一般可能都覺得牛是發出「哞」的叫聲，但其實仔細聆聽，其實也還滿接近 gû 的聲音呢！最後，不妨快速發出「馬」（bé）的聲音試試看，是不是也很像馬的叫聲呢？台語真是十足的聲音語言。

　　回到「孵金婆」，我其實是某次和阿母聊天時才偶然聽到這個詞，原來是阿母年輕時和同窗姊妹淘去算命，那位算命師言談中便說阿母的這位姊妹淘是實實在在的「孵金婆」，很有財運。姑且不論算命是否迷信，單就阿母的姊妹淘來說，倒有幾分準確。因為她們家在過去好幾代都是開米行，住在所謂的「米街」附近，而過去開米店的，多半都是有錢人家。

　　台南府城的「米街」始於 1807 年，是台南古早的老街之一，當時街上米行林立，至今已是名副其實的百年老街，也就是現在的「新美街」。發現了嗎？「新美街」的「新美」，其實就是取自台語「承米」（sîn-bí）的諧音，有接受、承接米的意思。現在的「新美街」已發展成新世代的市集文化，舉辦米街遊市集的假日活動。有趣的是，假日市集活動命名為「吃米不知米街」，便是採台語的「食米毋知米價」諧音而來，也就是說，身為在地台南人，吃米更該要知道這個往昔「承米」的所在啊！

　　這條過去沿著台江內海的海岸線所形成的街道，除了米街以外，

還有帆寮街、抽籤巷，看著街道的名字，不難想像當時街上的商業風貌，說是最早的商業區也不爲過。也由於鄰近原料供應商，米街旁邊順勢發展出獨樹一格的「石舂臼」（tsio̍h-tsing-khū）小吃區，今日若到赤崁樓一遊，仍可在旁邊的「石舂臼」享受美食。

「石舂臼」三字爲台語，也寫作「石精臼」或「石鍾臼」，原本是用來舂米的石臼，後來成了地名。因爲過去在米街周邊，石臼這樣的器具相當常見，對某些小吃點心攤來說也是基本款。於是乎「石舂臼」便漸漸成爲這個地方的代名詞。

漫步府城，我們還能發現許多地方，走在其中總是可以微微感受到一種歷史氣氛。尤其在台南，絕對不能不知道「五條港」。「五條港」由北到南分別是新港墘港、佛頭港、南勢港、南河港與安海港，雖然今天都已深藏於地下，但現在規劃爲「五條港文化園區」，人們漫步其上，也能遙想過去盛極一時的商業景象及通商文化。

「帆寮街」（phâng-liâu-ke）又稱蓬寮街，這三個字同樣也是台語。帆寮是帆布之意，過去是「五條港」中的安海港上游舊港「帆寮港」，從該港的地點及名稱，可以想見當時船帆遍布眼前的壯觀景象。儘管這些海港溪流已經隨著時間推移而消失，但每當走在錯綜複雜的台南小巷弄時，總會猜想這些巷弄底下或許就是當時綿延的水路。我們經常利用週末假日散步於台南巷弄之間，有時夜裡行經這些可能是過往水路的區廓巷弄時，總覺得若有水光投影，或許會有不錯的氣氛或感受？

最後該說說米街旁的抽籤巷了。其實回過頭想，母親與她的姊妹淘當時該不會就是去抽籤巷找算命師吧？如果是住在同街巷附近的鄰里，難怪算命仙能夠一句「孵金婆」鐵口直斷。但無論是「孵

金婆」、「抔金婆」還是「富金婆」（hù-kim-pôr），不變的是，這裡
出身的人家，永遠見證著府城的繁華歷史。

台語有許多趣味的形容詞，針對特定情境或人事物都有很生動的說法。例如「有錢人」，台語就有很多生活化的描述喔！

好額人

美國爸
Bí kok pâ

美國爸（Bí-kok-pâ）
美國媽（Bí-kok-mâ）

形容某人有個富有的爸媽，可以說：「我哪有可能買上新的手機仔？就毋是有美國爸、美國媽。」有點類似「家裡開銀行」的意思。

參仔氣
sam á Khuì

參仔氣（sam-á-khuì）

除了形容人很有錢外，也指很高傲的氣勢。參仔是指人參，以前富貴人家喝人參茶的動作舉止，被拿來戲稱有錢人的氣息。

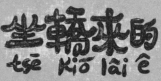

坐轎來的（tsē kiō lâi--ê）

以前能夠坐轎子的人，可謂非富即貴，這種說法也就被流傳下來。但現在有進一步引申說人含著金湯匙出生，意思是從上輩子坐轎子來到這一世做富貴人家子弟。

田僑仔（tshân-kiâu-á）

戲稱擁有許多田地而致富的財主，為「田僑」。

阿舍（a-sià）

亦即公子哥。至於「阿舍団」則是指紈褲子弟、「阿舍」的孩子，這就是最早期原汁原味的「富二代」說法。

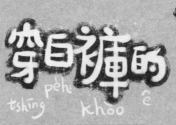

穿白褲的（tshīng pe̍h-khòo--ê）

類似「坐轎來的」，形容有錢人家、公子哥。因為白褲子容易髒，若是穿白褲子，代表不用做事，不怕弄髒。

麥克麥克（mai-ku mai-ku）

華語諧音為「麥摳麥摳」或「麥哭麥哭」，整句通常會說：「橐袋仔 mai-ku mai-ku。」橐袋仔（lak-tē-á）亦即口袋，整句話的意思是說口袋裝了滿滿的錢。又或者說：「伊最近 mai-ku mai-ku，講話特別大聲。」都是指很有錢的意思。這句話的由來有好幾種說法，有一說是日語的マイク（maiku）成為台語外來語之後，被用來形容有錢人像是拿著麥克風掌握著話語權。另一說是mai-ku mai-ku是錢在口袋中彼此碰撞的聲音。最後一種說法認為mai-ku其實是much的訛音，也是指錢多多的意思。

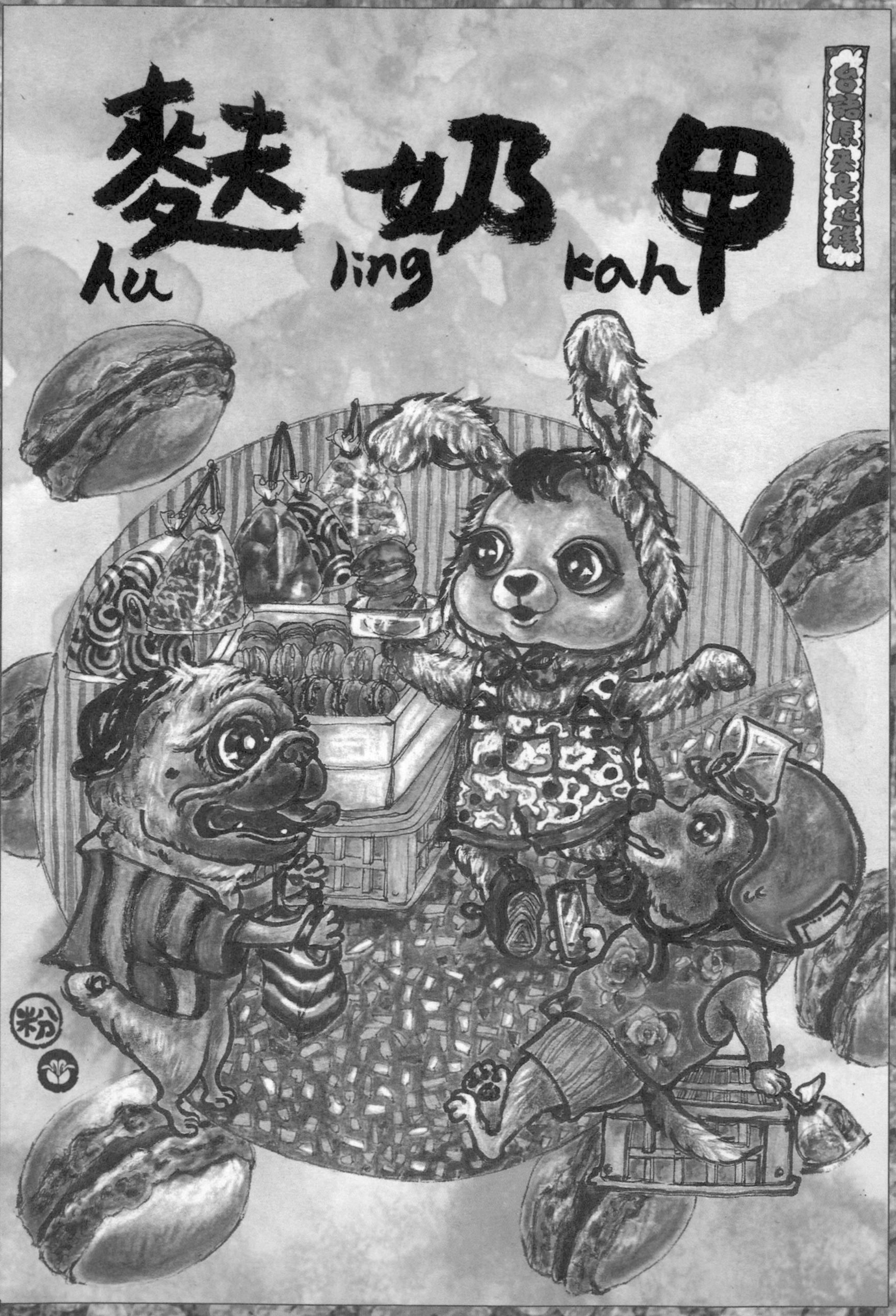

台語原來是這樣
麩奶甲
hu ling kah
粉

[20] 台南甜點記憶
麩奶甲

羅馬字 hu-ling-kah
釋 義 白色小西點、台式馬卡龍。

　　小時候有陣子很迷戀一種白色圓形的小西點，外型有點像縮小版的馬卡龍，也因此被稱爲「台式馬卡龍」。這種西點應該是許多人的成長記憶之一，但台語該怎麼講呢？

　　先說這款小西點的各種名號。我在麵包店看過或聽人講過的說法，有小牛奶夾心、小西點、小圓餅、台式馬卡龍、福臨甲（麩奶甲）、牛粒（牛利、牛力）、薩芙亞蒂等等，種類繁多。到底這些名稱是怎麼來的？當中哪些又跟台語有關呢？

　　「小西點」跟「小圓餅」都是這款西式糕點的簡稱。至於馬卡龍流行後隨之出現的「台式馬卡龍」一說，得名於相似的造型，也很好理解。但「馬卡龍」跟「台式馬卡龍」除了外觀有幾分神似之外，成分和口感的差異頗大。「馬卡龍」又稱法式小圓餅，主要成分是蛋白、糖霜和杏仁；「台式馬卡龍」則是蛋黃爲主的海綿蛋糕變化版。白話一點的「小牛奶夾心」，則比較像是店家或消費者的喜好，每一間蛋糕店的命名，也都有各自的專業或考量，多少可以看出甜點店的性格。總之，千變萬化的名稱背後，學問也很大。

　　甜點命名的學問，大致上有三種：（1）直接以甜點形式命名，譬如「藍莓核桃塔」一看便知品項爲何，直接了當。（2）以外文的音譯命名，譬如「提拉米蘇」便是音譯自義大利語 Tiramisù，成了

外來語。（3）採取「會意」的命名方式，譬如將灑了糖粉的蛋糕命名爲「紳士帽」，便是取決於外形。

　　其實很多台語詞彙的構成原理也是很類似的。比如參考形式、功能直接命名的杯仔、椅仔、桌仔……，或是根據外來語音譯的歐巴桑、榻榻米、歐兜拜……。至於會意的部分，例如「山貓」是指小推土機，「鉛筆」是指圓鍬等等。

　　「小西點」的命名原則也不脫其理，但更值得注意的是音譯而來的「薩芙亞蒂」，這其實是「手指餅乾」的義大利文「Savoiardi」直接音譯來的名稱。「手指餅乾」是西點烘焙的基礎，又稱爲Ladyfingers，也就是「淑女的手指」，光是看到這個名字就能產生視覺聯想。而在義大利，除了將「手指餅乾」視爲成品直接食用外，也會做爲「提拉米蘇」的基底再次加工。

　　之所以要提到「手指餅乾」這個名稱，是因爲其他的名稱都和它有關，或由它變化而來。例如以下兩個和台語有關的稱呼「麩奶甲」跟「牛粒」。

　　「麩奶甲」（hu-ling-kah）常以諧音寫成「福臨甲」或「福令甲」，這是源自日語レディフィンガー（redifinga）的台語外來語，但它其實就是前面所提到的「手指餅乾」Ladyfingers。這種「手指餅乾」外型跟台灣熟知的「台式馬卡龍」最大不同之處在於，原本的「手指餅乾」有著手指一般的外觀比例，但「台式馬卡龍」造型則比較偏圓形。「台式馬卡龍」最後以レディフィンガー（redifinga）的フィンガー（finga）讀出，就成了台語發音的「麩奶甲」（hu-ling-kah）。

　　另外是「牛粒」，有一說是源於「手指餅乾」的法文 biscuits à la cuillère，取 cuillère 音譯成台語，聽起來很像「牛力」（gû-lik）的

台語諧音，這也就是為什麼現在常以擬音寫作「牛粒」或「牛力」的緣故。

　　然而，為什麼「麩奶甲」跟「牛力」的讀音跟日語或台語有關聯，甚至一直延續到今天？這或許跟台灣過去的歷史有關。

　　日治時期，日本甜點陸續傳入台灣，例如我們所熟知的羊羹，至今仍是以日語ようかん（yookan）做為台語外來語稱之；有一種類似布丁的甜點，華語通常會說寒天或果凍，台語則會說「菜燕」（tshài-iàn）；而愛玉會說「子仔」（tsí-á）。

　　還有台灣普遍能吃到的紅豆餅，台語會說「紅豆仔餅」（âng-tāu-á-piánn）或「車輪餅」（tshia-lián-piánn），台南也有許多在地人會說「桄仔粿」（kóng-á-kué），一般也有寫作「管仔粿」或「公仔粿」，「桄仔」就是圓桄狀。坊間也有「箍仔粿」（khoo-á-kué）的說法，「箍仔」即圓圈之意。

　　紅豆餅這種點心，因為前身受到和菓子「今川燒き」（imagawa-yaki）或稱「太鼓饅頭」（taikomanju）的影響，所以也會有老一輩的人以日語音「manju」稱之，華語則音同「滿糾」。其他還有許多受到日本西化影響而流行於台灣的洋菓子甜品及飲食習慣，譬如布丁、巧克力等等。或許「麩奶甲」也是在這段時期，開始登上台灣甜點的舞台。

　　就如台語的麵包，直到今天我們仍習慣以「麭」（pháng）稱之，語源為日語的パン（pan），至於吐司的台語則是 siok-pháng，源自日語的「食パン」（shokupan），這些名稱的承襲與流傳，很大一部分是因為日治時期的現代化而來，而無論是麵包還是吐司，也都是源自葡萄牙語的日語外來語。可見「麩奶甲」跟「牛力」的語源雖是

Ladyfingers 及法文的 biscuits à la cuillère，但過程中或許都受到日語中介，先是日文外來語，才成爲台語外來語。

這些甜品活躍的舞台，就是日治時期開始風行的「喫茶店」（kissaten）。「喫茶店」不提供酒精性飲品，以咖啡、茶品、洋菓子等爲主，充分顯示當時和「吃」有關的休閒文化已高度發展。例如日治時期的台南士紳洪鐵濤就曾在《三六九小報》中提到，那時候台南城內已有許多間咖啡店林立。

另外還有一種飲料，各位不曉得有沒有聽過？小時候，台南雜貨店曾流行一種大家習慣用台語稱爲「阿婆水」（a-pôr-tsui）或「阿婆仔尿」（a-pôr-á-jiōr）的黃色汽水，現在台南還有攤販在賣。這種汽水以玻璃瓶裝，味道有點像是蘋果汁，據說之所以叫「阿婆水」或「阿婆仔尿」，是取蘋果（apple）的日語外來語アップル（appuru）而來，發音接近「阿婆」，後面再加上一個「水」字，成了日治時期傳承到現在的古早味。

說到這裡，眼前不自覺產生琳瑯滿目、五色十花的畫面。當我們今天享用這些日治時代就有的甜品時，或許也可以想像當時繁榮風行的飲食文化。在麩奶甲、羊羹、紅豆餅這些現代所謂的「日式甜點」背後，其實也藏有許多台灣過去的記憶，透過甜美的味道延續著吧？

[21] 古早味流行語
哺豆仔魚

羅馬字 pōo tāu-á-hî
釋 義 告狀。

　　台語有許多歇後語，也就是所謂的「激骨話」（kik-kut-uē），這些俏皮話不但平易近人，又押韻順口，感覺很像古早味流行語。為了對以前的歇後語有更多理解，我先試著把台灣當代的「流行語」歸納為「簡寫拆字型」、「諧音會意型」和「話題時事型」三種。仔細回想，一些小時候曾聽過的流行語，現在好像已經沒人在用了。舉例如下：

1. 簡寫拆字型：LKK、SPP、竹本口木子、英英美代子，這些曾經的流行語，現在幾乎已經消失。LKK 是台語「老硞硞」（lāu-khok-khok）的諧音，SPP 是「倯煏煏」（sông-piak-piak）的諧音，「倯」就是俗氣的意思，「煏」則有裂開、斷裂之意，也指用火炸出油或香味的動作。用現代的講法換句話說，「倯煏煏」就是「俗氣到炸裂」的意思，簡直傳神到不行。「竹本口木子」就是「笨呆子」的拆字，「英英美代子」則是「閒閒無代誌」的台語擬音。

2. 諧音會意型：BB-Call（呼叫器）開始流行後，曾興起一陣子的「數字密碼」，就是在發送呼叫內容時，可以直接透過數字諧音傳情或表達特定意義。歌手范曉萱有一首〈數字戀

愛〉就用了不少數字密碼哏，譬如「520」是「我愛你」，「3155530」是「MISS」加上「我想你」的諧音，「000」則是會意型，表示噘起嘴唇要親吻的表情。其中當然也有台語，像是「744」就是台語擬音「去死死」。

3. 話題時事型：小時候看的綜藝節目曾經流行一個哏，就是節目開場喊：「姓胡嗎？」觀眾會異口同聲回答：「很～美～滿！」其他簡短的流行語還有「新新人類」、「受不了你的酷」、「我洗腳水」等等，都是因為過去的時事，一說便能引起共鳴而蔚為流行。時至今日，不管是網路流行語、時事素材，還是各式話題人物的金句，幾乎都有機會瞬間成為時下流行語或迷因（meme）的潛力。

整理出上面三種流行語的分類之後，我們來試著分析爸媽、阿公阿嬤甚至阿祖一輩的「激骨話」，是否也具備和當代流行語一樣的特徵，流傳於他們的世代之間：

1. 簡寫拆字型：如正月無初一，心字頭頂一支刀。「正月無初一」是「肯」的拆字，「心字頭頂一支刀」則是「忍」的拆字。

2. 諧音會意型：如囡仔跋倒、二十兩。「囡仔跋倒」意指小孩跌倒，隱喻為「媽媽撫撫」（má-mah hu-hu），做為「馬馬虎虎」（má-má-hu-hu）的雙關語。「二十兩」則是「斤四」（kin-sì），諧音「近視」（kīn-sī）。

3. 話題時事型：結合在地歷史故事的諺語，可以說是當時口耳相傳的時事。例如有一句「蔡牽造砲炸家己」，說的是當年

海盜蔡牽在海上勢力強大，並且能自製砲彈，後來遭逢清國派兵攻擊，戰況激烈之下，蔡牽竟然用銀元做為彈丸，最後火砲爆炸，反而炸沉自己的船，後來引申為一個人自作自受。還有一句較為耳熟能詳的「阿婆浪港」，是指 1895 年日本即將前來台灣之際，台灣當時的黑旗軍統領劉永福連夜喬裝成阿婆，登上英國郵輪逃離，不料在船上被識破。這則棄官潛逃事件迅速傳了開來，成了「阿婆浪港」這句話在民間廣為流行，用來形容落跑。無論是「蔡牽造砲炸家己」或是「阿婆浪港」，都是當時的時事話題，才因此口耳流傳。

由上面的簡單分類可以看出，「激骨話」十足是「流行語」的前身。或者也可以說兩者的本質非常類似，都是基於「共鳴」跟「傳遞」相互影響而形成。

這讓我想到某天與阿母閒話家常，說到她年輕時個性很倔強。有一次，有人打電話回家跟外婆告狀，待阿母進家門時，外婆便開口說：「今仔有人來哺豆仔魚！」

「哺豆仔魚」（pōo tāu-á-hî），乍聽之下會在腦海中浮現一尾鮮明的魚，也像是一道菜名。但經過解釋才曉得，原來這句話是暗指對方在「投」（tâu），也就是告狀的意思。

不知道誰先開始把台語的「投」跟「豆」扯在一起，創造出這句「哺豆仔魚」？或許是一位常被打小報告的人的自我調侃吧？總之，這句「哺豆仔魚」肯定可以算是古早的流行語。

至於這種台語諧音的表現方式，在盧廣仲〈魚仔〉這首歌當中也有很精彩的運用：「看魚仔，佇遐泅來泅去，泅來泅去。我對你，

想來想去，想來想去。」這裡將台語游來游去的「泅」（siû）跟「想」（siūnn）諧音，相當優美。另外值得一提的是，盧廣仲在這首歌沒有把「想」唱成台南腔的 siōnn，而是唱 siūnn，這樣才有辦法跟「泅」產生諧音的效果。

幾年前，我們爲一對新婚友人繪製婚禮卡片，他們有三隻貓咪家人，因此我們想到了「愛到心貓貓」這句台語諧音哏做爲卡片圖畫的標題。台語「貓」（niau）的發音與「擽」（ngiau）類似，也就是「癢」的意思。我們希望這一對新人與三隻貓家人，彼此愛到心裡深處，即使不在對方身邊，也能想起家中貓貓毛茸茸的溫暖感覺，思念到心癢、想快點回到愛人身邊。

那如果是我們自己的愛情主題呢？當然是「愛你狗狗」囉！「狗」代表我們的家人溜逗桑，而「狗」的台語音近足夠的「夠」，每次講都是一語雙關。

而在深入了解「哺豆仔魚」的意思之後，這句話在我的腦海中瞬間變成「投仔魚」，一尾卡通 Q 版模樣的魚仔，到處在海洋世界串門子、打小報告。但是當天在一旁的 Phang Phang，則是將「哺豆仔魚」聽成台語「搬豆仔戲」，她是把「搬豆仔戲」想像成在舞台上將細枝末節的事情攤出來演成戲，所以瞬間理解出幾成的意思。

該說她的台語能力大幅進步，還是此後又出現更多台語的訛音了呢？

[22] 該壓十字還是米字
揀

羅馬字 tàng
釋 義 用指甲掐。

　　有一個不曉得是台灣限定還是全世界共通的動作或習慣，那就是只要被蚊子叮咬的地方發癢，很多人都會忍不住用指甲在腫包上壓出一個十字、米字、王字、井字、田字或菱格紋路。從小我只要被蚊子叮，就一定會在腫包上做這些印記，可能是心理作用的緣故，總覺得這樣做似乎就比較不癢。

　　這個動作，台語其實有一個非常精簡扼要的專屬動詞，叫做「揀」（tàng），華語諧音同「擋」。教育部字典對於「揀」的解釋為：「用指甲掐入皮膚，使其留下指痕，產生劇痛。」

　　先說「癢」這個字，「癢」的台語除了以白話音唸 tsiūnn，還有個說法是「刺疫」（tshiah-iáh），亦即刺癢、不舒服，生理心理的不適都適用。譬如說：「厝內蠓仔足厚，規身軀感覺足刺疫。」或是像歌手流氓阿德早期的歌曲〈流氓〉唱到的：「是啥人遮好膽？真是毋知死活，若予恁爸刺疫，保證一定予你好看……流氓！」看人不順眼，或心裡不爽快，也可以用「刺疫」來形容。

　　不過這個詞的發音很容易跟「奢颺」（tshia-iānn）搞混，意思截然不同。「奢颺」有大派頭、大排場之意，以現在的說法就是「很高調」，或是感到很有面子。譬如說：「有錢就遐奢颺，買新車。」或是：「這擺得冠軍，實在足有面子、足奢颺。」台灣樂團血肉果

汁機的歌曲〈上山〉也有唱到這個詞：「……免驚，阮會幫你辦一場奢颺的追思會，一切完備，請眾神仙佛祖迴向保平安……」從前後語意可知「奢颺」是指排場的意思。

回頭來關心被叮出來的腫包，凡是被蚊蟲叮咬後產生的腫包、凸起來的腫脹物，台語一律稱之為「瘰」（lui），又或者說「噗」（phok），還有「模」（bôo），譬如說：「予蠓仔叮一模。」但如果是被「烏蠓」（oo-bui）叮咬，會產生過敏且奇癢無比，這時皮膚出現的就不只是「瘰」或「噗」了，家中父母或長輩通常會用「疤」（pa）來形容一整片的疤痕，說：「予烏蠓叮規疤。」

一般的蚊子台語稱作「蠓仔」（báng-á），但這種叫做「烏蠓」、被稱為「小黑蚊」或「小金剛」的蟲，學名為「台灣鋏蠓」，並不是蚊子。其體型非常微小，稱作「烏蠓」音近「烏微」，的確是「微乎其微」。

所謂「阻敵於境外」，為了防止「蠓仔」或「烏蠓」，我在陽台上擺了一台吸入式捕蚊燈，每天從傍晚開到隔天早上，每隔一個月打開清理，眼前景象可用大豐收來形容。除了幾隻「蠓仔」，也有不少密密麻麻、小點成堆的小黑蚊。難怪要根除牠們這麼困難。

蚊蟲的防治工作，可以說是一門大學問。記得以前的「點心擔」都會裝一種趕「胡蠅」、「蠓仔」等蚊蟲的機器，父母親都叫它「蠓捽仔」（báng-sut-á），長得有點像是電扇，上頭會綁上紅色的塑膠繩或各種繩帶狀如拂塵的裝置，在食物上方不斷電動旋轉，趕走蚊蟲，下面擺放的通常會是生肉或魚片等味道較重的食材。雖然這種機器跟拿在手上的蚊拍不同，也不只趕「蠓仔」而已，但我們仍習慣稱它為「蠓捽仔」。

一二二

蚊子或小黑蚊有捕蚊燈抓捕，那「胡蠅」呢？小時候跟家人去山區走踏時，來到比較「厚蠓蟲」（kāu-báng-thâng）的地方，通常都會在桌上放置「胡蠅紙」或「胡蠅黐」（hôo-sîn-thi），這個「黐」很有趣，就是台語「黏黐黐」（liâm-thi-thi）的「黐」，也就是華語「黏答答」的意思。說到這裡，「胡蠅黐」的功能也就不難理解了吧？只要拿出來放一陣子，上面通常都會沾滿一堆「蠓蟲」，遠看還以爲是一塊黑紙，完全不誇張。

　　除此之外，最常見到的工具應該就是手動的「胡蠅拍仔」（hôo-sîn-phah-á），也就是蒼蠅拍。即使在家裡可能打沒幾隻「胡蠅」，但它還可以用來打「虼蚻」（ka-tsuàh），也就是蟑螂，速度完全跟得上。以它的實用性，搞不好改名爲「虼蚻拍仔」比較名副其實。

　　至於捕蚊燈的台語說法則是「蠓仔燈」，美其名是給蚊子點上的「蠓仔燈」，事實上卻是要引「飛蚊撲火」，相當有趣！那另外一種「捕蚊拍」又該怎麼說好呢？我覺得或許可以直接說「電蠓拍仔」（tiān-báng-phah-á），感覺後面「拍仔」的音節很像電擊時的火花聲，phah！不過Phang Phang還是習慣稱它爲「蠓捽仔」（báng-sut-á），因爲她覺得揮舞電蚊拍，決心要打到蚊子的那個「捽」的動作，更符合這個器具的使用狀況。

　　這些消滅蚊蟲的器具隨著時代日新月異，哪天搞不好還能結合無線分享器的功能，發展出更神奇的科技。但這些蚊蟲似乎也持續在進化中。所以，除了這些五花八門的滅蚊方式外，最重要的還是得從根本的工作做起，才是眞正有效的防治蚊蟲之道吧？

挲草

羅馬字 sor/so-tsháu
釋　義 非常忙碌。

　　從事餐飲業的朋友，多半聽過這句用來形容事情忙不過來、時間很緊迫、很趕的台語形容詞，華語諧音「蛇操」，也會直接用在華語對話當中：「這下蛇操了，要開始忙了。」

　　「蛇操」其實是台語的「挲草」（sor-tsháu），幾乎做餐飲的都會講。不過詢問之後發現，大家普遍只知其意但不知其由來。單就字面解釋是「搓草」的意思，但為什麼忙不過來要說「挲草」，而不直接說「有夠無閒」或「非常無閒」就好了呢？

　　「挲草」是指農夫在田裡搓草的動作，目的是為了不讓雜草籽散落增生，妨礙作物的成長，但又不能貿然拔除，否則秧苗會受損，所以得在插秧之後進行搓草。農夫們必須在田裡，辛苦地彎腰將雜草壓進土裡，除了不讓雜草亂生以外，還能順便將這些雜草當作現成肥料。這時眾人分工合作，人工除草，實在是一件非常辛苦又忙碌的工作。

　　至於「挲草」在今日為什麼會變成忙碌狀態的最高級形容詞呢？尤其是餐飲業最常用到。或許是因為眾人分工、低頭忙碌的工作場景，很像過去農事人工搓草的情景，從準備食材、料理、擺盤、上桌、外場送餐、點餐、收餐、整理等等，每一個環節都必須靠眾人的努力才忙得過來，這不是一人之力可以完成的事情。由此看來，「挲

草」被用來形容忙碌的最高級，相當有道理。

不過除了「搟草」，我們也很好奇台灣餐飲界從以前到現在，還有哪些形容或描述「忙碌」的講法。

回顧台灣的餐飲歷史，日治時代的本島人料理，亦即相對於日式料亭以及洋食店的台灣料理，在台南頗富名聲者有寶美樓、醉仙閣、招仙閣、西薈芳、廣陞樓、南華樓、松金樓等，這些都是當時台灣人稱為酒樓或旗亭的台灣料理屋。之所以稱作「旗亭」，是因為酒樓前會懸掛旗子做為廣告招攬客人。

當時有句諺語說：「登江山樓，食台灣菜，聽藝旦唱曲。」藝旦（gē-tuànn）也就是藝妓，是在酒席中表演助興、能吟詩唱曲的演藝工作者，本島人料理的酒樓若有藝旦唱曲，足以證明其規模。又有句諺語說：「北有江山樓，南有寶美樓。」證明寶美樓的名號在當時可謂不在話下。

寶美樓在台南人心中的地位很崇高。在我的記憶裡，如果要讚美一個人的廚藝精湛，或是自誇有總鋪師等級的手藝時，曾聽家人半開玩笑地這麼說：「來來來、寶美樓的總鋪師來矣！」我後來跟 Phang Phang 提起這件趣事，她則是訝異地說到，她在高雄也曾聽家人說過：「內門的總鋪師來矣！」由此可知，內門之於寶美樓，一個高雄、一個台南，除了突顯地區不同的差異之外，「總鋪師」的說法，以及台灣傳統宴客文化的記憶，則是相同的。

從以上的描述，應該不難想像這些酒樓有多忙碌。也讓人不禁好奇，「搟草」的講法是否從那個年代就開始流通。

其他關於忙碌的台語說法，就我印象中，還曾經聽家人講過一個很特別的詞，叫做「無閒獅姊」（bôr-îng-sai-tsé），因為 sai-tsé 這個

詞有點像是台語的「師姊」su-tsé，結果讓我直覺把這個詞聯想成「獅姊」。以前一直覺得很奇怪，為什麼很忙碌要說無閒「獅姊」？她是誰？

這個問題憋到後來，才曉得正確的語源應該是「無閒屎債」（bôr-îng-sái-tsè）才對。可能是因為發音或口傳的誤差，「屎債」最後成了「獅姊」。

如果是「無閒屎債」就比較容易理解了。一個人欠了一屁股債要還，忙著處理這些問題，肯定是非常忙碌，這是第一種理解方式。另一種理解方式是人有三急，如果整天忙著處理屎屎尿尿的事，那不只是忙碌，而且還是很多餘、無謂的忙碌，可以說是瞎忙的意思吧？但說起來，可能是我從小聽習慣「無閒獅姊」的發音，即使現在知道「無閒屎債」才對，卻仍然習慣、也比較喜歡說「無閒獅姊」，感覺好像一頭母獅在草原上不曉得在忙什麼，比較生動活潑。

另外還有一個形容也是很常用到的，忙得像「干樂」（kan-lo̍k），也就是陀螺的意思，家中長輩很常說：「規工像干樂按呢轉來轉去，嘛毋知咧無閒啥？」或是最基本款的「無閒到『歪腰』」以及「無閒到強欲『酥腰』」（soo-io）去矣」，也就是忙到腰都歪了、忙到極度疲憊，腰都快鬆散了。如果是忙到快翻掉，還有另一個更直覺的說法，那就是「碌死」（li̍k--si）。台語會說：「強欲碌死矣！」又或者單說一個「碌」字，譬如叮嚀人不要太勞累，會說：「你毋通傷碌。」這個「碌」就是勞碌、勞累的意思，就字面來看很簡單，但這幾年下來，似乎也越來越少聽到這麼精簡的說法，實在可惜。

這些詞彙，無論是「挲草」，還是原為「無閒屎債」但發音接近讓人難以忘記的「無閒獅姊」，總覺得這些語言轉來轉去，讓頭

腦「挲草」一下，最後邏輯想通，常會有「原來是按呢」的快感，
真是痛快。

說到廚房，以前台語都會說「灶跤」（tsàu-kha），可是現在越來越多人直接說「廚房」（tû-pâng），畢竟大家現在不用「灶」，都改用「瓦斯爐」了。可見語言的使用象徵著器具跟環境的變化。如今科技進步，電子化的時代早已到來，更多新式器具有待我們用台語腦重新掃瞄一番囉！

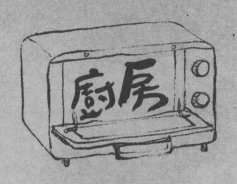

馬鈴餅
má lîng piánn

馬鈴餅
（má-lîng-piánn）：洋芋片

洋芋片其實就是馬鈴薯片，台語直翻的話就是「馬鈴薯片」（má-lîng-tsî-phiàn），但我們更喜歡簡稱為「馬鈴餅」。

新鮮膜
sin sian mȯoh

新鮮膜（sin-sian-mȯoh）：保鮮膜

保持食物新鮮的膜，如果華語是直接叫「保鮮膜」的話，台語應該可以簡稱為「新鮮膜」。附帶一提，有些華語同音的字，台語發音是完全不同的，例如「磨」跟「膜」華語同音，但台語的「磨」唸buâ，「膜」是唸mȯoh。可別照搬華語發音把「膜」唸成buâ了。

閘燒疊仔
tsàh sior thiàp á

閘燒墊（tsàh-sio-tiām）、
閘燒苴（tsàh-sio-tsū）、
閘燒疊仔（tsàh-sio-thiàp-á）：隔熱墊

「閘」是攔阻、擋住之意，將熱隔絕開來，故為「閘燒」。「墊」的台語是tiām，譬如「椅墊」（í-tiām）、「坐墊」（tsē-tiām），不過「墊板」則是「冊疊仔」（tsheh-thiàp-á）或「苴枋」（tsū-pang）。「苴」本身也有墊東西的意思，椅墊也可說「椅苴」。所以隔熱墊的台語，可以說「閘燒墊」、「閘燒苴」、「閘燒疊仔」，看哪種較好發音就選哪個吧！

杯台仔
pue tái á

杯台仔（pue-tâi-á）、杯苴仔（pue-tsū-á）：杯墊
杯墊本身就像個平台，所以我們稱為「杯台仔」。「杯苴仔」是因為「苴」本身有墊的意思。

燒烘
sior hang

燒烘（sio-hang）：烘焙

「烘焙」原意為用火烘乾，所以台語我們翻成「燒烘」。

起司烘
chiizu hang

起司烘（chiizu-hang）：焗烤

沿用日語做為台語外來詞，起司為
チーズ（chiizu），後面加個「烘」，
本身即有烤的意思。

熻狗
hah káu

熻狗（hah-káu）：熱狗

其實華語的「熱狗」就是直接翻譯hotdog
這個詞，那台語也可以用相同邏輯，將hot
音譯為「熻」。「熻」本身就有烘晒、
加熱之意，不但跟「熱」同意，音更接近
hot，加上「狗」直翻變成「熻狗」。

西洋糕餅
SE iônn kor piánn

西洋糕餅
（se-iônn kor-piánn）：洋菓子

　　「洋菓子」（ようがし）是指西方傳入的甜品，相對於日本的傳統甜品「和菓子」（わがし）。這裡的「菓子」不是指水果，而是日語對甜品、點心、糖果、糕餅等等的總稱。近幾年台灣的「洋菓子」也很熱門，若以華語思考再轉為台語，會變成「洋果子」（iônn-kué-tsí），但這就成了「西洋的水果」。若照原意，台語的點心或糕餅可以直接稱為「糕餅」，所以「洋菓子」應該可以叫做「西洋糕餅」。

日本糕餅
Jit pún kor piánn

日本糕餅
（Jit-pún kor-piánn）：和菓子

　　「和菓子」的「和」指的是日本，照字面翻譯為台語則是「日本糕餅」。

滷茶卵
lóo tê nñg

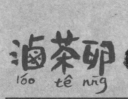

滷茶卵（lóo-tê-nñg）、
茶心卵（tê-sim-nñg）：茶葉蛋

　　透過滷包及茶葉湯所滷製而成的蛋，所以可稱「滷茶卵」。若是直譯，則可說「茶心卵」。

甜箍仔
tinn khoo á

甜箍仔（tinn-khoo-á）、甜箍麭
（tinn-khoo-pháng）：甜甜圈

甜甜圈的說法是「甜箍仔」或是
「甜箍麭」。因為圓圈的台語是
「圓箍仔」，所以甜甜圈就是
「甜」跟「箍仔」相結合。而麵包
的台語是「麭」，是源自日語的外
來詞，所以也能說成「甜箍麭」。

大食王
tuā tsia̍h ông

大食王（tuā-tsia̍h-ông）、
胃口王（uī-kháu-ông）：大胃王

「小食」（sió-tsia̍h）是指胃口小的，
反之，「大食」則是胃口大的，那大
胃王應該可以稱為「大食王」。但我
們比較喜歡說「胃口王」，因為特別
有胃口，感覺也比較可愛。

小食喙
sió tsia̍h tshuì

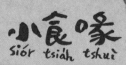

小食喙（sió-tsia̍h-tshuì）、
小食（sió-tsia̍h）：小食量

小食量可說「小食」，若說成「小食喙」，
則有一種嘴巴很小、能吃進的食物量也更少
的感覺，聽起來比較溫婉優雅。

俗麭（siók-pháng）：吐司

吐司的日文是「食パン」
（shokupan），音同「俗
麭」（siók-pháng），字面
上有「便宜的麵包」的意
思，音義都恰好吻合！

菜燕（tshài-iàn）：果凍

「菜燕」原意為洋菜、洋粉，可
用來製作布丁或果凍。通常這類
膠狀食品都一律稱為「菜燕」。

蒜香枝（suàn-hionn-ki）、蒜蓉枝（suàn-iông-ki）、
蒜絨枝（suàn-jiông-ki）、索仔股（sorh-á-kóo）、索
仔條（sorh-á-tiâu）、枷車藤（kha-tshia-tîn）、脆枝
（tshè-ki）：麻花捲

麻花捲的說法有很多種，我家裡都是說「蒜香枝」，
遠看時像是一串蒜頭，所以也有「蒜蓉枝」或「蒜絨
枝」的說法。至於「索仔股」跟「索仔條」的「索
仔」，原本是繩子的意思，正好用來形容繩索纏繞
狀的麻花捲。「股」則是計算完成繩線的台語量詞，
譬如「一股索仔」、「一股線」。「枷車藤」的「枷
車」是指牛軛等拉牛的器具，由於麻花捲的外觀就像
是很粗大的「枷車」，加上相互纏繞，於是以「藤」
稱之。

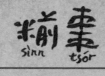

糋棗
sìnn tsór

糋棗（tsìnn-tsór）：芝麻球

有人說「刀馬旦」或「燒馬蛋」，台語說「糋棗」，「糋」是油炸的意思。

寸棗
tshùn tsór

寸棗（tshùn-tsór）：細長的油炸點心

細長型的點心，也稱「棗枝」（tsór-ki）。

生仁
sing jîn

生仁（sing-jîn）：天公豆

之所以稱為「生仁」，是因為這種點心就是「土豆仁」所製成的，為一紅一白的年節點心拼盤必備物，常與「寸棗」、「冬瓜糖」等點心擺在一起。「生仁」有長壽之意。

馬蹄糍
bé tê tsìnn

馬蹄糍（bé-tê-tsìnn）、
馬花糍（bé-hue-tsìnn）：雙包胎

雙包胎是一種油炸點心，又稱兩
相好，台語則稱「馬蹄糍」、
「馬花糍」，粵語稱「馬腳」，
因為形狀像馬蹄。

滸苔
hóo thî

滸苔（hóo-thî）：海苔

市面上有看過產品的外包裝寫成
「虎蹄」，都是指海苔。台語也
常以日語ノリ（nori）做為外來語
稱之。

田螺仔餅
tshân lê á piánn

田螺仔餅（tshân-lê-á-piánn）、螺仔餅（lê-á-piánn）、
鱟夏仔餅（hāu-khat-á-piánn）：耳朵餅

耳朵餅又稱「豬耳朵」、「貓耳朵」、「傘餅」、
「貝殼」。台語則有「田螺仔餅」、「螺仔
餅」、「鱟夏仔餅」的說法。主要都是由外觀
而聯想出不同的說法。至於「鱟夏仔」是勺
子的意思。

紅柿乾
âng khī kuann

紅柿乾（âng-khī-kuann）：柿餅

也有人說「柿餅」或「柿粿」，不過我們家都說「紅柿乾」。

卵包
nn̄g pau

卵包（nn̄g-pau）：荷包蛋

華語「荷包蛋」的命名緣由本身就很有趣，據說是蛋白包覆著蛋黃，像含苞待放的荷花而得名。又有一說是像錢包一樣，將蛋黃包覆在內。我們認為第二種說法比較貼切，因為「荷包」本身就有「錢包」的意思，而且對照台語用「卵包」指稱，也比較有道理。好比錢包是「錢包仔」，「卵包」就是把「卵」包覆收納起來的意思。

桌崁
torh khàm

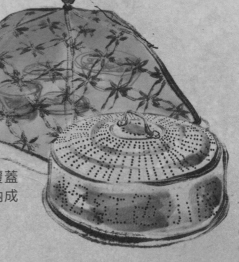

桌崁（torh-khàm）：桌罩

這是原本就有的詞。「崁」本身就是覆蓋的意思，但現在的「桌罩」多半可收納成傘狀，跟過去一體成型的樣貌差很多。

齒攕
khí tshiám

齒戳仔（khí-thok-á）、齒戳（khí-thok）、
齒攕（khí-tshiám-á）：牙籤

這幾種說法都有。台語的「攕」是指尖物插入，
「籤」則是指細長的竹片，例如抽籤用的長條物，
跟牙籤的種類不同。

酒開仔
tsiú khui á

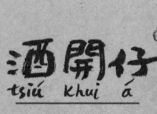

酒開仔（tsiú-khui-á）、
開仔（khui-á）：開瓶器

開酒瓶蓋用的器具，但因為開瓶器不限於酒
類，所以又稱「開仔」。

電烘爐
tiān hang lôo

電烘爐（tiān-hang-lôo）、
加溫爐：微波爐

「烘爐」是指小型的火爐，微波爐就像
是現代的小烘爐一樣，所以我們就直接
稱為「電烘爐」，或說「加溫爐」應該
也很容易理解。像我阿公會說「共中晝
頓加溫用予燒」。「烘爐」也可以用來
說烤箱，或和其他相關的家電產品做聯
想。

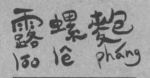

電子油鼎（tiān-tsú iû-tiánn）：氣炸鍋

氣炸鍋當然可以直接翻成台語的「氣糋鼎」，不過以我阿公來說，他聽不懂「氣糋鼎」是什麼。後來改說「電子油鼎」或「自動油鼎」時，他反而可以理解這是一個可以炸、可以烤、可以煎的鍋子。

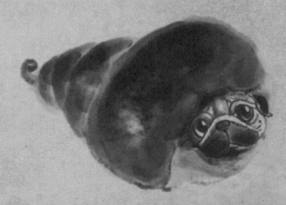

露螺仔（lōo-lê-á）、露螺麭（lōo-lê-pháng）：蝸牛麵包、螺旋麵包

這種麵包叫做「露螺仔」、「露螺麭」（蝸牛麵包），因為麵包本體很像蝸牛殼而得名，內餡通常會包奶油，非常好吃。吃「露螺仔」有特別的步驟，首先要把尾巴掰斷，從後面開始撕，慢慢地沾前面的奶油或巧克力吃，然後再慢慢把內餡往前端擠，這樣反覆進行，最後再把整塊麵包吃掉，這樣裡面的內餡全都不會浪費哦！

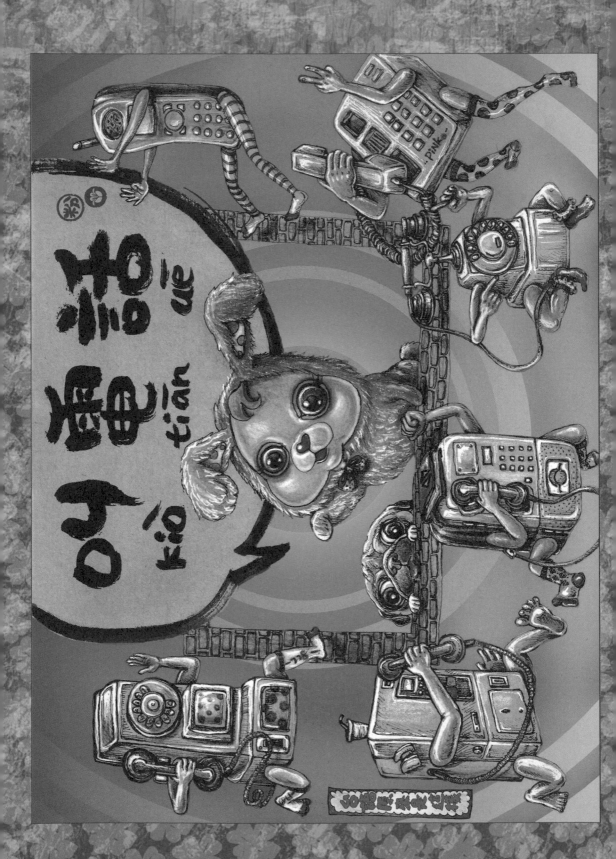

［24］ 該用打的還是用叫的
叫電話

羅馬字 kiò-tiān-uē
釋　義 打電話。

　　「有閒愛叫電話轉來喔！」每次從阿公家離開，他老人家便會如此這般叮嚀。

　　「叫電話？」Phang Phang 對這句話感到疑惑，為何電話要用「叫」的，不用「打」的，跟她記憶中的台語不太一樣？但她直接問阿公，阿公也搞不清楚這個詞到底有什麼好解釋的。這就好比有次我在台南的木瓜牛奶店，遇到一群外國人問老闆娘說：「牛奶、鮮奶、鮮乳、牛乳，有什麼不同？」我看老闆娘的表情完全愣住了，當場被考倒，不曉得該怎麼回答。

　　對早已將語言內化、習以為常的人來說，要解釋詞彙的差異是相當困難的事情。譬如阿公被問到為什麼是「叫電話」時，他也只能照字面再翻譯一次。只記得阿公當時笑著用國台語夾雜對 Phang Phang 解釋說：「叫電話就是『打電話』。」Phang Phang 也很有毅力地繼續問：「按呢和『敲電話』有啥物無仝？」

　　「敲電話嘛是『打電話』。」阿公笑著說。雖然可能因為耳背、老化等因素，阿公跟我們之間會有點雞同鴨講，但每次看到高齡九十歲的阿公這樣跟我們對話，就覺得老人家越老越可愛，難怪常聽人家用「老古錐」來形容這樣的長輩。

　　我們平常說「打電話」的台語，現在多半都是講「敲電話」

叫
電
話

一
四
一

（khà-tiān-uē），但這裡的「敲」（khà）是什麼意思呢？又爲什麼要說成「敲電話」呢？

　　「敲」原本就有敲擊的意思，用來形容指頭按壓電話數字鍵的短促敲擊動作。不過關於「敲」的緣由還有另一種說法，那就是受到日語影響。因爲打電話的日語爲「電話を掛ける」，所以台語「敲電話」的「敲」便是從日語的「掛ける」（kakeru）借音而來。

　　這個「敲」源自日語「掛ける」的說法，可能性很高。因爲日本統治時期爲 1895 年至 1945 年，早在 1897 年，就有第一部軍用電話設置在澎湖。顧名思義，那並非一般民用的設備。不過短短三年，也就是 1900 年，可供一般民眾使用的電話設備，甚至是公用電話，便陸續推出了。但當時裝置費用高昂，不是一般人用得起的，換句話說，能使用電話服務的，多半是經濟富裕的家庭，其中又以日本人居多。由此推測，使用電話這種新式產品時，應該多半是以日語進行，「掛ける」最後流通進而影響台語「敲電話」的可能性也就大大提高。

　　無論「敲電話」是否來自日語，這個說法的確到今天都還普遍流通。其他關於打電話的台語，還有「摃電話」、「搖電話」，以及阿公說的「叫電話」等等。

　　「摃電話」的「摃」（kòng），意思是用力打、撞或敲，字面上看起來跟打電話非常相似，但究竟是誰影響了誰，就有點難以考究了。我想起高中時曾聽同學說過「摃電話」，當時一直覺得他是在說「講電話」，只是口音不同。沒想到他講的竟然是「摃電話」，現在想想可以說是極爲稀有了吧？

　　「搖電話」如字面所示，是用手搖的方式撥打電話。因爲日治

時期的電話就是這種「磁石式」的手搖式電話機，利用話機旁的手搖桿來帶動發電，如此一來，另一頭的接線生才知道要接通電話。「搖電話」就是由這個搖桿子的操作方式而來。

到了戰後，早期的電話還不是如今的數字按鍵，而是用轉盤的方式撥號。這種電話面板有一圓形轉盤，盤底有數字依逆時鐘方向排列，盤面對應數字的位置則有孔洞。要撥號的時候，將手指插入號碼孔洞，順著圓盤搖轉至最底的止撥點，抽開手指讓轉盤歸位，再繼續搖動下一個號碼。這時打電話也同樣叫做「搖電話」，可能很多人和我一樣，小時候家裡有一段時間還是用這種轉盤式電話。

至於「叫電話」是最有意思的了。光看字面會讓人有一種一大堆電話被召喚而來的感覺，真是生動。至於為什麼是「叫電話」，理由跟上述提及的「搖電話」也有關聯。原來早期的電話是用「叫」的，怎麼叫呢？就是用手搖式電話「搖」了電話之後，再透過人工接線生「叫」電話，轉接到真正要通話的對象，所以才有「叫電話」的講法。

這一連串看下來，不難再次感受到，語言的確是反映歷史與文化最鮮活的載具。透過敲電話、損電話、搖電話、叫電話等不同的台語說法，便簡單清楚地回顧這段台灣電話史了。

但無論電話是用打的還是用叫的，或者是用搖的還是用敲的，對於電話那端等候來電的人而言，有時間記得問候一下就對了。

林百貨
流籠

羅馬字 ▶ liû-lông
釋　義 ▶ 電梯。

在台南，應該不少人擁有自己的私房散步路線吧？

我跟 Phang Phang 特別喜歡的散步路線，第一站是台南公會堂，這裡也是舊時的「吳園」。在小時候的記憶中，這幢建築物叫做台南社教館，偶爾會有書畫展覽，不過這幾年已改頭換面，重現原本公會堂及吳園的美麗面貌。從這裡出發，漫步至最近的台南測候所，有些在地人因其外觀把它戲稱爲「胡椒罐」，接著行經湯德章公園，也就是圓環中心，這裡在日治時期是大正公園，老台南人都稱之爲「石像」，二戰後則被改爲民生綠園。

公園前方是台南合同廳舍，這個「合同」並不是指「打合同、簽合約」，而是日治時期此機構包含了消防組、警察會館、派出所，直到現在仍持續做爲警消單位之用。矗立在旁的國立台灣文學館，以前是台南州廳，旁邊緊鄰孔子廟，嘉南農田水利會（日治時期原嘉南大圳組合事務所）以及最近頗受注目的台南警察署廳舍。這棟警察署經過重新整理，將戰後塗上去的紅色恢復成原來典雅的米黃色，成爲台南市美術館的一館，而其內部新舊交織的設計，光是置身於館內就是一種視覺享受。再走過去，就到了台南市美術館的二館，此處曾是台南神社舊址、一度被改建爲公 11 停車場。而它的對面則是日治時期的地方法院，最後途經至今還在營業的土地銀行（日治

時期原勸業銀行台南支店） 以及對面的林百貨，做為這一區散步路線的結尾。

漫步這趟路程，可以感受到過去這裡的熱鬧氣氛。直到今天，這裡一樣深受遊客喜愛。

等在我們這條路線終點的林百貨，於日治時期 1932 年開幕，位於台南市的「末廣町」，座落於有「銀座」美名的繁華地段。因此不難想像當時的盛況，足以媲美今日充滿第一手流行時尚的鬧區。

做為台灣唯一一間擁有頂樓神社與商用電梯的現代百貨，也是南台灣第一間百貨，林百貨的地位相當重要。含頂樓「末廣社」神社在內，全棟一共六層，一至五樓則販售各種西式商品物件，種類既現代又齊全。

林百貨又名林百貨店，雖然二戰後一度改作他用，甚至荒廢，但在政府與民間的推動下，有幸於 2014 年以全新姿態重新開幕。

我曾向九十幾歲的阿公求證，究竟老台南人是怎樣稱呼林百貨？有一說為「五層樓仔」（gōo-tsàn-lâu-á），自然是以當時第一高樓的外觀與地位得名，另一說是直接稱「ハヤシ」（hayashi），當然也有人以台語「林百貨」直讀。林百貨的重新開幕，也多少激起他們那一輩口耳相傳的記憶。

商用電梯是林百貨的一大特點，經過內部整修，電梯的外貌也有仔細修繕還原。「電梯」的台語現在多直翻為 tiān-thui，但以前的人們是說「流籠」（liû-lông）。當時有許多人為了一睹「流籠」的風采慕名前來，爭相體驗搭流籠、逛百貨的新潮感，所以也才有了這麼一句話：「天下第一倯，戴草笠仔、穿淺拖仔，坐流籠。」

這裡的「倯」（sông）是土氣的意思。從這句話不難看出，當時

坐流籠是一件多麼體面、風光的行為，也因為這句話流傳下來，間接證實了這座商用電梯當時就被叫做「流籠」。

　　其實「流籠」是早期人工渡河用的工具，現在渡山河用的電纜車或升降梯也是這麼說。或許是因為林百貨的「流籠」跟這些工具的功能、外觀都很像，才因此得名。從這裡也不難看出，面對新產品或新事物時，人們多半會先以既有的語彙、觀念或外型去思考、聯想。

　　附帶一提，本小屋曾經在另一本小說集《鯤島計畫》當中，收錄一篇名為〈透明電梯〉的短篇故事，其中有一個斗笠殺手的角色叫做「阿其」，人物設計的靈感就是來自上面那句話。故事中的他有個怪癖，就是說話時一定要加入台語疊字詞，就連最後在林百貨頂樓決戰的緊張時刻也一樣。若想一窺台語疊字詞的趣味，不妨看看那篇故事。

　　講到「流籠」的概念，場景再度回到電梯前，當電梯門開啟是滿員狀態時，老一輩的會說：「咱坐後一幫。」這裡的「幫」（pang）跟計算車班、車次的概念相同，一如「車幫」（tshia-pang），通常是指有固定行車路徑的車輛。或許大家也聽過一首陳明章的經典台語歌〈蘇澳來的尾幫車〉，這個「尾幫車」就是末班車的意思，用一條固定行進的路線，傳達日常規律的滄桑感，這也是為什麼「尾幫車」或是「車幫」入歌詞之後，總能牽動情緒。照這樣的邏輯來思考，「流籠」用「幫」來計算也就說得通了，畢竟電梯也是軌道運輸的一種，一層樓就像是一個站。

　　然而，我們今天已經很少把「電梯」說成「流籠」了，這或許也代表語言隨著時間不斷變化，即使是經歷過那個年代的阿公，再

走進林百貨搭那座紅極一時的「流籠」，也改以「電梯」來稱呼了。我試探性地用「流籠」來喚起阿公的回憶，只見他笑著說：「著啦，以前這號做流籠。」

換句話說，「流籠」並不是不能再用，只是這個詞彷彿成了往日回憶的一部分，就好比現在有人堅持用「大哥大」來指稱手機，或是老一輩習慣把醫院講成「醫生館」等等，這些說法並無不可，只是會有點不合時宜的感覺。任何語言都是如此，我們應該思考的是與時俱進且更彈性的說法才對。

回頭看看我們的散步路線，當我們還沉浸在歷史的氛圍中，才發現現在已經流行起「散步美食」了。看樣子，以後散步路上吃吃喝喝，要講的古更多，風景也會更美妙吧？

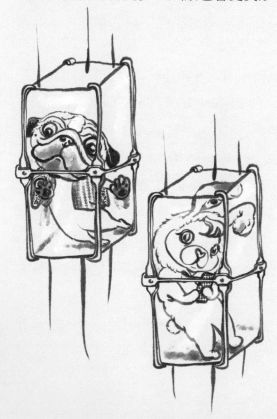

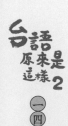

[26] 逐漸消失的各種傳統遊戲
尪仔

羅馬字 ang-á

釋 義 人偶、公仔。

　　每次跟人提到「烏囡玉」是洋娃娃的意思時，常會得到這樣的回應：「不是應該說『尪仔』嗎？」、「原來還有『烏囡玉』的說法！」不管是習慣那一種講法，我們都可以感受到，在這些台語詞彙細膩的差異之間，有每個人各自的經驗或回憶，語言連繫著文化與個人的情感認同。

　　「尪仔」（ang-á）通常泛指人偶，但比較像是華語所說的，現在流行的玩具收藏品「公仔」——事實上，「公仔」一詞也是華語從粵語直翻而來的新詞彙。所以「公仔」之於「尪仔」，「烏囡玉」限於「洋娃娃」，兩個詞彙所描述的是不一樣的產品。

　　也有人疑惑問說：「那咖哩尪仔呢？」那是指華語諧音台語「傀儡」（ka-lé）而來的線控木偶。可見台語跟華語一樣，對事物有相當細膩的分別。

　　跟「尪仔」有關的物件還有「神明桌」，通常會講「紅架桌」（âng-kè-torh），但有一說認為這個「紅」應該是「尪」、「尪仔」的意思。因為神明桌通常都會刻上人物像，這些雕像其實就是「尪仔」，所以才會有這種說法。

　　通常長輩看到小孩子畫圖，比較道地的會說畫「尪仔」，不會說「畫圖」，因為畫「尪仔」聽起來比較像是插圖的感覺，畫圖則

像是一幅完整的藝術畫作。好比「尪仔冊」跟「まんが」（manga）雖然都是指漫畫，但「尪仔冊」比較接近插圖、插畫，而源自日語的外來語「まんが」（manga）就是單指漫畫書了。台語有句話說：「我聽你咧講 manga！」意思是指對方講話跟漫畫一樣天馬行空，有鬼扯淡的意思。另外值得介紹的是，台灣歌手李英宏有一首〈水哥〉，中間有個段落是由饒舌歌手蛋堡以台語饒舌詮釋：「水哥攏捌，但是無咧沐，遐有的無的，無咧插，毋是屁窒仔，愛濺，講 manga…….」這裡的 manga 也就是吹牛、鬼扯的意思，至於前面的「濺」（tsuānn）本身也有吹噓之意，跟「水哥」有所呼應，形成口沫橫飛、液體噴發的畫面感，很有意思。

「尪仔冊」跟「manga」的差異，似乎也有點像華語說「動畫」跟「卡通」的狀況？這兩者嚴格說起來是不一樣的，動畫的日語原文為アニメ（anime），但卡通則是從英文的 cartoon 音譯而來，製作方式也不同。從上述種種詞彙的舉例比較，再回到「尪仔」一詞，應該可以感受到其中的差異與細膩之處了。

既然說到「尪仔」，怎麼能不提「尪仔標」跟「尪仔仙」這兩種兒時記憶中的經典童玩呢？對沒有經歷過的人來說，這兩種東西真的很容易搞混。讓我們一起回憶它們到底長什麼樣，又要怎麼玩。

「尪仔標」是一種固定大小的圓形紙牌，圓周略帶鋸齒狀，牌面會印製各種當紅的漫畫角色或布袋戲人物，甚至是明星的照片，是早期經典的童玩之一。玩法或許因地區而有不同的變化，但我記得自己小時候的玩法是：玩家先分別拿出一定數量的尪仔標疊成一疊，並從中指定一張，接著輪流以一張尪仔標來打向那整疊的尪仔標，看誰先把那張指定的尪仔標打出來，或沒有被其他尪仔標壓到

就贏了。雖然疊越高越困難，但贏的人可以得到所有尪仔標，也就越刺激！

　　「尪仔仙」則是一種塑膠製品，有各種尺寸和樣式，甚至有立體圓弧造型，上面的圖樣跟尪仔標一樣，以各種漫畫角色或布袋戲人物為主，動物、水果等也應有盡有。雙方玩家先派出自己要使用的尪仔仙，輪流用手指推移，想辦法拿捏力道或角度，看誰先將對方的尪仔仙壓在底下就贏了，勝者可以獲得對方敗戰的尪仔仙當作戰利品。為了增強戰力，有的同學甚至會「加工」自己的尪仔仙，比如在尪仔仙下方塗立可白加厚，或者用打火機將某個角加熱變形。如此一來，在尪仔仙的擂台上便猶如「死亡戰車」，幾乎沒人可以戰勝。

　　另外還有一種人偶造型的產品，就是「布袋戲尪仔」。小時候買的布袋戲偶，製作簡易，一手即可操控，無論是一人雙手飾兩角，或跟朋友多人大亂鬥，都是殺時間的最佳選擇。

　　關於「布袋戲尪仔」，我曾聽過一句相關的諺語「牽尪仔補雨傘」，意思是操控戲偶修補雨傘，使出渾身解數、非常賣力的意思，光想就覺得很神奇吧？不過我這幾年才曉得原來這句諺語大有來頭，完整版是：「牽尪仔，補雨傘；牽豬哥，四兩半；牽新娘，出來看。」這讓我想到國中時期校園內很流行玩一種叫「牽豬哥」的遊戲，玩法是兩人手握童軍繩，利用繩索旋轉的力道勾套對方的食指，對方一旦被套中，就必須把繩子在手上繞一圈，如此來回，看最後誰手上繞的繩子圈數最多，就是被贏家「牽」走的「豬哥」。

　　不曉得當時這個叫做「牽豬哥」的童軍繩遊戲，和那整句諺語提到的「牽豬哥，四兩半」有沒有關係，但不可否認的是，如果我

們今天才創造這個遊戲，恐怕不會以「牽豬哥」來命名了吧？畢竟當時離農業社會延續下來的記憶和經驗還不遠，台語的使用頻率也相對高，才有「牽豬哥」這樣的聯想或運用。

除了「牽豬哥」和「尪仔仙」這類的傳統遊戲外，以前還有被稱為「尪仔圖」的書卡畫冊。這些畫冊的題材五花八門，也有特定尪仔圖的專屬書卡，畫冊內每一頁都有編碼。玩法是要購買一包又一包的書卡，將這些尪仔圖對應畫冊內的編碼貼上、蒐集，有的頁面是單純畫格子給玩家蒐集，但有的則是像拼圖一樣，必須照號碼拼出一個角色的完整圖案。當然，每一包書卡的編碼分配不會是完整一套的，這時候就必須跟朋友互相交換，想辦法湊齊整本尪仔圖，但回想起來，小時候所買的書卡畫冊，總是永遠無法湊齊。

說到這邊，大家對於「尪仔」是不是有比較具體的了解了呢？把台語找回來的同時，也回憶了這些當年一度陪伴我們長大、花了不少心力和精神收集的玩具，還真是懷念啊！

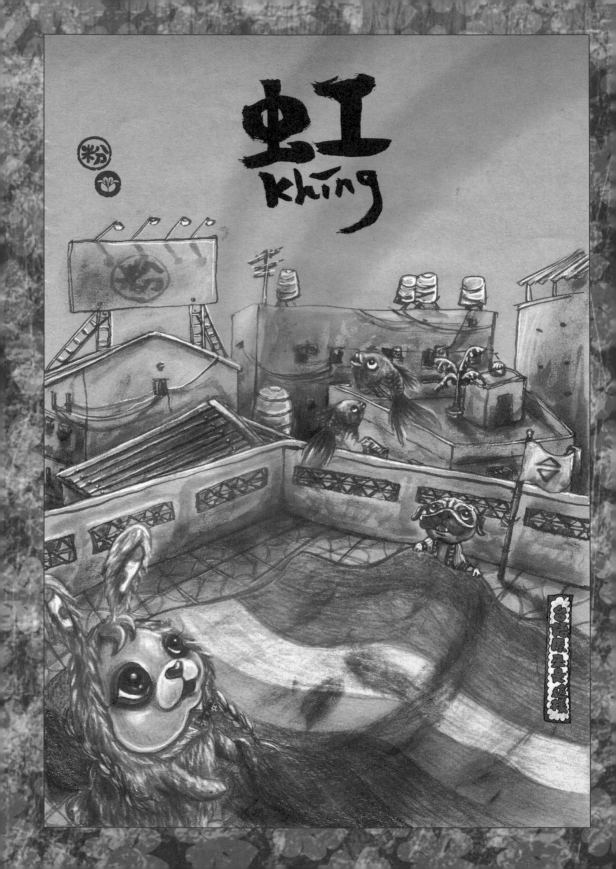

［27］ 我們看到的顏色一樣嗎

虹

羅馬字 khīng
釋　義 彩虹。

幾年前，接近跨年的某個週末，在台南市區與人有約，走在路上，恰好見證一場盛大的「彩虹台南遊行」，我們稍作停留，仔細看看遊行的狀況與內容，才知道這場遊行的主要訴求是推動「多元成家法案」以及「台南同性伴侶註記」。

我於是跟 Phang Phang 討論起，爲什麼同志遊行要用彩虹旗？又爲什麼是那幾種顏色？後來我們詢問身邊對同志議題比較了解的朋友，才曉得原來現今常見的彩虹旗是源自於 1979 年的「六色彩虹旗」，分別爲：紅、橙、黃、綠、藍、紫。但最早的彩虹旗始於1978 年，原本是八個顏色。最上層有粉紅色，倒數第三層是青綠色。1979 年去掉粉紅色，成了七色旗；最後才是今天廣爲人知的「六色彩虹旗」。每一個顏色，其實都有它代表、象徵的意涵，例如紅色代表生命、橙色代表治癒等。

那麼，「彩虹」的台語要怎麼講呢？

台語的「彩虹」主要有兩種說法，一種是單講「虹」（khīng），另一種是借用日語的 ni-ji 做爲外來語。這種自然現象是大氣中的水滴經日光照射後，發生折射或反射，在天空形成一道拱形光譜，也就是我們所熟知的七色彩虹：紅、橙、黃、綠、藍、靛、紫。

有趣的是，彩虹實際上並不只這七色，每個色階之間還有許多

細微的差異存在，一般所見的七色只是簡便的分類概括。更別說不同文化對於顏色的認知和命名也有所差異，這也就會間接影響人們對於彩虹色階各顏色的定義了。

以台語為例，台語的「青色」（tshenn-sik）泛指綠色，但華語的「青色」一如青天的青，則是偏向藍天的顏色。而台語對於「藍」（nâ）和「綠」（li̍k）也有更細緻的界定，「綠」（li̍k）似乎要比「青」（tshenn）來得更深，比「藍」（nâ）更深的藍色則說「紺」（khóng）。可見台語的顏色色階似乎更細緻、清楚且明瞭，這也反映出顏色是透過相對、對比出來的一種認知。

有關顏色的認知差異，還有一個眾所皆知的例子，那就是紅茶。

不管是華語還是台語，紅茶就如其字面上的意思，指紅褐色的茶。但它的英文卻是 Black Tea，照字面來說成了「黑茶」。若以我們所認知的烏龍、綠、紅、黑、白、黃等茶色來區分，「黑茶」應該泛指普洱茶。

那為什麼同樣是紅茶，在不同的語言和文化環境中，會有「紅」「黑」之分呢？除了對於顏色的認知有所不同，濃郁的茶湯被視為黑色之外，也有一說是西方人看茶葉，東方人是看茶湯，一黑一紅，於是有了截然不同的名稱。

那有沒有 Red Tea？嗯，還真有這麼一款名副其實的「紅茶」，不過這個 Red Tea 指的是南非博士茶，又稱南非國寶茶。大家有機會不妨各泡一杯 Black Tea 和 Red Tea 來比較看看，究竟是哪杯茶湯比較黑、哪杯比較紅？也許比較之後，就可以明白為什麼紅茶要叫做 Black Tea 了。

明明是同樣的顏色，但我們看到的色彩真的都一樣嗎？就好像

每個人對同一種色彩的感受或認知可能截然不同，說不定我們看到的其實是同樣的事物，只是彼此需要更多的了解罷了。

　　還記得那天下午，我們看到遊行的隊伍經過，腦中不自覺響起流氓阿德〈我有一個夢〉的歌詞和旋律：「……我有一個夢，一個小小的夢，希望相愛的人，可以永遠永遠、到永遠。」

[28] 這個詞該怎麼說
使態

羅馬字 sāi-thái
釋　義 賭氣、任性。

　　某天晚上接到來自台中的老友電話，說要分享一個在客戶那聽到的台語詞。他問我說：「你有聽過『sāi-thái』嗎？感覺有點像是任性的意思。」

　　這位老友跟我一樣都是台南人，出社會到台中工作，他問的這句「使態」，我跟他以前都沒聽過，也從沒聽家人說過。我們從這個 sāi 聯想到發脾氣的台語「使性地」（sái-sìng-tē），還有意思接近的「張」（tionn），譬如說：「伊閣咧張矣。」進一步猜測這個音近華語諧音「骰態」的「sāi-thái」一詞，或許是「使態度」的簡稱，所以先暫時記成「使態」，某種程度似乎也說得通。

　　那次，據說他是聽到同事說：「閣愛看伊踮遐使態。」好奇之下確定發音，還用手機錄下來，事後再打電話找我討論。自從開始台語圖文創作、收集台語詞彙之後，像這樣與親友討論台語的頻率越來越多。甚至聚餐的時候也能超展開，討論起什麼東西的台語該怎麼說。

　　「恁敢知影『長頸鹿』欲按怎講？」
　　「彼足簡單好無？麒麟鹿。」
　　「網路攏嘛有矣，我問恁，敢知影『降落傘』欲按怎講？」
　　「欲哪會知啦？這『步頻』嘛無人用台語講。」

「步頻」（pōo-pîn），就是平常的意思，台語雖然也可以說「普通時」、「平時」、「一般」，但如果改用「步頻」，肯定讓人瞬間覺得你的台語實力向上跳好幾個等級，是一個值得收藏又好用的詞彙。

　　至於「降落傘」的台語該怎麼說？後來得到的解答是「六角散」（la̍k-kak-sàn），說實在，「降落傘」的台語我也是第一次聽到，當時還想說這是什麼藥粉，或是往六邊發散出去的動態。經過解釋才知道，原來是源自日語「落下傘」（rakkasan）而形成的台語外來語。雖是源自日語，但台語的發音就硬是跟日語不同，特別有味道。

　　「照你按呢講，按呢『直升機』欲按怎講？」

　　「直接翻啊！」

　　「一般攏會講 puropera。」

　　「彼日本話啦！」

　　直升機可以直翻做 tit-sing-ki，就好比收音機、電視機等等新式詞彙也都是直翻而來。不過，台語原本就有借用日語的プロペラ（puropera）做為外來語來稱呼直升機了，但要注意的是，puropera 的原意是螺旋槳，不管是直升機上方或是船身下方的螺旋槳都叫做 puropera。以前的人大概是因為直升機有著大大的螺旋槳，而乾脆以部分表示全部，把直升機直接以 puropera 來全稱，這也是外來語的特色之一。

　　說回「使態」之謎，也許這個詞的使用頻率在地方之間各有不同，但因為過去台語整體的使用頻率較高、流通較廣，所以即使在原生環境中較少用，隨著移動與擴散，久而久之也多少會聽過。如果台語能力較好，就算是第一次聽到，也大概能理解是什麼意思。

好比有些華語的新創流行語或是海外華語用法，即使是第一次聽到，應該也能猜出個大概。說到底，對於一個語言的使用與掌握程度高低，才是能否理解語意的最大關鍵。

後來查詢《台日大辭典》，發現「使態」在字典中被收錄寫為「撒體」（サイ タイ），也就是賭氣，字典另以「使態不做工」為例，大概是任性不做工的意思，和我們的猜測相去不遠。

若看到這裡還不能掌握這個詞的意境或內涵，那就再舉個例子。假如狗狗的個性可以用「天天」或「樂暢」來形容，那貓咪的個性或特色，就可以說是「使態」。某次，我們在臉書粉專畫了一張貓咪任性高傲的樣子來介紹「使態」這個詞，下面就有一位網友分享一句他曾聽過的說法：「有的時陣囂俳，無的時陣使態。」真的是相當貼切。由此也可知，這個詞從以前就有了，意思也幾乎沒有改變。不過教育部字典目前還沒有收錄這個詞，目前我們就暫時以「使態」記錄下來。

後來我跟 Phang Phang 討論，華語諧音寫作「骰態」，也頗有幾分意思。這種任性的情緒或態度，跟骰子一樣，擲出去就難以捉摸，不是嗎？

[29] 巴克禮公園狂奔
猴傱籠

羅馬字 kâu-tsông-láng
釋　義 狂奔。

　　家裡的巴哥溜逗桑有許多奇妙的動作，沒親眼目睹，還眞的很難想像。

　　例如溜逗桑有一招「踅玲瑯 bâ-kùh」（sėh-lin-long bâ-kùh），「踅玲瑯」就是繞圈子、團團轉，而 bâ-kùh 則源自日語的バック（bakku），爲後退之意，現在如果講到 bâ-kùh，通常是用在開車「倒車」的時候。溜逗桑這招「踅玲瑯 bâ-kùh」，一邊旋轉一邊快速倒退，跟陀螺一樣，我們光看都快頭暈了，但溜逗桑卻能快速旋轉自由飄移。

　　溜逗桑的第二招是「食幌頭仔酒」（tsiàh hàinn-thâu-á-tsiú），這句話原本是形容人喝醉、搖頭晃腦的樣子，「幌」有晃動、擺動的意思。只要我們跟溜逗桑說話，或是牠自己對某些事物產生興趣，便會充滿節奏地左右搖擺頭，還會不時發出「嗯……」的悶哼聲。

　　第三招「半暝鼾鼾叫」（puànn-mê kônn-kônn-kiò），也就是打呼。其實單一個「鼾」（kônn）字就是打呼的意思，若是打呼打得很厲害，會說「鼾鼾叫」，但要是比「鼾鼾叫」還誇張，那就成了「鼾甲鼾鼾叫」。寵物會打呼沒什麼，但全家就牠的打呼聲最大，而且還「鼾」到會「歕風」（pûn-hong），一邊打呼一邊吹氣，簡直是卡通裡面的酒鬼。但 Phang Phang 說，溜逗桑這種「那鼾那歕風」的音頻，反而可以幫助她入眠。

猴傱籠

一六三

不過，上述這三招都沒有溜逗桑身為巴哥犬的招牌動作來得奇妙，那就是「巴哥狂奔」，這招看起來就像是一坨肉球在地上飄移。為什麼會說是「飄移」而不是「滾動」呢？因為溜逗桑使出這一招時，牠的四肢快到變殘影，全身看起來已不受地心引力拘束。「踅玲瑯 bâ-kùh」至少還能操控自己的身體動勢，但做起「巴哥狂奔」時，遠比「踅玲瑯 bâ-kùh」還要失控。

　　阿母第一次看到溜逗桑的狂奔狀態，便直呼說：「咧『猴傱籠』矣！」

　　「猴傱籠」（kâu-tsông-láng）就是激動狂奔的意思。Phang Phang第一次聽到這個詞，她說感覺發音很像華語的「高中浪」，還滿「飄撇」的，聽起來有一點海浪高低起伏的動態，那種波浪有快有慢、瞬間一個拍打的速度，也的確很有「猴傱籠」的意境。阿母則解釋說，老一輩以前常把這句話掛在嘴邊，無論是小孩或動物東奔西跑的模樣，都會用「猴傱籠」來形容。

　　離奇的是，這句話似乎失傳得很快。若有機會問長輩，或是帶溜逗散步時遇到狗友順口問一下，許多人都沒聽過「猴傱籠」。很多有年紀的長輩聽到這個詞之後，滿臉問號地懷疑我們是不是講錯了。不過也有一些長輩還記得這個說法，甚至非常訝異地表示怎麼還有年輕一輩的人會講？

　　某次在巴克禮紀念公園帶溜逗桑散步，這裡也是一個在地記憶相當豐富的地點。從荷蘭時期的「荷蘭埤」，日治時期的「夢湖」，再到紀念英國籍牧師 Thomas Barclay（漢名巴克禮，台語白話字發音為Pa-khek-lé）在台灣的種種貢獻與事蹟，我們沉浸在巴克禮紀念公園的歷史氛圍中，溜逗桑則是在這裡尋找牠的狗朋友。一瞬間，牠遠遠

看到另一隻狗狗，便興奮地朝對方施展「巴哥狂奔」衝過去，我跟
Phang Phang 見狀便笑喊：「咧『猴傱籠』矣！」

　　牽狗的是一位年約四十幾歲的太太，聽到我們說出「猴傱籠」
一詞，她非常訝異。她說自己小時候常聽長輩說這個詞，然後就「突
然消失」了，沒想到竟然會在我們嘴裡「復活」。那種吃驚的表情，
到現在還令我印象深刻，那是一種很激動的感觸，我也曾經有過這
種腦海裡突然有個東西「砰！」一聲又被喚醒的感受，那可能是被
莫名其妙遺忘的記憶，又如果和情感或親情相關，那心情當然會更
加激動。

　　不過，語言是不可能「突然消失」的，它其實是漸漸消失、漸
漸被遺忘，然後不知不覺中，你跟身邊的人都不再講到這個詞，時
間久了，它就好像不曾出現在你的生命裡。即使這個詞很有可能和
成長過程中的各種經驗或情感連結在一起，但因爲遺忘了，那個詞
也不見了，語言所包含、承載的這段記憶也就被抽離了。假設不是
因爲某個機緣被無意識喚起的話，那眞的什麼都沒有了。

　　只是我還是想問「猴傱籠」這個詞到底是怎麼來的，感覺很像
是猴子被關在籠中，一臉驚慌、不斷彈跳的模樣。又或者根本是狗
跟猴的台語訛音，從「狗傱籠」變來的嗎？感覺一般情況下，看到
狗被關在籠中的可能性應該高過看到猴子被關吧。

　　但既然阿母回憶中講的是「猴傱籠」，那我就繼續照這樣說下
去吧！

[30] 寵物家人
撞突

羅馬字 tōng-tu̍t
釋 義 出小差錯，兩件事相互抵觸或抵消。

家裡有一隻狗，是否能夠再養一隻貓？

這個問題，我們平常其實已經討論很多遍，究竟貓跟狗在一起生活，會不會「撞突」？

「撞突」（tōng-tu̍t），是指出了點小差錯，或是兩件事相互抵觸或抵消。譬如買 500 元的刮刮樂，刮出來的金額剛好也是 500 元，這樣就可以說：「按呢撞突矣。」又或者常聽老一輩叮嚀，不要一邊吃熱食又一邊喝涼水，這樣會「撞突」。總之，一冷一熱、一正一反，像是日與夜原本不碰頭的兩方，今天狹路相逢，就是「撞突」了。

「撞突」的「撞」和「突」兩字，看起來很像一阻擋、一攻擊的畫面，唸起來的發音也極有這種兩相抗衡的力道。一來一往，好似拿著盾牌「擋」下了前方「突」來的攻勢。

回到正題，究竟貓狗是否能一起生活？我們上網搜尋相關討論，發現目前飼主同時養貓狗的比例已經很高，但實際因狗而異、因貓而異，也因每個家庭的生活環境而異。所以，我們常常想像貓和溜逗桑同時生活在一起的畫面，做過許多設想。

有一陣子，我們很常去住家附近的貓餐廳吃飯，那間餐廳的特色就是養了三隻貓，那三隻貓平常沒事就在餐廳裡招呼客人。但與

其說是招呼客人，其實也就是或坐或臥、偶爾走到客人身邊，很多時候都是坐在高處往下觀望。

我們一開始去貓餐廳吃飯並不是特地去看貓，只是為了填飽肚子卻偶然發現餐廳有三隻貓而已。後來每次去吃飯，都會觀察這些貓的動作跟姿態，所以我們的創作會出現貓，並不是刻意安排，而是那陣子有許多關於貓跟溜逗之間互動的幻想，也包括各種可能「撞突」的畫面。

某次我們帶溜逗到巴克禮公園散步，遇到有位女士帶著黑貓在納涼。想不到就在我們發現他們的瞬間，貓咪瞬間以坐姿直挺了起來，溜逗桑則是哈哈笑地衝過去，一雙前腳扶在椅子上，黑貓也以「喵喵喵」回應溜逗桑的熱情。一旁的女士笑說：「我進前嘛飼過一隻『巴哥』，伊可能將恁兜這隻當做較早阮兜彼隻矣。」

說到貓，台語跟貓有關的詞，可以馬上想到的是源於日語的台語外來語 ne-koo-tshia，指工事用的獨輪推車。這個詞很可愛，前面的「ne-koo」源自日語的「ねこ」（neko），也就是貓的意思，後面的「車」則用台語讀，與「猫車」的日語讀法截然不同。而 ne-koo-tshia 又常講成「令果車」（līng-koo-tshia），成了「蘋果車」。以前不知道緣由，還以為獨輪推車就是專門推蘋果的車呢！載滿蘋果的「令果車」跟 ne-koo-tshia 一起聯想，彷彿一顆顆的蘋果上都有貓咪臉，讓人印象深刻。

台語有許多以貓來做形容的詞彙，譬如「烏貓姐」是形容打扮穿著入時的女性，日治時期《台日大辭典》收錄「烏貓」一詞，還有不良少女的意思。這不禁令人聯想到黑貓的傲然之姿，或是一個帶有滿滿氣勢的眼神。此外，從《台日大辭典》當中，似乎能感覺

到日本人對於貓咪或黑貓有所偏好，在浮世繪或是當代動畫作品當中，也很常看到黑貓的蹤影。

台語形容一個人穿著花俏或是打扮入時，也會說穿得很「貓」（niau），或是把色彩繽紛、五顏六色說成「花哩囉貓」（hue-lih-lō-niau）、「花巴哩貓」（hue-pa-li-niau）。看起來，跟貓有關的台語詞彙，似乎都很著重於外形特徵。

究竟是怎樣的觀察，才會發想、演變出這些貓詞彙？這或許難以追溯了。但我們常這樣想像：以前的狗或許得看門顧田，跟著人們巡山狩獵，不過另一幅浮世繪般的居家場景是，貓咪慵懶地或坐或臥，在家中庭院遊移著，或是打著呵欠看著人們。此時的人們，或許較有閒情逸致來欣賞這些貓咪的姿態神韻，因此才能聯想出這些相關的詞彙吧？

前陣子查閱日治時期的《台灣俚諺集覽》，這本書將台灣諺語詳細分類並收錄成冊，裡頭便有犬、貓等分類。其中有收錄一句「三腳貓，四目狗」，以目前教育部字典的台語漢字是寫成「三跤貓，四目狗」（Sann-kha-niau, sì-bák-káu.）。其中的「三跤貓」，大家現在應該還不陌生，因為台語還算有在使用，甚至也經常直翻成華語。不過另一句「四目狗」現在就幾乎沒聽過了，我對這句話的唯一記憶是新加坡電影《小孩不笨》，戲中角色在加油站相互對罵的台詞中，第一句便是「四目狗」！當時不曉得「四目狗」，光聽台詞腔調還一直以為是「死目猴」（sí-bák-kâu），畢竟發音實在太像。後來家裡開始有寵物家人溜逗桑之後，接觸了很多相關知識，才曉得原來狗有所謂的「四目」，就是指眼睛上方與整體毛色對比的那一撮毛髮，遠看很像多了一雙眼睛。這個詞或許有點像用「穿白襪」來形容四

肢腳踝帶白毛的黑狗，台語說「白跤蹄」（pèh-kha-tê），有掃把星的意思。另一句相似的還有「三跤貓笑一目狗」（Sann-kha-niau tshiò tsit-bák-káu.），意指五十步笑百步。其實，無論是「四目狗」還是「白跤蹄」，以現代的觀點，都是可愛且獨一無二的，寵物永遠都是最天眞的家人，若因爲自身一時運氣不佳而牽拖貓狗們，那是極不負責任且可笑的。

　　我跟 Phang Phang 討論到此，再一次仔細觀察自家的溜逗桑，有人說牠看起來很憂鬱，也有人說看起來充滿喜感，更常聽人說牠醜得很可愛。但無論是醜還是可愛，寵物家人就是「糖霜丸」，我們都要永遠愛牠。這就好比我們的母語，無論好不好聽、優不優美，母語就是我們的寶貝，難道不優美不好聽，就不重要了嗎？

[31] 爐主、顧爐、扛爐
落第

羅馬字 lȯk-tē
釋　義 落榜、留級。

　　小時候看過一則故事，說古代一位讀書人進京趕考，他頭戴帽子，風塵僕僕趕路。某天路上，有陣風將他的帽子吹落了，旁邊一位路人大叫：「哎呀！落地了、落地了。」並同時用手指著那頂在路上翻滾的帽子。一旁經過的路人見狀，聽出「落地」與「落第」同音，紛紛偷笑，看著這位讀書人出糗。

　　這位讀書人感到被觸霉頭，心中頗不快，但他腦筋轉了一下，拍拍帽子上的塵土說：「及地了啊！感謝告知。好了，我要繼續往前走了。」這時「及地」又跟「及第」音同了，讀書人的機智，瞬間讓身旁路人從看笑話轉為佩服，紛紛投以刮目相看的眼神。

　　這個故事之所以直到現在還令我印象深刻，是因為我看到台語的「落第」（lȯk-tē）時，總會想起這段有趣的情節。更特別的是，台語的「落第」除了跟華語一樣，有名落孫山或考試失敗沒被錄取的意思之外，也可以用來說「留級」。換句話說，「留級」的台語並不是照字面直翻成 liû-kip，而是說「落第」。當我聽到長輩把「留級」說成 lȯk-tē 時，倒也馬上能明白是留級的意思，腦中也自動浮現故事中曾出現過的「落地」跟「落第」。當時的想像是，「落地」的感覺大概如同從高空墜落地面般的難受，也有如「留級」時見到自己沒在晉級名單裡的落寞吧？

有次跟 Phang Phang 討論起台語的「落第」，她竟然以爲這是我瞎掰的詞彙，甚至把「落第」跟「落地獄」聯想在一起，究竟該說她的台語是好還是不好呢？

　　名落孫山、落榜的華語跟台語都一樣說成「落第」，但「金榜題名」的台語卻跟華語不同。華語說上榜，也就是「落第」反過來變「及第」，成爲一組對應詞。但台語則是講「著等」（tiòh-tíng），這個「等」（tíng）是等級、級次的意思。有一首我們這個世代耳熟能詳的歌叫做〈世界第一等〉，就是指最上等的意思，可別照字面把「等」誤解成「等待」啊，是要等多久！

　　另外有句台語諺語說「驚驚袂著等」（Kiann-kiann bē tiòh-tíng.），意指凡事猶豫不決，必然錯失良機。Phang Phang 很容易把這句諺語跟「愈驚愈著」（jú-kiann-jú-tiòh）搞混，「愈驚愈著」意思是越害怕反而越容易遇到，越擔心某些事則越容易發生，有點像是「墨菲定律」。比如學生時代很怕老師點到自己上台寫黑板解題，偏偏越不會的題目，越擔心，卻越容易被點到，這時候就可以用「愈驚愈著」來形容。

　　Phang Phang 常把這兩句諺語搞混，成了「驚驚愈著等」或是「愈驚愈袂著」，乍聽之下有點像是把「唱歌跳舞」說成了「唱舞跳歌」。不過後來仔細思考後，覺得似乎也頗有哲理，有一種武俠小說逆練武功，反而將錯就錯、自成一格的感覺。譬如說「驚驚愈著等」雖然字面看來莫名其妙，成了「越怕越榜上有名」的意思，或「愈驚愈袂著」，指越怕、越擔心的事，反而都不會發生，兩句都有點像是叫人不要杞人憂天的意思！當然，這樣的思考或許有點跳躍了，但各種諺語或詞彙能透過不同的排列組合，賦予新的生命力，也相

當有趣。

　　聊到留級的台語是「落第」，也讓我回憶起，以前形容班上月考成績最後一名的同學，會開玩笑說對方是「爐主」（lôo-tsú）。爐主的本意是主辦祭祀典禮的人，在信仰的角度來看，是受眷顧、運氣好的意思，但最後一名的人自稱或被叫做「爐主」，則是在說反話，自嘲自己「運氣好」。至於倒數第二名則叫「顧爐」（kòo-lôo），這個詞是從「爐主」延伸而來，指的是守候排隊等這個「爐主」位子的人。甚至還把倒數第三名叫做「扛爐」（kng-lôo），一樣都是幽默、自嘲的說法。久而久之，也成了我們這個世代熟悉的詞彙。

　　雖然介紹這些詞彙的同時，也顯得學生時代讀書的記憶非常沉重，但在沉重之餘，還是可以自己挖掘許多樂趣。就好比一開始提到的，將「落地」轉個念，改口稱「及地」，心情開闊了，就可以將塵土拍去，笑著說：「好了，我要繼續往前走了。」

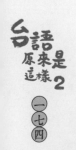

落 làu
空 khang
逝 tsuā

落空逝

羅馬字 làu-khang-tsuā
釋　義 白走一趟、撲空。

　　台南到處都有手搖飲料店，每隔一陣子可能就有新開店家，五色十花，讓人躍躍欲試。前陣子我們發現一間很感興趣的飲料店，打算週末前往，沒想到店家竟然公休，我不禁大嘆，真是「落空逝」了。

　　「落空逝」（làu-khang-tsuā）是白走一趟的意思，如果店家無預警休息、客人撲了個空，就會用「落空逝」來形容。這個詞很能表現一路風塵僕僕，但最後兩手空空離開的失落感。「落空逝」還有另外一種用法，就是派空車出任務。例如：「派一台車落空逝去接人客。」用在這種強調空車的情境時，也可以說「放空車」、「落空車」等等。

　　至於「落空逝」的「逝」（tsuā），則是計算路程或線條、條列文字的單位，也可以是路程的意思。譬如「一逝」（tsit tsuā）亦即一趟或一行（文字），「長逝」（tn̂g tsuā）是長途的意思，反之「短逝」（té tsuā）就是短途。

　　有一陣子很迷港劇，發現粵語說開車載人，會直接用「車」這個字，譬如：「我車你去一個地方。」就是我載你去個地方。但台語說開車載人會用「載」，例如：「載人客。」（tsài lâng-kheh）、「我載你去一个所在。」台語直接講「車」（tshia），是以車子或其他運

輪工具搬運東西的動作，譬如：「車物件。」（tshia mih-kiānn）、「用 ne-koo-tshia 將蘋果車去倉庫。」意思就是用獨輪推車把蘋果運去倉庫。由此可知，粵語跟台語的「車」雖然都有搬運載物的意思，但台語的「車」比較偏向載運物品，一般不太會說：「將人客車去機場。」

　　回到「落空逝」的我們，決定繞到飲料店後方的百年廟宇「昆沙宮」走走。昆沙宮一般被稱爲「下太子廟」，對應有「上太子廟」之稱的沙淘宮，是台南兩間歷史悠久的太子廟。據《台灣縣志》記載，昆沙宮大約是明鄭時期就有，日治時期遷到現址，1930 年代因地震崩塌又重建。

　　我們來到廟口，發現戲台播放著音樂，台上似乎正在「搬戲」。演戲，台語的說法是「搬戲」（puann-hì）或「做戲」，台上「扮仙」的角色個個都特色鮮明，原來這齣正要演八仙的故事。八仙，分別是李鐵拐、漢鍾離、呂洞賓、張果老、何仙姑、曹國舅、韓湘子及藍采和。用台語稱呼八仙時，李鐵拐會說「托拐李」（thok-kuái-Lí）或「鐵拐李」（thih-kuái-Lí），漢鍾離則習慣稱「鍾離權」（Tsiong-Lī Khuân）。

　　戲齣開始，鐵拐李登場，背景音效加上燈光及煙霧效果，讓我們忍不住繼續看下去。鐵拐李拿著拐杖，口白說：「鐵拐李，頭下鐵拐，風調雨順！」這裡的「下」（hē）是放置的意思，也就是鐵拐李要把手上的鐵拐擺在頭上平衡不倒，祈求風調雨順。只見「扮仙」的鐵拐李將手上的鐵拐平放，接著小心翼翼地橫擺在頭頂，此時戲台下的觀眾聚精會神地看著他的動作，我甚至已全然入戲，憋氣緊盯著鐵拐，希望他千萬要頂住啊！

類似的做法，我在台南「天宮廟」看法師執「法索」時也出現過。「法索」的外觀，有著長約三十公分的蛇形木柄，下方連接著穩固編織而成的麻索，長度不一。當法師拿著「法索」朝地上甩打時，會唸出「第一打，天門開……」等口訣。那一次看到法師執法，但周遭有很多圍觀的信眾，以致他甩動「法索」時有點顧慮、難以施展，所以前兩聲沒有打出聲響。旁邊的廟方人員發現，就馬上幫忙把前面的桌子往前移，挪出更大空間，讓法師重新施展「法索」，果真就打出很大聲響了。

　　這時候，戲台上的「鐵拐李」也不負眾望，鐵拐橫向擺放在頭上，成功。

　　雖然這個結果不出眾人所料，但或許是戲台演出的效果和臨場感，總還是令人有耳目一新的緊張感。即便是演過無數次的經典，老戲碼仍有其獨道之處，讓人意猶未盡。儘管這次來飲料店「落空逝」，但恰好碰上廟前有戲台在「搬戲」，也有意外收穫，可以說是：「這逝無落空，顛倒體會著文化。」

　　如果撲空叫「落空逝」，那吃閉門羹的台語又該怎麼說呢？

　　吃閉門羹跟撲空不太一樣。撲空是對方不經意、雙方沒默契造成的結果。但吃閉門羹的意思是被對方回絕，台語的說法是「食膨餅」（tsiàh-phòng-piánn）。「膨餅」是傳統甜點，之所以這麼說，是因為台語的「膨餅」諧音「碰壁」（phòng piah），由此引申為吃閉門羹的意思，我們可以說：「一日到晚直直敲電話來拜託代誌，先請你食膨餅止枵。」

　　另外還有一個說法是「食鹼」（tsiàh-kinn）或者說「食著鹼」（tsiàh-tiòh-kinn），常被翻為「吃羹」，因為台語「羹」有 kinn 及 kenn

兩種發音，其中一種與「鹹」的台語發音相同，而「鹹」只有一種發音，例如「鹹粽」（kinn-tsàng）。以前都把「食鹹」誤解成「吃羹」，直到後來翻閱字典才明白眞相。

說回「食膨餅」，「膨餅」爲台南名產之一，過去的府城文人又美稱爲「香餅」。以前的府城婦女做月子時，會以帶黑糖餡料的膨餅來取代麻油雞，因爲老一輩認爲三顆膨餅的營養程度就等於麻油雞，如果不烹雞來吃，黑糖膨餅就成了替代的「月子餐」。也有人發明將膨餅挖洞，打顆雞蛋倒入麻油後再煎煮食用的做法。也因此，台南膨餅又有「月內餅」（guéh-lāi-piánn）的別稱，後來更普遍成爲簡易食補的點心。以前每當有寒流，阿母就會用這種方式加菜，後來甚至連膨餅的本體都省了，直接改做「麻油蛋湯」，據說這也是傳統取代麻油雞的料理方式之一。不過，「月內餅」結合黑糖與餅皮蛋汁的美味，還是最讓人垂涎三尺。

膨餅的「膨」，得名於中空膨脹的特性，現在也流行不少新吃法，例如在中空的部分放鮮奶油或是冰淇淋。果然，像這種跟吃有關的事情，總能激發源源不絕的創意！讓原本「落空逝」的失落感，延伸出這麼豐富的紀錄。

[33] 空耳
厚字屎

羅馬字 kāu jī-sái
釋義 冗詞、贅句。

　　眼有眼屎，耳有耳屎，屁股也會拉屎，這都非常直白，不需多做解釋。但台語說起這個「屎」，學問可大了。從字面上的意思到延伸的聯想和詮釋，講完保證讓你有「原來是這樣」茅塞頓開的暢快感。

　　譬如「目屎」指眼淚，這應該是最基本的；「火屎」，照字面推論是火的殘留物，指燃燒木炭後所留下的灰燼；「薰屎」（hun-sái），就是指菸灰；「激屎」（kik-sái）難度比較高，是擺架子、態度驕傲的意思；「厚屎」本意是很常跑廁所大便，但後來引申形容一個人毛病很多；「攝屎」（liap-sái）本意是忍住大便，後來引申為小氣、吝嗇；「話屎」，則是指多餘的廢話。

　　那台語的「字屎」或者說「厚字屎」（kāu jī-sái）是什麼意思呢？這其實也不難聯想，既然是寫文章或說話時所產出的排泄物，那當然就是一連串冗長的贅詞贅句囉。

　　說到寫文章這件事，人類自有文明以來，對於文字與書寫的規範，包含格式、章法及表現形式等等，不同的時代各有其獨特面貌。以台灣為例，從清時期到日治時期，再到二戰後整個社會教育文化的改變，變化相當大。過去曾有以漢字書寫的《千金譜》流通，透過文句押韻及朗誦的方式，做為識字的基礎教材，有點像是節省學

習成本的祕笈攻略，只要一本《千金譜》，就能讓人們透過自學，掌握許多日常所需的漢字；另外最著名的還有日治時期的《台灣日日新報》，以及於 1905 年擴充、獨立發行以漢文書面語為主的《漢文台灣日日新報》，這些都是當時台灣流通的重要紙本刊物，記錄著台灣百年前的語文與書寫情況。我們現在可以透過這些重要報刊，或是台南在地的《三六九小報》，一窺當時台灣各地的社會事件及語言面貌，可以說是封存於紙上的時空膠囊。例如日治時期的台南文人洪鐵濤先生，就曾於《三六九小報》發表多篇有趣的短文，主題豐富多元。無論是描寫跑廁所的〈毛坑遊記〉，或是想像蒼蠅視角寫成的〈蒼蠅致人類書〉，甚至如〈靈魂觀〉這樣探討靈魂、精神與科學三者關聯的哲學文章等等。不僅幽默發人省思，且以古文書寫，有時可發現相當寶貴的台語語料。例如「北極熊」的台語，洪鐵濤先生寫作「海熊」，實在非常有趣。

　　饒舌團體草屯囝仔有一首〈職業寫手〉，其中有一段很有意思，歌詞是這樣的：「……分秒必爭滴滴答答，我毋敢嘻嘻哈哈，今暗寫攏歧歧崎崎，一丬寫一丬啼啼痞痞……」這裡面有幾組疊字，如「滴滴答答」（tih-tih-tap-tap）、「嘻嘻哈哈」（hi-hi-hah-hah）、「歧歧崎崎」（kî-kî-kiā-kiā）、「啼啼痞痞」（thî-thî-khiap-khiap），不但押韻分明，透過同音的漢字堆疊，輔以羅馬字表現，更能顯示出台語疊字的特色和美感，疊字的運用也能讓「句讀」變得非常流暢。「句讀」（kù-tāu）是指文章中停頓的地方，通常會在文字下方用紅筆或書法筆劃劃一圈，有點像是用螢光筆替句子劃重點。

　　此外，對台語和其他本土語言來說，語言文字的規範與標準化是相當重要的環節。但目前，我們仍常見到社會大眾或媒體以華語

諧音拼湊台語和其他本土語的現象。這種用華語發音拼湊本土語言發音的方式，有點類似日語的「空耳」（そらみみ，soramimi），意思是照著字面擬音唱出不解其意的外語歌曲，因此產生的詞彙或反差諧趣，但一般情況下，大家唱完仍是「霧嘎嘎」（bū-sà-sà）。

假設今天看到「ㄟ賽」，不曉得大家會聯想到什麼？是台語「可以」的「會使」（ē-sái）？還是把大便拿過來的「提屎」（ėh-sái）？或者是誰的大便「的屎」（ê sái）？不管是哪一個，都可能變成「一丈差九尺」（Tsit tn̄g tsha káu tshioh.）的雙關語笑話。由此可見，無論是哪種語言，都需要一套有完整規範和標準化的文字書寫系統。

如果一篇文章的內容是其靈魂，那文字就是組成內容的血肉。文字不僅是工具，更象徵著文言是否一致。如果語言只是工具，那我們也不用在這邊跟各位「厚字屎」說母語了，對吧？

[34] 「聳鬚」與「覗鬚」
㞗蔓囡仔

羅馬字 lān-muā gín-á
釋 義 不長眼、不要臉的屁孩。

　　台語有許多發音很接近的詞，乍聽之下很像，但其實意思大不同。

　　像是「㞗蔓」跟「荏懶」發音非常像，但「㞗蔓囡仔」跟「荏懶囡仔」的意思完全不一樣。「㞗蔓」（lān-muā）字面上指男性陰毛，用來形容人無恥不要臉、得了便宜還賣乖。歌手施文彬的經典歌曲〈誰是老大〉就有唱到：「踮社會佮人盤撋，人面愛有夠闊，你毋通傷過㞗蔓，愛知影誰是老大……」這裡的「盤撋」（puânn-nuá）是指交際應酬，「㞗蔓」則是說一個人不要太不長眼、不要臉。至於「荏懶」（lám-nuā）就比較常聽到，意思是懶惰、邋遢。饒舌團體草屯囡仔的歌曲〈我只想欲安靜〉有段是這樣：「管伊條件按怎換，是 siáng 咧操盤，感受表面的繁華，比看 siáng 荏懶……」從歌詞的意境中，就可以了解「㞗蔓」和「荏懶」意思全然不同。

　　「㞗蔓」多少有點臭屁囂張的感覺，語意接近的台語詞還有「臭煬」（tshàu-iāng）、「囂俳」（hiau-pai）、「聳鬚」（tshàng-tshiu）、「風神」（hong-sîn）等等，但這些說法似乎更帶貶意，說人一副踮樣。客語也有類似的「屎哱哱仔」（siiˋ bud bud eˋ），這個「哱」本身就有湧出或狀聲的意思，搭配個屎字，跟台語「臭煬」的臭字，完美詮釋了所謂「臭屁踮樣」從字裡行間迸發的感覺。

㞗蔓囡仔

一八五

「囂俳」，也就是囂張的意思。若跟「臭煬」相比，等級似乎又「更上一層樓」了。「囂俳」最常見的一句話是「囂俳無落魄的久」，又常言道「三年一潤，風水照輪」，意思是十年風水輪流轉，叫人別得意忘形。我記得大概是國中的時候，「搖擺」一詞曾經做為「囂俳」的變體流行過一陣子，「搖擺」的動作正好和「囂俳」的態度連結起來，彷彿一個人大搖大擺的囂張臭屁樣，很有畫面。

聳鬚，本意是鬍鬚聳起來的雜亂貌，後來引申為囂張的意思。以前還不認識台語漢字，聽到「聳鬚」一詞，腦海中總是浮現一位兇惡的彪形大漢迎面而來的畫面。「聳鬚」的反義詞是「覕鬚」（bih-tshiu），「覕」有躲藏的意思，鬍子都躲起來的「覕鬚」，就是「內斂」或「低調」囉！

「聳鬚」或「覕鬚」也總讓我聯想到貓狗的臉！貓狗的鬍鬚聳起來、露出驕傲的神情，而且還會從鼻子發出「哼！」一聲，真的非常「聳鬚」啊！或是牠們受到驚嚇要躲藏時，鬍鬚也會稍微往下垂降，非常生動。

「風神」的意思頗多元，可以說炫耀愛現，也有威風神氣之意，客語是說「沙鼻」（saˊpiˇ）。我第一次學到客語的「沙鼻」時，看到漢字就馬上跟台語的「風神」聯想在一起記憶：一個「風神」用一把大扇子將塵土都吹了起來，搞得鼻子都進沙了。客語還有一種說法是「沙鼻牛」（saˊpi ngiuˇ），這就更好記憶了，華語諧音很接近「沙皮牛」，既然有「沙皮狗」，那「沙鼻牛」肯定更威風了。

我們在第一本著作《台語原來是這樣》當中，也有專文介紹過台語「展風神」一詞，這也是從歌曲中學來的。小時候，我們聽豬頭皮的〈笑魁唸歌〉唱到「展風神」，比「風神」還更印象深刻。

一般講「展風神」，或者單講「展」，譬如：「莫佇遐展風神」、「莫閣展矣！」都是叫人不要再炫耀愛現的意思。如果是講「風神」，語氣相對沒那麼強烈，譬如：「我欲駛新車出去風神。」意思是開新車很威風神氣的感覺。我還滿喜歡這個詞，甚至覺得頗美的。

　　上面討論的這些詞，都有一點點負面意涵，不過到了現代，適時的「臭屁」反而是一種好的自我展現。像是台灣有一首饒舌歌曲〈臭屁嬰仔〉，是由多位饒舌歌手共同創作的，裡面歌詞就有唱到「臭屁臭屁的囡仔」，我覺得這歌名取得很好，因為「臭屁」給人感覺恰到好處，如果把臭屁改成上面任何一個詞彙，就失去那種有點幽默的感覺了。

　　有時候給自己多一點自信，臭屁一下，似乎是必要的呢？

話母

羅馬字 uē-bú
釋義 口頭禪。

　　記得國小到國、高中的求學階段，接近畢業時，同學之間便會開始交換寫「畢業紀念冊」。這裡說的並不是那種由畢業班製作頁面，再由學校統一編印發放的官方紀念冊，而是學生自己在文具店買現成的，或自己製作的紀念冊。

　　不曉得現在的學生還會不會準備這樣的畢業紀念冊呢？

　　在網路還不發達的年代，這樣的紀念冊，或許可以算是最早期的紙上個人網頁吧？這種個人畢業紀念冊，通常會傳遞給想要在畢業後繼續聯絡的同學，或者是對彼此有好感、希望留下記憶的對象，請他們寫些內容。至於這本冊子上該寫些什麼，則有一些固定的格式，譬如姓名、綽號、幾年幾班、血型、星座、喜歡的歌曲、口頭禪等等。

　　這些希望對方填寫的項目可以自己先寫好，或是直接將空白的那頁遞給對方，讓對方發揮創意寫下內容。有些同學會用五顏六色的筆書寫，或者在頁面上貼貼紙，畫一些可愛的插圖。也有人會在上面壓上乾燥花、書籤、折彎的愛心迴紋針，甚至用火燒手寫那一頁的書角，附加一些手工紀念物。這些工作都有點耗時，所以交換畢業紀念冊通常會花點時間，「厚工」一點的，有時寫完可能都過兩三天了，有時則是直接傳遞給另一位同學繼續寫下去。假設朋友

之間知道誰跟誰在曖昧或冷戰，不好意思傳畢業紀念冊，就會自動幫他們撮合或傳遞。

通常畢業紀念冊最後會留個幾頁，用於畢業典禮前後讓同學們簽名留念。大家多半會寫「步步高升」、「野花一朵朵，名叫勿忘我，爲你摘一朵，請你記得我」、「珍重再見」之類的短語，也會簽在學校發放的畢業紀念冊最後一頁。後來有人發明了加強版：直接用簽字筆在學校制服上寫下留言跟簽名。

讓我印象深刻的是，當時有位同學，把畢業紀念冊上所有的欄目，用華語加上注音諧音湊字，全部改成了台語版。譬如將姓名改成「哇ㄟ名」，綽號改成「瓦合」（外號），幾年幾班改成「規泥規搬」，血型則是「會刑」，星座則是搞笑翻譯成「天頂ㄟ星」，最喜歡的歌曲是「上尬意ㄟ歌是啥」。這些項目都很好猜，但他最後留了一齣重頭戲：「尾木」。

什麼是尾木？想了老半天，「尾木」原來是華語諧音，台語漢字寫作「話母」（uē-bú），也就是口頭禪的意思。若照字面看，「話母」就是「話語之母」，跟在每一段話裡面，像是母親一般叮嚀著同樣的話語。由此和「口頭禪」產生聯想，似乎也就不奇怪了。

一般人對「話母」的理解，或許偏向於個人的說話習慣，但「話母」也可能是帶有地方特色的語言識別標誌。比如有句諺語說：「離鄉，無離腔。」（Lī hionn, bô lī khionn.）意思是即使離開故鄉，個人說話的腔調還是帶著出身地的獨特符碼，「鄉音無改鬢毛衰」也是同樣的概念。

每個地方都有當地獨特的說話習慣，這種習慣就像「話母」一樣，可能是一種腔調，或是一種語感。好比台南人說話結尾都習慣

加個「逆」，台語正字是寫成「呢」（nih）。譬如說：「你是聽無nih？」、「欲來去食飯 nih？」甚至很多人連講華語、網路聊天打字，都會習慣在結尾加上一個「nih」，像是：「怪我就對了逆？」因為這樣的流行，這個放在句尾的「話母」，就成了台南人最為人所知、「離鄉，無離腔」的最大特色。

另外一種，則是台語使用者普遍的說話習慣，就是在語句後加「neh」，台語正字也是寫成「呢」（neh），華語則是習慣以諧音「內」來表示，感覺有點像是日語的ね（ne）對吧？例如我們會說：「天氣足熱 neh。」、「囡仔足古錐 neh。」這種台語的說話習慣，甚至也反過來在華語當中留下痕跡：「真的內！」、「我覺得還好內！」顯然這一類的「話母」，即使不說台語，也持續以類似的形式保留下來。

這樣說起來，當時那位同學能夠用華語諧音的「尾木」來表達「話母」，真不知道如今年齡相近的學生當中，還有幾個人知道口頭禪的台語怎麼說？我的成長過程中，也多虧了這些台語「輾轉」（liàn-tńg）的同儕，才有辦法不斷補強台語的能力。尤其這幾年開始意識到台語學習這件事，每當回憶起我的成長背景中，這些林林總總學習台語詞彙或聽到特殊腔調的過程，總是讓我會心一笑。只是不知不覺地，這些記憶跟畢業紀念冊一樣，被闔上、收進回憶的抽屜裡了。但相信無論是什麼形式，哪怕只是開口說出一個字，也都是替這個語言做出更多充滿生命力的創作吧？

[36] 坐火車迌迌
車母

羅馬字 tshia-bú

釋義 火車頭。

　　台語有許多詞彙跟華語的邏輯不一樣，有些語詞如果不知道台語原本的講法，直接照字面用華語翻譯，很可能會變成截然不同的意思。

　　台、華語之間有幾種很經典的差異，最常見的一種就是構詞相反，比如說「颱風」、「母雞」、「乩童」、「且慢」等，這些詞在台語當中，都必須倒過來才是對的（風颱、雞母、童乩、慢且）。

　　又有另一種情況是，台語的漢字寫法和華語完全相同，但意思不同。比方台語說「巴結」（pa-kiat），雖然也有奉承諂媚的意思，但也能形容一個人堅忍上進。反觀華語的「巴結」卻只有阿諛奉承之意。

　　又譬如華語說「僥倖」，是指一個人憑藉機運而意外有所獲得或倖免於難的意思，而台語的「僥倖」（hiau-hīng）則是惋惜、遺憾之意，譬如說：「僥倖喔！竟然做這款歹代誌。」此外，也有行事不義、有負他人的意思：「做這款僥倖代，攏袂良心不安？」可謂一種「僥倖」，兩種解讀。至於台語當中和華語「僥倖」意義相近的講法，一般會說「萬幸」（bān-hīng）或「存萬幸」，是不是差很多呢？

　　這個話題，讓我想起某次連假時，和 Phang Phang 搭火車到斗六來一趟鐵路散步之旅，期間我們聊到「火車站」的台語怎麼講。

現代人習慣照華語字面講成「車站」，但它最原汁原味的台語說法其實是「車頭」（tshia-thâu）。所以，如果用台語和計程車司機說：「麻煩載我來去車頭。」意思是到火車站，而不是華語字面上指稱列車最前面的那輛「火車頭」。

那「火車的車頭」，台語又該怎麼說呢？

如上所述，台語的「車頭」其實是火車站的意思，所以不能直接照字面用台語唸。雖然長期積非成是、受華語影響之後，「火車頭」（hué-tshia-thâu）似乎越來越被接受，不過最道地的台語說法其實是「車母」（tshia-bú）。想像一下火車頭在前，牽引列車車廂的畫面，有如母雞帶小雞，也因此有句話說「車母拖車団」，說來還真是相當生動。

小時候我就很喜歡搭火車。長大之後，我會經常來一趟鐵路散步之旅，搭乘火車到某個車站後，享受附近的在地小吃或隨意散步。又或是沿著這條南北縱貫鐵路，一路數著熟悉或不熟悉的車站，仔細觀察每一個站名的在地特色。過程中我發現，許多車站名稱的台語讀法，其實跟漢字有著微妙的差異。譬如「拔林」叫 Pa̍t-á-nâ，「隆田」是 Liông-tiân，後面的「田」字唸 tiân 而非 tshân，諸如此類的地名特色，透過鐵道譜出精彩細緻的文化線索。

縱貫鐵路對台灣有多大的影響？或許在今天來看，主要還是以交通需求為主吧？1899 年時，長谷川謹介受後藤新平之邀來台，依台灣地理重新設計並著手建設台灣縱貫鐵道。直到 1908 年，縱貫線鐵路於中部接軌，全線通車營運。

以當時交通不便的地理環境來看，縱貫鐵路的完成，某種程度等同連通台灣南北，讓全台灣人產生一種彼此互通有無的一體感及

歸屬感，這種「車母拖車团」的共同體經驗，直到今天，或許更值得我們思考。

我和Phang Phang抵達斗六，車站附近有著名的「太平老街」，整條路的兩面街屋均保留日治時期所興建的建物與華麗山牆，而且每一棟的山牆裝飾都不同。建物中間約是花台的部分，還有以台灣廟宇常見的剪黏藝術所製作的裝飾，這在台灣的其他老街較少見到，令人驚艷。

逛老街、品嘗小吃，走著走著，Phang Phang 提議要吃吃看當地的碗粿，沒想到斗六的碗粿同樣讓人印象深刻。台南市區的碗粿主要以黑碗粿為主，傳統的麻豆碗粿則是白碗粿，斗六的碗粿雖然也同樣是白碗粿，但口感軟綿，別有一番滋味。

同是碗粿，每個地方的碗粿口感都有其獨道之處，就好比台語一樣，雖然乍看都相同，但「全款無全師傅」，平平都是台語，各地腔調也都有細膩的差異。好比台南腔的台語說到「唱歌」的這個「唱」字，一定藏不了台南人的特質，因為大部分台語人都會把「唱」說成 tshiùnn，但台南人則會發成 tshiòr 或 tshiònn，我們全家族都是說 tshiòr 這個音，聽起來就像是「笑歌」 (tshiòr kua)。

那天結束小旅行後，我們從斗六火車站搭車回到台南火車站時，突然想到另一件有趣的事，就是車站的簡稱。台北火車站現在習慣簡稱「北車」，高雄火車站則習慣簡稱「高火」，不曉得斗六火車站跟台南火車站是否也有自己的簡稱？隨著時代的改變，語言的變化迅速，就如快速行駛的火車一般，一站過一站。

下了火車，目送它再度疾駛離開，感覺像是送走了一整車的時代。

[37] 任天堂世代
扮公伙仔

羅馬字 pān-kong-hué-á
釋　義 扮家家酒。

　　每個世代都有各自的成長記憶，特別是各種有關「遊戲」的體驗，隨著時代的進步，有極大的差異。

　　例如現在的七年級生，童年已經出現家用主機。還記得任天堂紅白機（FC）剛開始流行時，手上搖桿最常按下的密碼是「上上下下左右左右 BA」，有玩過《魂斗羅》的人應該都忘不了吧？每當回憶起這段紅白機歲月，腦中就浮現它的背景音樂，真可謂「捲軸遊戲」經典。

　　但我們小時候還有另一種老派的「捲軸遊戲」，就是拿張紙，上下左右自己畫地圖，其中一邊畫好幾個選項，可能有寶藏或是陷阱，捲軸的另一端則是起點，也有好幾個選項。隨著捲軸的展開，選擇不同的路線，會有很多意想不到的結果。這類遊戲又稱為「捲軸迷宮」，台語會說「行迷陣」（kiânn-bê-tīn）。

　　其實「迷陣」比「迷宮」更符合「捲軸遊戲」的旨趣。因為「迷宮」通常是在封閉區塊中指向單一終點或出口，但「迷陣」則是有許多開放式的出口，包括各種陷阱關卡，這點就跟「捲軸遊戲」一致。而這類「捲軸遊戲」之所以刺激，或許就跟電玩的橫向捲軸遊戲有異曲同工之妙。那時候紅白機上就有許多這類捲軸闖關遊戲，《魂斗羅》就是其中的經典，一藍一紅的主角，帶領我們在「迷陣」

中進行冒險。

接著超級任天堂（SFC，簡稱「超任」）出來了，這時大家最熟悉的密碼變成「上X下BLYRA」，這是《七龍珠Z超武鬥傳2》的密碼，聽到電視喇叭發出沉重的語音「卡卡洛特……」就表示輸入成功。有趣的是，隨著搖桿的進化，按鈕數量越來越多，密碼也越來越複雜，有時得手腦並用，但頭腦卻不會打結。以前我們都會將打電動稱爲「手指運動」或「指頭仔跳舞」（tsíng-thâu-á thiàu-bú）。

但家用主機開始流行，不代表以前的遊戲就全部消失。當時，我們的日常生活還保留不少上一輩傳下來的傳統遊戲，不管是學校下課時間，還是假日在同學家中，「尪仔仙」還是許多人共同的遊戲回憶，孩子們也會拿著當時熱門的忍者龜玩具亂玩一通。這種類似「角色扮演」（RPG）的遊戲，似乎歷久不衰，無論是實體玩具，或者是透過搖桿操縱電玩世界裡的角色，甚至直到如今的網路電腦遊戲，玩家們都是在虛擬世界中，滿足於角色體驗的快感。

這個體驗的根本，我覺得可以說是源自於「扮家家酒」的心情。

扮家家酒的台語是「扮公伙仔」（pān-kong-hué-á），又或者說「扮家伙仔」（pān-ke-hué-á）。「家伙」在台語裡有財產的意思，至於「一家伙仔」（tsit-ke-hué-á）則是指一家子、全家人。由此思考，「扮公伙仔」做爲一種將家當全部擺出來充當演出道具的遊戲方式，也就不難理解了。

客語的扮家家酒是說成「份家啦飯仔」（fun ga´ la´fan e`），歌手趙倩筠的〈份家啦〉歌詞寫到：「份家啦，來份家啦，你做阿姆，我做阿爸……」字面上的意思就跟「扮公伙仔」雷同，藉由均分家當或飯食進行角色扮演。粵語則更直白地稱之爲「扮煮飯仔」。

為什麼這個遊戲要稱為「扮家家酒」呢？因為大多數的戲碼都是扮演一個小家庭的生活，有人到對方家作客，客人與主人之間互動，家家戶戶宴客喝酒的日常縮影，所以才會說是「扮家家酒」。對很多人來說，「扮公伙仔」這樣的遊戲，應該是孩提時代非常具體又鮮明的遊戲經驗吧？

　　另外，還有兩種很具特色的兒時遊戲，那就是「蹌跤雞」（tshiáng-kha-ke）及「覕相揣」（bih-sio-tshuē）。「蹌跤雞」就是跳格子，在地上畫好格子，由近到遠編號，最後一格為天堂，玩家把石頭丟到第一格後，開始單腳跳到天堂，遇到併排的格子可以雙腳落下休息，玩家反覆輪流遊戲。當全部的格子都跳完後，玩家就可以丟石頭到格子裡充當「蓋房子」，下一個玩家跳格子時就不能站在前一個玩家所蓋的房子中，以此類推，看最後誰蓋的房子最多就贏了。

　　至於「覕相揣」（bih-sio-tshuē），從字面上就可以理解，這是一種玩家要找地方躲起來、輪流找人的互動遊戲，也就是華語說的「捉迷藏」，通常是國小低年級的時候最常玩。這種遊戲的另一個台語說法是「掩咯雞」（am-kòk-ke），比較難懂，但也更生動。又如果把「掩咯雞」跟跳房子的「蹌跤雞」擺在一起看，不難發現兩者都跟「雞」有關，不知是否因為老祖先的生活跟雞很接近，把這兩種遊戲和平時觀察到雞的動作或型態連結在一起而得名？

　　無論是「扮公伙仔」或是「蹌跤雞」、「覕相揣」，隨著科技進步或活動場域的改變，這些傳統遊戲越來越少人知道，也越來越少人能玩得透徹熟悉，久而久之，衰退失傳成為必然。然而，不管是哪一種遊戲，說穿了就是透過互動跟體驗，達到心理的滿足跟樂趣。那是不分世代，都值得記憶跟保留的寶藏。

就像是「扮公伙仔」，一種旁人看起來很孩子氣的活動，但你我長大以後，我們都仍記得當初兒時的純真與快樂。母語的流失與傳承，以及能為我們帶來的感動與體驗，應該也是一樣的道理吧？

[38] 看起來一樣卻不太一樣
四秀仔

羅馬字 sì-siù-á

釋義 零嘴。

　　台灣有許多老屋的建築造型、窗花及花磚，都顯示了在地的精神跟生活價值。例如我們覺得台灣最經典的窗花之一，莫過於富士山造型的鐵窗花，但富士山這個元素，其實是深受日治時期的影響而來，甚至有的鐵窗造型獨特，據說連日本也難以見到。這些隱藏在生活日常的元素，因為太過習以為常，久而久之也漸漸消失。這點，跟我們在「走揣」（tsáu-tshuē）的台語詞彙，似乎有著異曲同工之妙。

　　一般說到老建築，大多數人應該會直覺聯想到日治時期留下來的建物，有些已經消失，有些如今則面臨被拆除、「被自燃」的命運。在台南，就有許多消失的日治老建築，像是台南郵便局，或是日治時期的各大戲院：宮古座、戎座、世界館、大舞台、南座等等。或許是因為時代變遷、生活經驗不同，年輕一輩對這些事物的感受，可能就不如經歷過那段歷史的老一輩來得深。

　　如果用台語來類比，就好似把日治時期的台語辭典、刊物拿出來翻閱，看到許多可能今天已經消失，或略有差異的講法時所產生的感受。例如《民俗台灣》記載一句台語諺語「驢頭不對馬嘴」（Lû-thâu put-tuì bé-tshuì.），除了當時以漢字「嘴」記載，有別於今天教育部字典的「喙」（tshuì）之外，最重要的是，這個講法和今人習以

為常的「牛頭不對馬嘴」有明顯差異。「驢頭」（lû-thâu）跟「牛頭」（gû-thâu）的差別，究竟是因為流傳之間的發音訛誤，還是地方的語言差，今日已不得而知。但可以知道的是，現在已經很少人說「驢頭不對馬嘴」了吧？老屋的窗花或磁磚也是一樣，現代的我們，只能從僅存的蛛絲馬跡，「走揣」拼湊出一幅幅線索。

除了老屋的建築、裝飾，以及屋內的地磚花紋、洗面台磁磚等容易引起注意與生活共鳴的物件外，老屋客廳裡面擺的「四秀仔」，也是我特別留意的細節。

「四秀仔」（sì-siù-á），也就是零嘴的統稱，很常在我麻豆阿公家的老房子客廳桌上看到，因此對我來說，同樣是一個容易和老屋聯想的東西。台語將點心說成「四秀仔」，其實是源自「四獸仔」，因為以前台灣的傳統糕餅點心，多半會用四神獸或動物做為模具，而「四獸仔」又能諧音「四壽仔」，象徵長壽、吉祥。客語則把點心說成「零嗒」（lanǧ dab），客語的「嗒」跟台語的「啖」（tam）意思一樣，發音也相似，都是稍微用舌頭嘗試味道、品嚐一下的意思。

後來台語稱「四秀仔」為散裝的點心，倒也真的「幼秀」，都是在「籤仔店」（kám-á-tiàm）買來的。這種雜貨店，以前真的多到可以說「我們巷口那間」，相當普遍，可是現在越來越沒落，幾乎被便利超商取代，只剩某些觀光景點還有，成了懷舊打卡聖地。

而籤仔店之所以叫籤仔店，有一說是因為以前會用一種叫做「籤仔」（kám-á）的淺體竹框容器來裝盛物品，而店內有許多這種「籤仔」，因此得名。現在多半約定俗成寫成「柑仔店」，但有時候還是會覺得莞爾，因為「柑仔」（kam-á）是橘子的意思，若從字面來看，總讓人以為這是一間專賣橘子的店鋪。

籤仔店販售的零嘴，有麻粩（muâ-láu）、寸棗（tshùn-tsó）、冬瓜糖（tang-kue-thn̂g）、紅白色的花生糖「天公豆」，還有麻花捲「蒜香枝」（suàn-hionn-ki）等等。這些看似尋常不過的傳統零嘴，卻是過去日常生活中譜上客廳檯面的顏色之一。這些能夠引起共鳴的記憶，就如同「四秀仔」一樣，五色十花，雖然可口卻非正餐，說重要，也不到非記得不可的程度。於是乎，它們就跟許多台語詞彙一樣，漸漸被遺忘了，無論是這些點心本身的名稱，乃至於以前都把「零嘴」稱爲「四秀仔」這件事，也快要不爲人知了。

　　小時候，在住家旁沒幾步路就有一間「籤仔店」，那時除了賣各種民生用品外，還有小型的抽抽樂，用手指戳洞看能得到什麼獎品。以前我們都稱之爲「抽當」或「阿達哩」，其實是源自日語的「當たり」（atari），也就是中獎的意思。甚至 Phang Phang 的阿嬤就是「籤仔店」的頭家，可以說籤仔店就是我們的日常。

　　我們對籤仔店另一個最鮮明的印象就是「滷茶卵」（lóo-tê-nn̄g），也就是茶葉蛋，我們自己習慣稱「茶鈷卵」（tê-kóo-nn̄g）。每間籤仔店，每一鍋茶葉蛋，看起來沒什麼兩樣，但其實滷包跟撇步都各有獨門玄機，吃起來的味道也都不盡相同。

　　這讓我聯想到，台灣的老街雖然這幾年來常被人詬病是大同小異，但跟「滷茶卵」一樣，難道每一家的「滷茶卵」，外觀跟味道真的都差不多嗎？台灣的老街或許表面上看起來很像，但事實上，從建築立面到山牆的式樣，都有很多細節值得考究。比如說，依老屋過去的店鋪形式、經營內容或販售品項不同，可能會有對應的空間規劃或設計元素。若過去經營的是洋服店，那花紋元素可能就會雕塑成較西式的造型。或者是根據店鋪屋主的姓氏與家族淵源，在

建築立面的中央就有不同的姓氏紋，各有千秋、精彩絕倫。

　　這就跟台語一樣，或許有人會認爲台語只是眾多語言的一種，或主張台灣的台語沒什麼特色。但若能深入理解，從北、中、南、離島的地理空間來看，加上歷史時間的探究，那這個語言的面貌，或許就如同深不見底的大海，難以一窺全貌，已經無法單純用「精彩」來形容了。

　　台灣的語言或是文化面相，正如同台灣的老屋或「四秀仔」一樣，那樣的記憶及滋味，就擺在老房子的客廳裡，隨時等著我們取用。僅管「四秀仔」很瑣碎，甚至不被當成主食，但色彩卻是如此繽紛。仔細盯著這盤「四秀仔」欣賞，就可以掉進豐富的世界裡了。

[39] 來吃尾牙囉
拜牙槽王

羅馬字 pài gê-tsôr/tsô-ông
釋　義 打牙祭。

　　以前的台語環境相對而言還不錯，學校下課時間常可以聽到同學們彼此用台語穿插對話，久而久之，多少可以學到在家沒聽過的內容。記得有陣子，校園很流行一套猜謎的書叫《腦筋急轉彎》，裡面的問題多半搞笑成分居多。譬如有個問題是「雞媽媽的媽媽是什麼？」，下一頁的答案是「雞婆」，搭配插畫頗生動有趣，所以我到現在還記得許多內容。

　　其中有一篇的問題是「什麼祭典最有口福？」，答案是「打牙祭」，我當時看到這篇覺得一頭霧水，根本不曉得「打牙祭」是什麼意思，只好放學回家問阿爸。阿爸除了解釋「打牙祭」的意思之外，也笑著補充說：「就是拜牙槽王（pài gê-tsôr-ông）的意思啦！」回頭一想，當時的我竟然透過一則搞笑形式的猜謎圖文，同時學到兩個原本都陌生的詞彙，實在相當有趣。

　　但說實在，日常生活中要聽到人說「打牙祭」的機會並不多，或許是因為這樣，國小時第一次在書上看到這個詞，才會覺得陌生又新鮮吧？華語尚且如此，台語的「拜牙槽王」更不用講了，那次從阿爸的口中聽到之後，我再一次聽到竟已是這幾年的事了。我在網路上看到某支前往傳統市場直播美食的影片，片中的女士說出「緊來祭我的牙槽王」，聽到的霎時間，腦中的台語關鍵字鈴聲再度響

起，就是那種「啊、久違了！」的驚呼感。

　　就我記憶所及，日常生活中確實不容易聽到這兩個說法，倒是另一個有點相關的詞很常出現，那就是每年都會按時登場的「尾牙」，絕對不會缺席。尾牙之外，其實還有所謂的「頭牙」，為農曆 2 月 2 日祭祀土地公誕辰，至於尾牙則是在 12 月 16 日這一天，分別在年首與年末。這樣的祭祀活動統稱為「做牙」，相關儀式都會擴大舉辦，做得很盛大。

　　做「頭牙」時，傳統上會捲「潤餅餄」（jūn-piánn-kauh），也就是「春捲」。「餄」字有夾進及捲入的意思，或是成卷狀的食物。將所有食材包括花生粉捲在一起的春捲，象徵著將財富、幸福成捆捲起的吉祥意義，也是迎接新年的象徵食物。

　　我們家都習慣把「潤餅餄」說成 jūn-piánn-kak，若直翻成漢字倒成了「潤餅角」，但「潤餅餄」似乎比較合乎這個食物原本的邏輯。因為台語是把動作套在食物的後面變成專有名詞，譬如「蚵仔煎」或「米粉炒」是食物的名稱，但「煎蚵仔」或「炒米粉」則是描述料理的過程或動作，由此可知「潤餅餄」的名稱是從「餄潤餅」這個動作而來。另一個例子是傳統小吃「鼎邊趖」（tiánn-pinn-sôr），把米漿糊「趖」一圈在「鼎邊」加熱成塊狀薄片，故以此得名。

　　年末的「尾牙」，傳統上是吃「刈包」（kuah-pau），因為刈包造型像是錢財裝到滿出來的錢包，有吉祥的涵義。此外，台語也把「刈包」形容成「虎咬豬」（hóo-kā-ti），除了外型像虎口咬住豬肉之外，也因為「虎」的台語諧音「福」，而「虎咬豬」講起來就像是「福加滇」（hok ka-tīnn），成了把福氣加滿的吉祥話。

　　「福加滇」的學問不只於此，因為「滇」的意思是充滿、填滿，

到極限範圍即止，所以當我們去加油站加油時，雖然華語是講「加滿」，但台語應該要說「加予滇」，而非「加予滿」。因為「滿」就是滿出來的意思，而台語的「滇」則是到頂端就好。可見「虎咬豬」的諧音「福加滇」意思有多美，所謂幸福到一個極限，再多而滿溢出來，反而是一種負擔了。食物也是如此，若是適量品嚐，可以感受到食物的美味，若滿而溢出，反而是活受罪。

過去在「頭牙」及「尾牙」這兩天，除了吃這些傳統上帶有吉祥意義的食物外，也會因祭典而有不少加菜。所以後來也把「做牙」之後的大快朵頤，稱之為「打牙祭」，台語則說「拜牙槽王」。

現在的尾牙，多半是公司行號為了犒賞員工一整年的辛勞，在這一天舉辦大型活動甚至抽獎，成為一個固定且持續因應時代變遷更新的傳統。現在不論什麼時候，只要吃到好料就可以說「打牙祭」或「拜牙槽王」，倒也不限於「做牙」。

至於「牙槽王」的「牙槽」（gê-tsôr），其實就是齒槽，而「牙槽骨」（gê-tsôr-kut）則是指顎骨的位置。若是把「牙槽王」加以聯想，或許可以想像成一個不斷咀嚼食物的大胃王，「拜牙槽王」則像是他接受著眾人的佩服膜拜。由此延伸，如果「大胃王比賽」以台語思考命名的話，或許叫做「牙槽王比賽」還頗適合的？

說到這個「牙槽」，前陣子經過一間便當店時，聽到一位太太對著同行的朋友說：「你實在是鐵齒銅牙槽！」我乍聽之下不明所以，前半段都懂，但後半段只懂了「鐵齒」、「牙槽」，中間那個字當時只聽其音 tâng，索性先記下來。好在我學過羅馬字，以字典查詢便豁然開朗——原來這句話是「鐵齒」的升級版，「鐵齒銅牙槽」是形容人非常固執、頑固之意。

其實我對「鐵齒」的記憶原本是很模糊的，但記得學生時代曾經在唱片行看到一個外國嘻哈歌手 Paul Wall 的專輯封面，一看就想到「鐵齒」這個詞，因為該張專輯封面就是他張著大大的笑容，露出閃閃發光的牙齒。後來我才知道，那口閃閃發光的牙齒有個專有名詞，叫做 grillz，原來眞的會鑲鑽或鑲金，以至於之後只要有人說到「鐵齒」這個詞，我想到的都是 Paul Wall 或其他嘻哈歌手的一口金牙。這口金牙只要做上齒模，鑲好金光閃閃的物件後，往嘴巴牙齒套上，不管是誰都可以「鐵齒」一下了。

　　台語的「鐵齒」跟 grillz 的象徵當然大大不同，只不過這類的聯想，就像腦筋急轉彎一樣，「雞媽媽的媽媽——雞婆」或是「什麼祭典最有口福——打牙祭」，搭配插圖，每一道謎題都成了鮮明且有趣的圖像，讓人難以忘記啊！

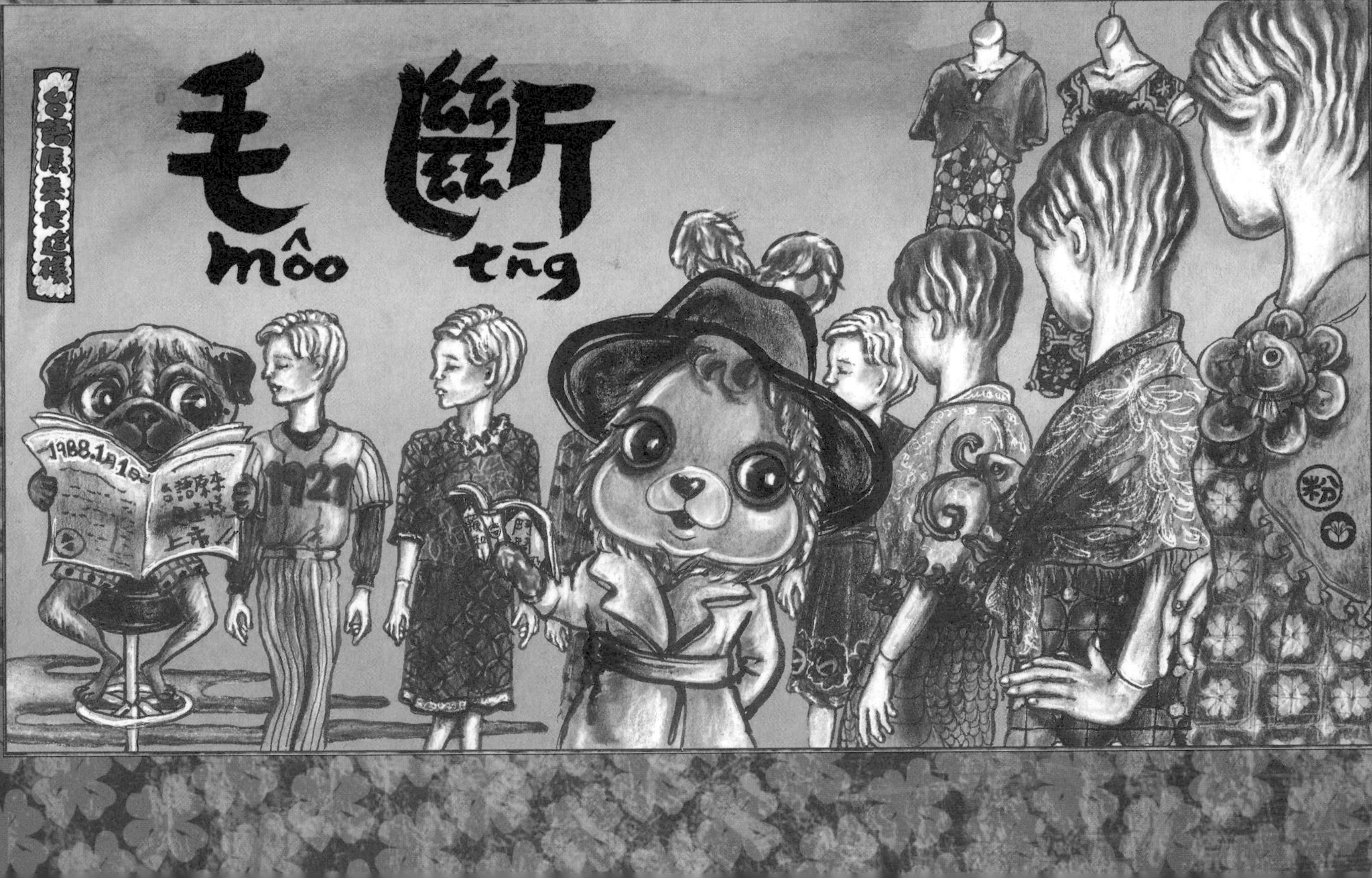

台語原來是這樣
毛斷
môo tn̄g
1988.1月1日
1927

[40] 東菜市
毛斷

羅馬字 môo-tīng
釋 義 摩登。

　　小時候，我很常跟阿母到市場採買東西，印象中，每個市場的運作模式都有點不同，其中最讓我記憶深刻的就是東菜市。日治時期 1908 年就存在於台南的東菜市，鄰近城隍廟跟東嶽殿，廟宇和菜市場招來人潮，可以說非常熱鬧。除了一般菜市攤販之外，東菜市周邊也有一些賣服飾的店面，這樣的市場風景直到現在還維持著。

　　我記得，每當阿母在某家服飾店進行「時裝表演」時，她跟店家頭家娘最常掛在嘴邊的台詞一定是「時行」、「時毛」、「應肉」、「活實」、「臭濁」、「毛斷」等字眼。這些固定的形容詞，簡直可以做成拉霸。

　　在《台語原來是這樣》第一集當中，我們有分享一個形容穿著時髦摩登的台語外來語，叫做「帕哩帕哩」（pha-li-pha-li）。但這個詞和上述同樣形容穿著的詞彙有什麼差別？以下一一簡介。

　　「時行」（sî-kiânn）是指跟上時代腳步與流行的意思，還有一句「食愈老，愈來愈時行」，意思是活越老越跟得上流行。這句「時行」就像是跟著「時」代的步伐「行」走一般，宛如把時間具象化，變成一條時光隧道，兩旁放滿了每個時間點的重要流行物件。有跟上時代步伐的人們，身上的穿著應該也會出現在隧道兩旁吧？

　　「應肉」（in-bah）則是表現出服飾顏色跟身體膚色很搭配的感

覺。比如說，要是我穿上白色衣服，就會顯得很不「應肉」；反之，如果我穿深色系衣服，通常就會被家人讚美說：「這領烏衫你穿起來足應肉呢！」此外，「應肉」不只用在穿衣服，也可以拿來形容人們身著的帽子、髮色，甚至口紅顏色和膚色的協調與否。題外話，這幾年很流行說：「這雙鞋子簡直有寫你的名字，是你的！」意思跟「應肉」相近，都是指服飾或配件跟人很搭，簡直是量身訂做，甚至還寫了名字。但「應肉」似乎更強調「相應」、「配合」的意涵。

「活實」（hua̍t-si̍t），是指很有朝氣、充滿精神。只要每次放學時間經過中學校門口，看到學生穿著學校運動服，就可以明顯感受到那種「活實」的感覺。聽說人過了而立之年，會希望自己的穿著打扮能顯得年輕有活力。所以若想讚美某位覺得打扮並不「時行」的人，或許就可以用「活實」。譬如：「你穿按呢真活實呢！」

「臭濁」（tshàu-ts̍ok），有俗豔、搭配突兀的意思，比「歹看」還要更深層，也比俗氣還要更高一級。有些人囤了不少衣服，不同階段買衣服的品味都不一樣，某日打開衣櫃，不敢相信自己以前怎麼會買這種衣服，如此俗豔，我們就可以說：「以前哪會買這款衫，遐呢臭濁。」不過流行都是會重覆循環的，有時「臭濁」拿捏得當，反而還是一種強烈特色呢。

場景回到菜市場，阿母跟頭家娘聊天寒暄、看完衣服後，回家前一定還會再去魚肉攤販逛逛。在魚攤也能聽到不少形容詞，除了最熟悉的「鮮」、「臭臊」之外，還有現在已經快要失傳的「鮮沢」。

「鮮」（tshinn），跟東西尚未煮熟的「生」（tshinn）同音，果子還沒成熟也是說「生」，跟「鮮」（tshinn）恰好能直接聯想在一起。至於「臭臊」（tshàu-tsho）則是跟「鮮」相反，意思是腥味很重，特

別是形容肉類的味道不好聞。

「鮮沢」（tshinn-tshioh）是非常道地的說法，可以用來形容肉類或菜類的外表華麗有光澤，例如魚肉新鮮可以說：「魚仔足鮮沢。」這麼說似乎可以想像魚鱗閃閃發光的樣子。但「鮮沢」也可以形容人的穿著很高尚體面，比如說：「伊今仔日參加典禮，穿較鮮沢。」感覺人跟魚一樣，那件參加典禮的衣服，就像閃閃動人的魚鱗。只是人有衣裝，內容物也很重要，不要魚鱗閃閃動人，但發出隱隱的「臭臊」味，那可不妙了。

講到這邊，似乎還漏了一條「時毛」對吧？先別急，說到這個「時毛」（sî-môo），就不得不提到一個跟「鮮沢」有得拚，也差不多快要被遺忘、失傳的詞彙，那就是「毛斷」（môo-tīg）。

毛斷，源自英文的 modern，華語音譯為「摩登」。換句話說，如果以台語思考，我們可以把英文 modern 的音節拆開，去抓和台語發音最接近的字，再透過音譯組合出「毛斷」這個詞。至於上述的「時毛」，不曉得是不是用「時行」的「時」，加上「毛斷」的「毛」組合而成。這種組合方式並非不可能，只能說把字詞省略的說話方式，自古以來就有，而且真的很「毛斷」。

記憶中的東菜市，就是對當時的我而言最「毛斷」的所在。而現在的東菜市，留有歷史發展的傳統軌跡，並結合附近以年輕店家為主的萬昌街、衛民街，形成自成一格、新舊交錯的散步區廓。

這種隨著時代而持續演進的「毛斷」氣息之所以迷人，大概是由於一些與眾不同的細節吧？像是在東菜市的傳統服飾店所看到的服裝模特兒雕像，很明顯跟萬昌街、衛民街所看到的展示模特兒雕像不同。無論是色彩或是模特兒雕像造型，以及兩邊所呈現的服飾

風格，讓這裡簡直成了一座微型的「毛斷編年史」展示劇場。

在衛民街上，曾有清時期的鴻指園、崇文書院、考棚遺址等座落於此，在當時算是「文教區」。鴻指園是當時的府署庭園，考棚是科舉時代的考場，崇文書院則是台南四大書院之一，另外還有奎樓書院、蓬壺書院及海東書院等讓文人讀書的地方。蓬壺書院還保留外貌，目前在赤崁樓的側邊。奎樓書院則是在萬昌街走到近府前路的位置，藏身於巷弄之間。

隨著科技發達，現在透過 Google 地圖，已可輕易找出那些消失遺址的座標，或是現存古蹟建物的地址。但置身現場，物換星移的感覺，是浪漫還是感慨，有時候很難分辨得清。若不靠地圖，憑著自身的方向感散步前往，反倒有一股古代文人求知若渴的想像。

那些樸實的記憶片段，到底是「鮮沢」還是「臭濁」？如今偶爾回到那些地點走走，就像每個人都有屬於自己記憶與意義的私房景點，我也從這些路線一再探索著屬於自己的記憶拼圖，置身於時空與歷史之間，一切似乎更加美麗了。

打開衣櫥，眼前這些男女衣褲服飾或相關用品的台語該怎麼講？其實日治時期的台灣，受到一定程度的西化影響，也早有許多既成的台語詞。有些可能是台語原創的說法，有些則是沿用日語做為台語外來語，這些都是值得我們重新拾起繼續使用的語詞。至於現代更新款的服飾，就有待我們持續開發新的詞彙，讓台語繼續活用下去囉！

網襪仔（bāng-bueh-á）：網襪

網襪和絲襪不同，自成「網襪仔」，
絲襪則是「絲襪仔」（si-bueh-á）。

美形衫（bí-hîng-sann）：塑身衣

顧名思義，即雕塑身材，
讓身體更加美形的功能衣。

佮帽仔外罩（kah-bōr-á-guā-tà）：連帽外套

連帽外套。「佮」有附帶之意，譬如「佮兩支蔥仔」即是搭兩支蔥的意思，所以有附帶帽子的外套，稱「佮帽外套」即可。

註：新創詞以粉紅字表示

台語原來是這樣

烏仁 jîn
目 bak
鏡 kiànn

卡 khah
車 tshia
帽 bōr
仔 á

扒 pê
檸 lê
檬 bōng

膨 phòng
紗 se

吊 tiàu
裙 kah

拓 phah
鐵 thih
仔 á 褲 khòo

船 tsûn
仔 á 領 niá

空 khòng
菝 pat
仔 á 褲 khòo

挔 khiorh
襉 king
裙 kûn

烏仁目鏡（oo-jîn-ba̍k-kiànn）：墨鏡、太陽眼鏡

「烏仁」是指黑眼珠，不過也能用來指墨鏡的鏡片。

裌仔（kah-á）、吊裌（tiàu-kah）：背心、挖洞背心、坦克背心

「裌仔」或「吊裌」都是背心的意思，可做為泛稱。

拍鐵仔褲（phah-thih-á-khòo）、牛仔褲（gû-á-khòo）：牛仔褲

字面上是「打鐵褲」，過去則是工作時的工裝。發音聽起來很像party褲，過去穿牛仔褲的確是很時髦的打扮呢！

**卡車帽仔（khah-tshia-bōr-á）、
トラック帽（torakku-bōr）：卡車帽、網帽**

卡車帽與棒球帽類似，只是材質改為透氣的洞洞網，正面則是泡棉可印圖案logo等字樣。台語可直翻「卡車」，或是以日語トラック做為外來語使用，華語諧音「拖拉庫」。

船仔領（tsûn-á-niá）：船領、一字領

照字面直翻，則為「船仔領」。

空菝仔褲 khòng puát á khòo

空菝仔褲（khòng-puát-á-khòo）、空菝仔（khòng-puát-á）：喇叭褲

牛仔褲多半是藍色的，而藍色的其中一種台語說法源自日語「紺」（khóng）的發音。至於喇叭的台語讀lá-pah，按照原意，應該要讀成「紺喇叭褲」才對。但後來因為趣味讀作「空菝仔褲」的講法反倒流傳得較廣泛，因為「菝仔」就是芭樂的意思，有趣多了。

扒檸檬 pê lê bóng

扒檸檬（pê lê-bóng）、bere帽仔（bere-bō-á）：貝蕾帽

原文為beret，經由日語外來語ベレー帽（bere-bo）轉換為台語。因為外觀也像是檸檬，故寫為「扒檸檬」較趣味易記。

膨紗衫 phòng se sann

膨紗衫（phòng-se-sann）：毛線衣

「膨紗」是毛線的意思，「刺膨紗」（tshiah-phòng-se）就是打毛線，所以「膨紗衫」就是毛線衣。

拰襉裙 khioh kíng kûn

拰襉裙（khioh-kíng-kûn）：百摺裙

「拰襉」是打摺的意思，所以百摺裙稱為「拰襉裙」。

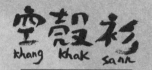

挩鍊仔（thuah-liān-á）、
チャック（chakku）：拉鍊

台語通常會沿用日語チャック（chakku）
做為外來語，或是說「挩鍊仔」，「挩」
是拖、拉的意思。

空殼衫（khang-khak-sann）：
形容衣服底下是沒穿內衣的

如果穿衣服、穿襯衫，裡面沒有再多加一件汗衫
或是內衣，就可以說「空殼衫」。

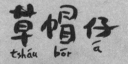

西裝（se-tsong）、せびろ（sebiro）：西裝

老一輩的人會直接用日語せびろ（sebiro）來稱西裝，例如著名的歌曲〈青
蚵仔嫂〉裡唱的：「別人的阿君仔是穿せびろ，阮的阿君仔喂是賣生
蚵⋯⋯」至於現在則是直接照字面讀se-tsong較多。

草帽仔（tsháu-bōr-á）、Panama：巴拿馬帽

馬拿馬帽，原名是Panama hat，hat跟cap最大的不同，在於hat的帽簷是一
整圈的，但cap只有前端延伸出帽簷。除了直接稱「Panama」之外，因為
巴拿馬帽外觀也像草帽，也可以說是「草帽仔」。

獵裝
làh tsong

獵裝（làh-tsong）：獵裝

獵裝原文為safari jacket或bush jacket，本來是外出狩獵用的穿著。家裡的長輩是習慣用台語直翻「獵裝」（làh-tsong），通常還泛指不成套的西裝外套，款式多半較休閒，手肘處可能會有一塊補丁的設計。

娘仔絲
niû á si

娘仔絲（niû-á-si）、絲仔（si-á）：蠶絲

蠶絲有這兩種說法，但比較常聽到的會直接簡稱「絲仔」。

siat-tsut

siat-tsuh：襯衫

源自日語シャツ（shatsu）。

長靴
tñg hia

長靴（tñg hia）：靴子

台語講「馬靴」或「靴子」，都可以用「長靴」表示。至於「靴管」則是指雨鞋，或說「雨管」。

挑花外罩
thio hue guā-tà

挑花外罩（thio-hue-guā-tà）、刺花外罩（tshiah-hue-guā-tà）、刺繡
外罩（tshiah-siù-guā-tà）、紀念外罩（kì-liām-guā-tà）：刺繡外套、
橫須賀外套

橫須賀外套是「紀念外套」的一種，起源於過去美軍在橫須賀的軍事基
地，服役結束回美前，將自己的外套繡上當地的刺繡做為紀念。也因為
當地的刺繡多半是日本在地風格強烈的花鳥動物等，所以也稱「刺繡外
套」。附帶一提，台語有句話說「挑花刺繡」，意思是刺繡，引申為刺繡
一般動作慢吞吞。

懸帽仔
kuân bōr á

懸帽仔（kuân-bōr-á）：禮帽

禮帽，亦即傳統紳士帽，叫做top hat，
本身帽頂較高，所以可直接翻譯為「高
帽」，也就是「懸帽仔」。

吊褲
tiàu khòo

吊褲（tiàu-khòo）：吊帶褲

這也是直譯，過去吊帶褲通常是牛仔布料
製成，所以也會直接稱作「拍鐵仔褲」。
類似的「吊帶裙」則可稱為「吊裙」。

野球外罩
iá kiû guā tà

野球外罩（iá-kiû-guā-tà）、棒球外罩（pāng-kiû-guā-tà）：棒球外套

野球沿用日語做為台語外來語，外套也可以直讀「外套」（guā-thò），但「野球外罩」感覺比較好唸，「外罩」則是我們家裡習慣的講法。

佮帽衫
kah bōr sann

佮帽衫（kah-bōr-sann）：帽T

帽T和連帽外套不同，帽T是一體成型的衣著，沒有拉鍊或扣子可開解，所以算是衣服搭配帽子的形式，稱「佮帽衫」。

落褲
làu khòo

落褲（làu-khòo）：垮褲

以前有一陣子非常流行垮褲，大家都是說「落褲」。

大學衫
tāi hak sann

大學衫（tāi-hak-sann）、學院衫（hak-īnn-sann）：大學T

大學T原本稱為college sweatshirt，因為美國各大學習慣推出這種印有校名的長袖運動衣，久而久之就被稱為「大學T」。college有「學院」的意思，台語可直接說「大學衫」或「學院衫」。

工業衫
Kang giap sann

工業衫（kang-giap-sann）、工業褲（kang-giap-khòo）、工裝（kang-tsong）：工作服、工作褲、工裝

「工裝」可以就字面直翻台語，至於工作服、工作褲我們則習慣稱「工業衫」、「工業褲」。因為工作服也算是一種工業風格，將「工作」翻為「工業」，在發音上唸起來也比較順。

野球帽仔
iá kiû bōr á

野球帽仔（iá-kiû-bōr-á）、棒球帽仔（pāng-kiû-bōr-á）：棒球帽

棒球帽為圓頂架構，帽簷是前方順出去的延伸。野球是沿用日語做為台語外來語，後面接「帽仔」稱之。

太空衣
thài khong i

鋪棉裘（phoo-mî-hiû）、太空衣
（thài-khong-i）：羽絨衣、羽絨外套

也有人會將外套稱為「裘仔」（hiû-á），
「裘」是有夾層的厚衣外套，所以像羽絨
衣或羽絨外套這種鋪棉外套，可以稱為
「鋪棉裘」。以前這類外套都很厚重，像
是太空人穿的衣服，所以我們家裡也會戲
稱作「太空衣」（thài-khong-i）。這裡的
「衣」唸文讀音i，非「衫」（sann）。

膨紗帽仔
phòng se bōr á

膨紗帽仔（phòng-se-bōr-á）：針織帽、毛線帽

「膨紗」是毛線的意思，可直譯。

衛衫
uē sann

衛衫（uē-sann）、運動衫（ūn-tōng-sann）：衛衣

衛衣跟大學T很接近，唯一的差別是上面不印學校的校名，稱
sweatshirt。這種衣服早期是一種工作服，後來運動員也很愛穿，因
舒適防風，領口的倒三角形更是為了避免運動後明顯的汗漬而特別
設計的。所以台語可以直接稱為「衛衫」或是「運動衫」即可。

鴨舌帽仔
ah tsih bōr á

鴨舌帽仔（ah-tsih-bōr-á）：鴨舌帽

鴨舌帽不是棒球帽，也不是卡車帽。顧名思義，是外觀像鴨頭加上微吐舌的扁平樣貌，整體平均微微向外延展，呈扁平狀，所以才有此說法。英文稱flat cap。

仙踏魯
sian tȧh luh

仙踏魯（sian-tȧh-luh）：涼鞋

源自於日語サンダル（sandaru），至於拖鞋多以日語スリッパ（surippa）稱之。

遮肉
jia bah

遮肉（jia-bah）：夾克

源自於日語ジャンパー（jampaa）。

束褲
sok khòo

束褲（sok-khòo）：綁腿褲

台語慣用者一般會以「束褲」指稱綁腿褲，但那種下方腳踝處有鬆緊帶束口的工作褲或牛仔褲，有時也會稱為「束褲」。如果衣櫥裡剛好這兩種褲子都有，要請家人幫忙拿一件綁腿褲時，可以說：「規領攏是束起來的束褲。」

[41] 台灣現代舞
躡跤尾

羅馬字 neh-kha-bué
釋 義 踮腳尖。

　　前陣子看到一則舞蹈影片，舞者們用身體展現舞蹈的力與美，其中有不少動作是要踮起腳尖。不曉得各位是否知道「踮腳尖」的台語該怎麼說呢？

　　以我所知，踮腳尖的台語說法是「躡跤尾」（neh-kha-bué），「躡」本身就有踮腳的意思，跟華語的「躡手躡腳」意思相近。至於「跤尾」，如果光從字面聯想，可能有不少人會覺得「腳尾」應該是「腳跟」。但台語的思考跟華語不同，台語的「跤尾」是指腳尖，而「腳跟」的台語則是「跤後蹬」（kha-āu-tenn），以華語直譯可以理解成「後腳跟」的部位。

　　若是「躡跤尾」旋轉時不慎扭到，整個腳踝往不自然的方向翻拐導致受傷，台語除了說「扭著」（láu--tiȯh），也叫「反跤刀」。我想是否因為腳掌的形狀如刀，所以倒扭的腳刀才稱為「反跤刀」？華語常說的「手刀衝刺」或許也是同樣的道理，甚至「手刀」有沒有可能原本是台語的說法，後來才被翻成華語？例如日治時期《台灣俚諺集覽》當中，就有收錄許多原本以為只能用華語來讀的詞，比方說「掩耳盜鈴」（iám-hīnn-tō-lîng）、「見景傷情」（kiàn-kíng-siong-tsîng）、「勢如破竹」（sè-jû-phò-tiok）、「沉魚落雁」（tîm-hî-lȯh-gān）等等。這些成語，日治時期的台灣人都是用台語（甚至客語）直接表達的。

回到舞蹈這個話題，一般人所熟悉的台灣現代舞舞者，大概會直接想到林懷民、羅曼菲等人。不過再往上追溯，說到台灣現代舞先驅，就不能不提到素有「台灣現代舞之母」美稱的蔡瑞月女士。

　　蔡瑞月女士為台南人，因為曾在台南的宮古座欣賞石井漠舞蹈團的演出，進而到日本學習現代舞。宮古座位於台南市中西區，現址為真善美戲院，是日治時期台南的「電影院」之一，據說就連當時的知名歌手李香蘭都曾到此表演過。可惜的是，宮古座於 1977 年遭到拆除，原所在地曾一度改建為圓典百貨和延平大戲院。小時候我曾逛過圓典百貨，後來直到國中畢業，該建築閒置了好一段時間，目前則由戲院、文具店以及書店進駐，加上周邊林百貨的復甦，大菜市這幾年也越來越熱鬧，這裡才又開始充滿了活力。或許因為是台南人，無意間得知這件事後，我開始對蔡瑞月女士的事蹟感到好奇。

　　就跟現代舞一樣充滿著故事性，日治期間，蔡瑞月女士的舞蹈足跡就已遍布日本各大城市及不少海外國家。二戰後，她決定回到台灣推廣現代舞，並於 1946 年間創作《印度之歌》與《咱愛咱台灣》兩支舞碼，其中《印度之歌》更被稱為台灣第一支現代舞，於太平境馬雅各紀念教會首次登台演出。

　　這個教會，凡是生活在台南舊城區的人一定不陌生，因為它就位於湯德章紀念公園旁，是由英籍傳教士馬雅各醫師在 1865 年創立的。教會的正對面是被老台南人稱為「胡椒罐仔」的古蹟──台南測候所。蔡瑞月女士在太平境馬雅各紀念教會的登台首演，台灣的第一支現代舞，可以說是她帶給故鄉台南的華麗贈禮。

　　每次只要從湯德章紀念公園繞過太平境馬雅各紀念教會，我總

忍不住稍微想像一下，蔡瑞月女士首次在這裡演出現代舞的情景有多轟動。此外，也因為鄰近湯德章紀念公園，讓我不禁聯想到湯德章律師在二二八的英勇犧牲。那股正義與勇氣的精神，與我腦海中想像著蔡瑞月女士跳起《咱愛咱台灣》這支現代舞的畫面重疊起來，就如同舞蹈一般戲劇化。而蔡瑞月女士日後編出許多舞蹈作品，演出的舞動，或許正如她海浪一般起伏不定的人生，也如同許多經歷過白色恐怖牢獄之災的台灣菁英們，她的這一切人生故事，總會在我每次行經湯德章圓環、走過教會的分岔路口時，跑馬燈般的瞬間湧現於腦海中。

　　我總是如此思考，或許人生的流轉就跟舞蹈動作一樣，「躡跤尾」的那個「躡」，結合「跤後蹬」的「蹬」，收縮與彈跳之間的力道，一步又一步帶動著未盡的舞步。難以預測的舞姿，演繹著看似無窮的舞碼，跟人生一樣難以預料。或許正是因為這樣，在力與美之外，一支充滿了未知與可能性的現代舞，才會如此吸引人吧？

[42] 紅色倒帶跑車
無較縒

羅馬字 bô-khah-tsua̍h
釋　義 徒勞無功。

還記得在我高中時代，網路都還是使用傳統的數據機撥接才能連上。而我第一次用數據機撥接網路、聽到那個撥號連線的聲音時，覺得那個撥號聲真是戲劇性。每次撥接上網，數據機都會發出「登～登愣登愣～滋……」的聲音，簡直像深水炸彈，等待進入網路世界時，有如潛入海底一般，令人興奮又期待。

不過，這種深水炸彈聲會貫穿全家，只要開始撥接，全家人都知道有人要準備上網了。某次夜裡，我偷偷爬起來上網時，深水炸彈響起，沒多久阿爸就經過房間默默地說：「閣咧放炮仔矣，較早睏較有眠。」

阿爸用「炮仔聲」來形容數據機的撥號聲，仔細想想是頗貼切。只是這個撥號聲隨著網路普及走入歷史，「炮仔聲」的形容也派不上用場了。前陣子突然感到懷念，特地上網搜尋「數據機聲音」，聽到久違的深水炸彈，覺得好親切──「炮仔聲」又來了，全世界又都知道我在上網了。

附帶一提，因為撥接數據機多半是一台黑色的方形機器，所以通常也被稱為「烏龜」（oo-ku），以雙關語指稱其黑色的外觀。

以前在台南要買電腦或電子 3C 相關的產品，通常都會去北門路，我的第一台卡式隨身聽就是在北門路買的。早期的卡式隨身聽

還要「迴帶」，之後才陸續進化出「自動換面」的功能。說到「迴帶」，台語會說「倒紡」（tò-pháng），這個「紡」源自「紡紗」，引申為快速轉動，如果聽完一面錄音帶，A 面要換 B 面時，就準備要「倒紡」啦！後來卡式隨身聽進化成 CD 隨身聽，身邊的人都好興奮，因為可以指定曲目、重覆播放，甚至有著透明面板的設計，可以一窺裝置內的 CD 樣貌。

我們家第一台 VHS 錄放影機也是在北門路購得，而且有一種配備一定要跟著錄放影機一起買，那就是紅色跑車造型的倒帶機。當時的錄放影機播放的是「錄影帶」，早期還分「大帶」跟「小帶」。這些錄影帶看完之後，都需要用倒帶機將影帶捲回才能重看，跟錄音帶「迴帶」的原理差不多。

但很奇怪的是，當時我的家人或同學用台語說「倒帶」，倒不是說「倒紡」，而是說「倒絞」（tò-ká），會不會是因為錄影帶的轉動範圍比較大，所以才用「絞」這個形容螺旋狀的轉動方式？畢竟記憶中的那台紅色跑車倒帶機，運轉起來的確咻咻叫的，用「絞」來形容似乎不為過。而且廠商把倒帶機做成跑車造型，也不無道理和趣味，畢竟每次的倒帶都是為了重新播放影片，而在等待的過程中，總覺得紅色跑車咻咻叫「倒絞」的聲音，像是在進行預告，很能勾起期待重看的心情。

這樣說起來，前面提到的撥接數據機，若搭配聲音設計外觀，應該可以推出潛水艇的造型才對。

回到最初的上網經驗，之所以想要學上網，最主要的動力是因為我從小身為濁水溪公社的樂迷，想要查詢他們的相關資料跟音樂簡譜。他們的音樂結合濃濃的本土草根元素，讓我深深沉浸其中。

自從和 Phang Phang 在一起之後，我也拉著她一起聽這些專輯，透過不斷地聆聽、挖掘，記錄生字，她在大量的聽歌時數中學到許多台語。我們特別喜歡其中一首〈南榕的遺言〉，其中副歌唱到：「……一重一重海波浪，怨嘆攏無較縒（bô-khah-tsuah）。攑頭，提出氣魄向前行。想欲問你心目中，敢袂小可（siór-khuá）失望？」

「無較縒」，是徒勞無功的意思，這樣的說法遠比直白地說出「無效」或「無路用」還來得更傳神有力。另外有一句話說「敢有較縒？」，用在難以挽回的情境中，無力感又更深了，例如：「若無健康，趁閣較濟錢嘛無較縒。」又或者心情很不愉快時說：「代誌攏發生矣，你講閣較濟嘛無較縒。」

這句歌詞，總會勾起心底的激動，一種無可奈何，但又希望做點什麼的悲傷。最後「小可失望」的「小可」（siór-khuá），意思就是一點點、略微，但又遠比「淡薄仔」、「一點點仔」還來得更細微。「敢袂小可失望？」便是再三反覆問自己，是否還能自我欺騙，難道真的不會感到失望嗎？

台語有許多詞彙，就像是藏在深海裡的寶藏，如果直覺地從華語思考、翻譯，像是在平靜的海面上找尋偶爾探出頭的魚。但潛入海底後，看到的是截然不同的風景，再更深入探索，則又是不一樣的世界。像是一句「為什麼你心情不好？」，如果直翻為台語可以說「為啥物你心情無好？」，但若換句話說：「是按怎你會起毛穤？」這裡的「起毛穤」（khí-moo bái）源自日語「気持ち」（kimochi）的 kimo，若置入在問句裡，通常只會說「起毛」。

英文的道理也是相似的。好比英文說「關電燈」不是 close the light，而要說 turn off the light，turn off 像是把開關轉掉的感覺。而

同一句「關電燈」，台語可以照字面說「關電火」，但更道地的說法則是「將電火切掉」、「將電火轉起來」、「將電火禁起來」，「轉起來」、「切掉」的動作，有點像是 turn off 的概念，也更貼近我們使用開關的習慣。

由此可見，台語其實有許多層次，學習台語，就像潛進不同深度的海洋之中探險。如果外語是無窮的宇宙外太空，充滿未知的神祕，那台語就像是地球的內太空，也就是深層的海洋，以及更往內部探索的地心。無論是外太空或內太空，外語及台語，都充滿著許多等待挖掘的知識。每一種語言除了字面上直白的說法之外，其實都有更深入道地的講法與內涵。

這，就是我們學習台語的日常，透過一首〈南榕的遺言〉，透過其中一句「無較縒」所延伸出來的反思。每個詞彙之間，可以發展出更多思考，在想通的同時，會有「原來是按呢！」的驚嘆感。就好比將所有的字詞跟生活中累積的情感分別丟進紅色跑車倒帶機裡「倒絞」一下，重播每一刻值得聚焦的重點，這些確實都是「有較縒」的事啊！

大面神

tuā　bīn　sîn

台語原來是按呢

[43] 美濃桔醬
大面神

羅馬字 tuā-bīn-sîn
釋 義 厚臉皮。

　　很長一段時間以來，我們經常思考日常生活中出現的新詞彙，或是容易用華語來講的物品，該怎樣重新用台語思考詮釋。

　　譬如某天整理浴室相關的詞彙時，我們就從打開浴室門的當下一一掃描所有看得到的東西，包括洗臉台、洗澡巾、浴巾、沐浴乳、洗面乳、浴帽、潤絲精、漱口水、棉花棒、牙線、牙刷、漱口杯、牙膏、衛生棉、浴缸、蓮蓬頭、掏耳棒等等。沒想到這些經常用到、看起來再簡單不過的東西，一時間要整理出頭緒，還是有難度的。

　　好比說我當時手上拿著一條浴巾，低頭思考一會兒，竟然一時之間沒有想法。當然我們可以直翻成「浴巾」（ik-kin），也就是洗澡「洗身軀」的另一種說法——「洗浴」（sé-ik）的「浴」，但如果台語比較不輪轉，「浴巾」講起來的確會有點卡卡的。假如把浴巾說成「巾仔」，感覺比較簡單好讀，卻似乎容易聯想到「手巾仔」這類的絲巾或領巾。

　　一般洗臉用的毛巾會說「面巾」，要用「面巾」來統稱浴巾和毛巾或許勉強也行，不過浴巾的尺寸明顯大過毛巾吧？如果把浴巾也稱作「面巾」，那這應該是一張巨人用的面巾了。想到這裡，我腦中突然浮現有一張大臉的巨人，「大面神」用「大面巾」，噗哧笑了出來。

「大面神」（tuā-bīn-sîn），照字面上翻譯就是「大臉神」，通常用於形容一個人厚臉皮，雖然直接說「厚面皮」（kāu-bīn-phuê）或「皮皮」（phî-phî）也可以，但「大面神」顯然更加生動，譬如說：「伊這款人有影大面神，逐擺攏佔人便宜。」此外，「大面神」也可以跟形容人臉又大又圓宛如肉餅臉的「肉餅面」（bah-piánn bīn）連在一起講：「伊毋但肉餅面閣兼做神，做大面神矣。」諷喻效果更好。

另一個「皮皮」的說法，通常會說成「激皮皮」（kik phî-phî），但使用的語境跟「大面神」或「厚面皮」有點不同，譬如說：「一日三頓愛正常食飯，感冒拄好矣，毋通激皮皮。」、「伊攏按呢皮皮，逐家罵伊嘛無要無緊。」相較之下，「皮皮」比較像是漫不經心、故作不在乎的感覺。

想到這裡，「大面神用大面巾」的形象越來越鮮明，這樣的講法似乎也自然又貼切，於是從那一刻起，浴巾就被我們稱為「大面巾」了。

台語的毛巾叫「面巾」，客語則是「面帕」（mien pa）。有趣的是，美濃客家話會把粄條說成「面帕粄」（mien pa ban`），因為剛做好的粄條外觀就像毛巾一樣，一片一片白白的，後期才會用人力或是機器，加工切成一條一條的「粿仔條」。

由於我的丈姆是美濃客家人，有時跟著 Phang Phang 回後頭厝，常有機會品嘗道地的「美濃面帕粄」和各種特色沾醬。譬如客家傳統的「桔醬」，以及另一種以薑末醬油特製而成的醬，除了常用來沾豬腳、魷魚之外，與番茄也是絕配，讓我印象最深刻。其實這款醬在台南也很常見，只是沾魷魚時會多加芥末，讓味道更有層次。

外界對台南府城的小吃常有一種偏甜的印象，但根據 Phang

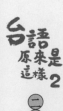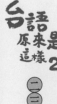

Phang 跟丈姆表示，她們並沒有這種感覺，甚至覺得台南口味跟美濃的酸甜口感很接近，以至於她們一到台南品嘗小吃馬上就「無縫接軌」，完全沒有偏甜的感覺。

　　話題再回到我們的浴室。解決浴巾的翻譯之後，下一個要挑戰的是難度更高的「沐浴乳」和「洗面乳」。這類美妝清潔用品多半是比較晚出、現代的產品，在台語使用環境逐漸萎縮的狀況下，多半還沒創造出台語的說法，很快就被華語聲淹沒了。很多人常說：「以前古代人沒有洗面乳，所以台語沒這個說法。」不過古代也沒有洗髮精跟洗衣機，後來還是有人發明出對應的台語名稱，可見這個問題主要還是現代人遇到新產品或新語詞時，多半還是直接以華語思考、命名的緣故。這或許也是新產品、新事物的台語創造速度越來越趨緩的原因。

　　但有些則是台語既有的說法，因為使用率變低而漸漸被遺忘，大多是被華語直接取代，譬如浴缸或洗臉台。尤其是浴缸的各種說法，我認為探討起來最有趣。

　　浴缸的功能，基本上是從古早時的「浴桶」延伸而來，可以直接讀做 ik-tháng，但更有趣的說法則是「風呂桶」（hū-looh-tháng），這是把日語的「風呂」（ふろ，澡堂）跟台語「桶仔」的「桶」合併而來的，不僅呈現台語獨特的文化脈絡，也非常有歷史感。現代的浴缸甚至附加了按摩功能，要用台語來形容的話，只要在前面冠上「掠龍」（liàh-lîng）就可以囉！

　　因為台灣從前比較盛行浴室跟廁所合併的設計，很多人已經習慣把浴室也稱為「便所」，但浴室跟廁所其實原本就是兩種不同的空間。在我印象中，以前聽阿公把浴室稱為「風呂間仔」（hū-looh-king-á），明顯受到日語的影響，另外一種說法就是「浴間仔」（ik-king-á）。除非是真的要使用廁所，阿公才會說：「我先來去便所。」

　　我們在浴室想到「大面神用大面巾」，找回了「去風呂間仔」、「浸風呂桶」，除了好記之外，在日常生活中經常使用，也才不容易忘。這些詞彙，除了更能彰顯台語形容人事物傳神精準的特色外，也能讓我們思考，怎麼實現不直接從華語詞翻譯，改用台語來思考合乎事物意義的命名或詮釋方式。那或許會是未來台語新詞建造工程的目標。至於語言要永續延續，造新詞跟找回舊詞都一樣重要啊！

台灣人是什麼時候開始有「乾溼分離」的習慣呢？我之所以開始思考這個問題，是因為台語把廁所稱為「便所」，洗澡的地方叫「浴間」，兩種空間清楚分明，不曉得這樣的空間設計或觀念最早可以追溯到什麼時候。

雖然我們常說「民以食為天」，飲食的設備工具是日常所必需，但我覺得廁所浴室可能更重要。畢竟現代生活沒有餐桌倒還過得去，但沒有馬桶可就慘囉！

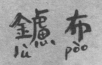

大面巾（tuā-bīn-kin）：浴巾

「手巾」是手帕，「面巾」是洗臉用的毛巾，那擦拭身體的大毛巾可以直接說「身巾」嗎？我曾經這樣想過，但有點饒舌，發音又太接近「神經」。不如想成「面巾」等比例放大，好像巨人擦臉用的「面巾」，給我們拿來做擦身體的浴巾，於是採用「大面巾」的說法。

鑢布（lù-pòo）：洗澡巾

「鑢」是來回刷洗的意思，譬如「棕鑢仔」就是廚房用來刷鍋碗的棕刷。所以用來「鑢」身體汙垢的，就稱作「鑢布」。

雪文膏
sap bûn ko

雪文膏（sap-bûn-ko）：沐浴乳

「雪文」是肥皂的台語說法，另外也說「茶箍」（tê-khoo）。至於「雪文粉」則是指肥皂粉，台語原本就有這樣的講法。既然如此，應該可以把「粉」改成沐浴乳的膏狀物，於是採用「雪文膏」來命名。

洗面膏
sé bīn ko

洗面膏（sé-bīn-ko）：洗面乳

「洗面乳」的命名挺有趣的，因為華語是說「洗臉」，但習慣上卻不會說「洗臉乳」。反而台語就把洗臉說成「洗面」，那麼直接稱為「洗面膏」即可。

頭毛帽仔
thâu mâg bōr á

頭毛帽仔（thâu-mâg-bōr-á）：浴帽

這樣說是有點趣味的成分，因為浴帽的功能是為了不讓頭髮被淋溼，可以說是服務頭髮專用，故稱為「頭毛帽仔」。

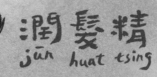

潤髮精
jūn huat tsing

潤髮精（jūn-huat-tsing）：潤絲精

我們把洗髮精的台語直翻成sé-huat-tsing。
至於「潤絲」就是潤髮，所以直稱為jūn-
huat-tsing即可。

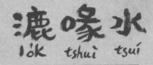

漉喙水
lȯk tshuì tsuí

**漉喙水
（lȯk-tshuì-tsuí）：漱口水**

「漉喙」便是漱口的意思，所以
直接把漱口水說成「漉喙水」。
附帶一提，有個詞叫做「食喙
水」（tsiȧh-tshuì-suí），意思是因
口才好而吃香。

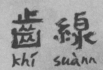

齒線
khí suànn

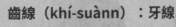

齒線（khí-suànn）：牙線

牙科的台語是「齒科」，牙刷是「齒抿仔」
（khí-bín-á），牙膏是「齒膏」（khí-ko），牙
線便稱為「齒線」。有趣的是，華語說「牙
膏」而非「牙乳」。至於漱口杯則是「齒觳
仔」（khí-khok-á）或「齒杯」，但我們覺得
直接說「漉喙杯仔」可能比較好唸。

皮膚鉎
phuê hu sian

皮膚鉎（phuê-hu-sian）：角質

「鉎」原是指皮膚上的汙垢，跟一般說
的角質不太一樣。但由於角質是因皮膚
老化生成的，於是稱為「皮膚鉎」。

鑢鉎膏
lù sian ko

鑢鉎膏（lù-sian-ko）：去角質

如果可以用台語的「皮膚鉎」稱角質，那把
「鉎」去除、「鑢」掉的專用膏液，便稱為
「鑢鉎膏」。有趣的是，華語稱這類產品，
多半是直接簡稱「去角質」，而不會完整地
說成「去角質乳」或「去角質液」。

泅水帽仔
siû tsuí

泅水帽仔：泳帽

同「頭毛帽仔」，專為游泳使用，
故為「泅水帽仔」。

泅水目鏡
siû tsuí

泅水目鏡：泳鏡

專用於游泳，故為「泅水目鏡」。

棉仔枝
mî á ki

棉仔枝（mî-á-ki）：棉花棒

「棉仔」本身就是棉花的意思，棒以「枝」稱呼，類似「枝仔冰」的概念。

風呂間仔
hu looh king á

風呂間仔（hu-looh-king-á）、浴間（ik-king）：浴室

「風呂」是由日語轉為台語外來詞的說法，「間仔」本身就有房間的意思，於是組合成為「風呂間仔」。至於「浴間」或「浴間仔」則是一般台語的普遍說法，有別於「便所」，或許這就是最早的「乾溼分離」喔！

衛生布
uē sing pòo

紮布（tsah-pòo）、
衛生布（uē-sing-pòo）：衛生棉

「紮布」是早期女性用的衛生棉，是一塊黑色的
布，所以台語原本就有這個說法。近年來環保風
氣使然，市面上又可見類似的產品，但我們是習
慣說「衛生布」，一方面是比較順口，二方面是
家裡的長輩們會把免洗紙內褲講成「衛生褲」，
所以講「衛生布」是滿合理的。

風呂桶
hu looh tháng

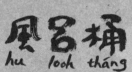

浴槽（ik-tsô）、大跤桶（tuā-kha-
tháng）、浴桶（ik-tháng）、風呂桶
（hu-looh-tháng）：浴缸

目前流傳這幾種說法，不過我們覺得「浴
槽」發音很接近「牙槽」（gê-tsô），所以比
較偏愛說成「風呂桶」，簡單易懂又好唸。

洗面座
sé bīn tsō

洗面座（sé-bīn-tsō）、
洗手台（sé-tshiú-tâi）：洗手台

學校走廊用來洗手的稱為「洗手台」，家中浴
室用來洗手也洗臉、附鏡子整理儀容的則稱為
「洗面座」。類似「便所」跟「浴間」在功能
上的不同，洗手台的稱呼，也隨空間和功用而
有些微差異。

濺水頭
tsuānn tsuí thâu

濺水頭（tsuānn-tsuí-thâu）、
蓮花頭（liân-hue-thâu）：
蓮蓬頭

「濺水」為噴水之意，蓮蓬頭
為噴頭水的噴頭，於是稱為
「濺水頭」。

耳扒仔
hīnn pê á

耳扒仔（hīnn-pê-á）：掏耳棒

挖耳朵用的棒子，台語稱「耳扒
仔」。「扒」本身就有抓癢的意
思，譬如「扒癢」。另外有一種
專門用來抓背、像是放大版「耳
扒仔」的器具叫做「不求人」，
台語除了直翻put-kiû-jîn之外，
也稱「尻脊扒仔」（kha-tsiah-pê-á）
或「孫仔手」（sun-á-tshiú）、「阿孫
手」（a-sun-tshiú）。

育囡仔歌

羅馬字 io-gín-á-kua
釋　義 搖籃曲。

　　某次帶溜逗出去散步，到了該回家的時間，溜逗卻趴坐在公園的草皮上賴著不走，還露出巴哥一貫的天然呆笑臉，不管怎樣就是坐在原地不動，最後只好抱著牠走回家。

　　回到家後，阿母看到我雙手橫捧著溜逗，發現這傢伙竟安穩地睡著了，笑說：「敢若咧坐搖笿咧！」

　　阿母解釋，「搖笿」（iô-kô）的「笿」是指用竹條編成的簍子或籃子，譬如「魚笿」（hî-kô）就是捕魚用的竹簍。同理，用竹子編成的嬰兒搖籃，就稱為「搖笿」。不過值得思考的是，為什麼嬰兒用的搖籃，台語不是直接比照放魚的「魚笿」稱為「囡仔笿」，而是在「笿」前面加上「搖」的動作成為專有名詞？我猜想，是不是因為「魚笿」是捕魚的工具，有捕獲的意味，講成「囡仔笿」好像是要捕捉小孩，所以嬰兒（或寵物）用，以輕搖、安撫為主要功能的搖籃，才另稱為「搖笿」？

　　大部分的孩子睡「搖笿」都可以睡得非常安穩，像是被大人溫柔抱著，也像坐搖椅一般，享受那種類似「幌韆鞦」（hàinn-tshian-tshiu）的規律擺動。爸爸媽媽或阿公阿嬤邊唱「唔唔睏，一暝大一寸」哄著小孩入睡，相信也是許多人共同的兒時記憶或父母印象。

　　「唔唔睏」（onn-onn-khùn）諧音近似「歐歐睏」，原本是用來哄

小孩睡覺的專用語，但日常生活中也很常講說：「我欲來唔唔睏矣。」或許是因為許多人在嬰兒時期常聽父母把這句「唔唔睏」掛在嘴邊哄睡，或是這句「唔唔睏」很容易讓人聯想到躺在「搖笱」當中的安穩情境，所以即使成年了，有時也裝可愛或半開玩笑地用「唔唔睏」來表示自己要去睡覺的意思。

講到「搖笱」跟「唔唔睏」，怎麼能夠少了最助眠的搖籃曲呢？對大家來說，如果眼前有一個哄嬰兒睡覺的畫面，背景又應該響起什麼旋律呢？

「搖籃曲」的台語是「育囡仔歌」（io-gín-á-kua），不是把搖籃曲三個字直翻為 iô-nâ-khik。以前我一直以為是寫成「搖囡仔歌」，不過照字面看來，很像雙手扶著囡仔的肩膀不停搖晃，如果是這樣，這個「搖囡仔」的畫面也太有戲劇張力了。後來才知道原來是「育囡仔歌」，其中的「育」有養育小孩的意思，這樣一首養育囡仔的歌曲，當然就是囡仔躺臥在「搖笱」內聆聽的搖籃曲了。

如果只知道搖籃曲的台語叫「育囡仔歌」還不夠，因為你一定聽過它的旋律，只是很多人不曉得那就是台灣歷史上最出名的〈育囡仔歌〉。這首〈育囡仔歌〉是日治時期由聲樂家呂泉生作曲的同名歌謠，寫於二戰末期，正是台灣飽受美軍空襲的戰爭時刻。〈育囡仔歌〉曲調婉轉，充分顯示父母親期待子女平安成長的心情。歌手流氓阿德的作品〈花帔〉當中，就加入了這首〈育囡仔歌〉的旋律，表現母親對子女的引頸期盼及永遠的愛。附帶一提，「花帔」是金門傳統的育嬰包巾，上面會用紅線繡小小的卍字記號，象徵吉祥保平安。

記得搬家前，家裡還留著我小時候用過的各種「工具」，像是

小小孩時期用的「雞鵤仔車」（ke-kak-á-tshia），這台學步車除了全車木造之外，前方還有動物造型的構造，只要往前推動，就會發出 kak kak kak 的聲音。另外，就是垂掛在「搖笱」上面的音樂掛飾，只要用手把拉繩抽到底放開，就會開始播放音樂。我一直記得它會響起〈甜蜜的家庭〉的旋律，大約國小一年級去上鋼琴課的時候，某天彈到〈甜蜜的家庭〉，旋律一來，腦海中就想起了這個掛在「搖笱」上的音樂掛飾。

　　大概到了國小二年級時，家裡買了一台鋼琴。這台鋼琴在我的記憶中有兩種稱呼：第一種是外公說的ピアノ（piano），第二種是爸媽直接用台語說的「鋼琴」（kǹg-khîm）。我原本以爲阿公講的是英語，經過爸媽解釋，我才曉得原來外公講的是日語的外來語。記得大學時，系上也有同學聽到自己的阿公講トマト（tomato）以爲是英文，過了一段時間，才曉得日語跟台語的外來語關聯。

　　回想起來，這就好像當時彈奏〈甜蜜的家庭〉便以爲是搖籃曲一樣，在我的認知當中，還不存在〈育囡仔歌〉的旋律。直到我後來得知，台灣原來有這麼一首搖籃曲叫做〈育囡仔歌〉時，不禁感嘆，如果當時的音樂掛飾傳出來的音樂是〈育囡仔歌〉，應該會加倍溫馨吧？如果台灣有更多的父母家庭，都曾在「搖笱」前對著孩子輕聲哼唱這首〈育囡仔歌〉的旋律，又或者更多孩子在鋼琴課上能先學彈這首〈育囡仔歌〉，也許今天的感動會更不一樣吧？

　　在寫這篇文章的時候，濁水溪公社推出了樂團生涯最後一張專輯《裝潢》，巧妙的是，裡面有一首歌就叫〈嬰仔歌〉。在我看來，這樣的安排是很具巧思的。因爲這首〈嬰仔歌〉結合了許多台灣經典童謠的歌詞改編而來，從第一句到最後一句，融合了〈大箍呆〉、

〈龍眼乾〉、〈新娘水噹噹〉、〈蟳仔八支跤〉、〈點仔點水缸〉。這些童謠可能很多年輕人沒聽過，但在濁水溪公社這首〈嬰仔歌〉的重新詮釋下，又讓人一口氣重新接觸了這些經典，可以算是一種「懶人包」吧？在他們的最後一張專輯中，收錄了這樣一首代表「新生」的歌曲，似乎也象徵著結束是另一種重生。就好比〈嬰仔歌〉的最後一句歌詞唱著：「點仔點滾水，你做鬼，點仔點茶甌，就來阮兜。」在我看來，這樣的結尾有著傳承的意味：「滾水」是濁水溪的憤怒精神，「鬼」是傳達給我們的無形觀念，而「茶甌」是茶杯，接收了「滾水」的容器，也就是你我這些聽眾。「來阮兜」則是這個大家庭，也就是台灣這片土地。

　　無論是寫作〈囡仔歌〉還是〈嬰仔歌〉，從歌曲中可以體會的是，那種「傳承」跟「期許」的精神，從古至今，自始不變。那些傳唱下來的旋律，都是人們想要維持或保留下來的經驗與記憶吧？

[45] 傳統書店
竹雞仔

羅馬字 tik-ke-á

釋 義 小流氓、混混。

　　記得在我唸國小的時候，家裡附近有一間傳統書店，除了販賣文具書籍之外，也賣一些電子產品，共有兩層樓的空間。這間書店對當時附近的學生住家來講，是很重要的存在。

　　某年過年前，為了在年假空閒殺時間，我在那裡買了第一本衛斯理傳奇《新年》，從此開啟我著迷於衛斯理傳奇小說的歲月。而我的第一台電子辭典也是在這間傳統書局買的，記得當時電子辭典剛上市，只要班上哪個同學有這麼一台，大家無不投以羨慕眼光。說也奇怪，不曉得為什麼電子辭典內建的小遊戲特別好玩？或許是因為電子辭典做為一種可以明目張膽帶去上課的遊戲機，一邊查單字又可以玩內建遊戲，在學校「掩掩揜揜」（ng-ng-iap-iap）偷玩的刺激感，讓遊戲變得更有趣了吧？那時候的電子辭典甚至還有可以換卡匣的機型，其中當然也有遊戲卡匣可以擴增替換。當時我就買了不少遊戲片，結果單字查沒幾個，打開電子辭典都在打電動。回想起來，這幾年學習台語的動力，遠比學生時代摸索英語來得強烈自動，興趣果真是學習語言的最強動力啊！

　　「掩掩揜揜」的「掩」本身有遮蓋的意思，譬如「掩目睭」（ng bak-tsiu）便是把眼睛遮起來。至於「揜」則有藏、遮蔽的意涵，譬如「揜貼」（iap-thiap）便有偏僻的意思。如果要說一個地方過於偏僻，

勸人晚上別去，可以說：「彼款所在眞撽貼，暗時莫去。」或是聽人說「撽尾狗」（iap-bué-káu），意思是狗將尾巴藏了起來，跟華語說「夾著尾巴逃走」有異曲同工之妙，但狗的耐痛力跟韌性其實很強，若非眞的受到驚嚇或痛苦，基本上是不太可能把尾巴夾成「撽尾狗」。有陣子，家裡的巴哥溜逗桑眼睛受傷，我們第一次看到牠把全年三百六十五天都捲起來的小尾巴垂了下來，可謂名副其實的「撽尾」，看了實在非常不捨。另外值得一提的是，「撽」不同於「挾」（giàp），「挾」是指用東西或用手夾著某物，但尾巴是屬於自身可控制的一部分，是自己「撽尾」起來的狀態，兩者有微妙的差異。

說回那間傳統書店，這間書店還有另一件讓我印象深刻的事，就是店裡有位阿婆，如果沒記錯，應該是老闆的母親。當時同儕小朋友之間都會叫她「冊店阿嬤」，她有點像是日本漫畫中會出現的傳統書店老闆，如果站在書架前白看太久，「冊店阿嬤」就會拖著沉重步伐從店後方走到你背後，然後發出謎樣的嘆氣聲或深呼吸的聲音。我們這種臉皮薄的小朋友，聽到幾下嘆氣聲就會乖乖把書放回架上，或是直接買回家，但有些比較調皮的高年級學生會故意跑到書店門口，等「冊店阿嬤」緩步走近門口時，他們又快步跑到書店後方。這時候「冊店阿嬤」就會再緩步往回走，就這樣一來一往，有時冊店阿嬤還會被逗笑，邊走邊擦汗。

有天去書店，我看到「冊店阿嬤」身邊圍繞了幾位歐巴桑，七嘴八舌不曉得在讚美她什麼？我好奇湊過去聽，原來是「冊店阿嬤」前幾天在店門旁看到幾個「竹雞仔」在言語挑釁學生，她勇於出面制止，從此「冊店阿嬤」又多了一件事蹟。

這件事之所以讓我記憶猶新，主要是因爲那句「竹雞仔」（tik-ke-á），讓當時的我很有想像畫面。其實當時聽歐巴桑們的對話，根據前後文可以明白那就是小混混的意思，不過那也是我第一次聽到這個詞，所以腦中馬上浮現一隻在竹林奔跑的公雞，像鬥雞一樣與其他同伴互相啄來啄去的「竹雞仔」畫面。

　　跟「竹雞仔」相近的說法有「迌迌仔」（tshit-thô-á），意思也是混混或不良少年。說也奇怪，從我那次親耳聽到「竹雞仔」後，在我往後的成長記憶中所聽到的，幾乎都是「迌迌仔」了。但在我印象中，還是那句「竹雞仔」最生猛鮮明，就像是「相拍雞仔」（sio-phah-ke-á）一樣，打架的雞，如同鬥雞一樣好鬥。

　　附帶一提，如果鬥雞可以說「相拍雞仔」，那鬥魚可以說「相拍魚仔」嗎？這幾年開店，因緣際會認識各行各業的人，某次跟比較熟悉這領域的客人聊起這個多年來的疑惑，才知道原來鬥魚的台語叫「三斑」（sam-pan），不是我自己想的「相拍魚仔」啦！而且如果用台語直翻「鬥魚」，我覺得諧音根本是「豆魚」，那不就成了「豆醬魚」了？完全成了一道待上桌的菜色，一點也不強悍，還是「三斑」勇猛多了。

　　直到現在，有時候看到電視報導打架滋事的社會新聞，總會讓我回想起初次聽到「竹雞仔」時的情景。然而那間傳統書店，早已在我成長階段中的某個時間點歇業了。期間我也經歷升學、搬家，隨著大型連鎖書店來到台南，整個生活型態和購書的模式，也一點一滴悄悄改變著。

　　前陣子到台北，行經大稻埕及龍山寺，在路途中經過了一間傳統書店。儘管事隔多年又相隔南北，但在當下，仍讓我瞬間想起小時候的那間傳統書店，還有生動鮮明的「竹雞仔」記憶。踏進那間

傳統書店，似乎還能感受到那個「冊店阿嬤」正準備從書店裡面緩步走向前來，對白看書的我們發出嘆氣聲。我也徹底理解，原來傳統書店的記憶如此深重，不時牽動著故鄉在地的情感，以至於來到有著同樣氣氛的傳統書店，頓時有種回到台南，而且是那個時空當下的故鄉之感。

[46] 家庭理髮
巴結

羅馬字 pa-kiat
釋 義 堅強、不示弱。

　　第一眼看到漢字的時候,在你腦中響起的,會是哪一種語言呢?

　　譬如說,當我們看到「得意」、「後生」、「食力」、「勉強」這幾個詞彙的時候,第一時間或許都會以華語思考,用有邊讀邊或漢字表意的方式,來猜猜看到底是什麼意思。但事實上,這幾個詞彙卻都分屬於不同的語言,而這些語言唯一的共同點就是能以漢字書寫。例如其中的「得意」,其實是粵語 (dāk-yi)「可愛」的意思;「後生」(heu sang′) 則是客語「年輕」的意思;台語的「食力」並不是指吃東西的力量或食量,而是指費力或形容情況糟糕;至於「勉強」(benkyou) 則是日語「學習」的意思。

　　有趣的是,客語「後生」(heu sang′) 和粵語「後生」(hauh-sāng) 一樣是形容年輕,但台語的「後生」(hāu-senn) 卻是兒子的意思。不過一般提到「兒子輩」,通常的確是指比較年輕、少壯的一輩。照這樣來理解,這些語言之間,似乎有一種共通或相似的規則呢。

　　幾年前,我們在雜誌連載的專欄中,曾經介紹過幾種點心零食的台語,譬如天公豆、麻糬 (muâ-láu)、寸棗 (tshùn-tsó)、鹹酸甜 (kiâm-sng-tinn)、芋冰 (ōo-ping) 等等。我們當然也順便教大家台語的「點心」和「零嘴」怎麼說,也就是四秀仔 (sì-siù-á) 或直翻成「點心」。不過台語的點心零嘴還有一種比較特別的說法,那就是「啖

糝」（tām-sám），發音類似華語的諧音「檔喪」，也跟粵語的「點心」（dím-sām）發音有點像。這有沒有可能是以前兩種語言的族群，在彼此交流影響之下產生的共同演變呢？

台語的「啖糝」，除了做爲名詞指稱點心或零食以外，也可以做爲動詞，譬如說：「先食一寡物件，啖糝一下。」意思是先吃點東西解解饞。但對我來說，「啖糝」的發音感覺「非常不像台語」，有點像是「馬西馬西」或是 kimochi 這一類的詞，講起來有一種台語外來語的語感。若單純看「啖糝」這兩個漢字，通常會先聯想到華語的「啖飯」、「啖粥」，或是「大啖了好多美食」這種會出現在文學作品中的對白。至於「糝」則有飯粒、米飯的意思。

前面介紹的語詞，是一些也許以前沒看過，但照字面聯想推測也能猜個大概的案例。然而，有更多的詞彙難以透過漢字字面來加以推測，甚至有著跟字面截然不同的意思。好比「巴結」這個詞，如果是讀成華語的「ㄅㄚ ㄐㄧㄝˊ」，是奉承、拍馬屁的意思。但如果是讀成台語的 pa-kiat，則有堅強、不示弱的意涵在，譬如說：「伊足巴結，就算講直直失敗嘛無放棄。」形容一種堅韌的態度，或是說：「較巴結，繼續拚！」表示硬著頭皮繼續往前衝。搖滾樂團表兒有一首〈西瓜偎大邊〉，歌詞唱到：「……才了解，佇咧這个社會，要學人較巴結咧……」不難發現台語跟華語的「巴結」意思不同，甚至有點相反。

不過隨著時代改變，現在也有人直接把台語的「巴結」等同於華語的「巴結」來解釋了，譬如說：「伊足愛巴結頭家。」形容一個人對老闆奉承阿諛。也許要巴結人，心理上還眞的需要很強大的韌性吧？這樣想或許也能通。

對 Phang Phang 而言，「巴結」跟「雜摺」是兩個很容易搞混的詞。台語的「雜摺」（tsáp-mooh），發音有點類似華語的諧音「展默」，意思是龜毛不乾脆，另外可以說「歹扭搦」（pháinn-liú-lȧk）或「歹剃頭」（pháinn-thì-thâu），一樣是說人吹毛求疵或「難搞」的意思。但「雜摺」是指嘮叨不休又執著於某事物而不乾脆的固執，跟「巴結」硬著頭皮拚到底的固執不太一樣。「雜摺」的「雜」跟「雜唸」同理，有句話說「十喙九尻川」，這邊的「十喙」（tsáp-tshui）雙關諧音「雜喙」（tsáp-tshui），一方面是指比屁股（人數）還多了一張嘴巴在說話，此外也有「出一支喙」的意涵。至於「摺」則是浮貼於某物的意思，比如說人「摺壁鬼」是指人冒失，像是緊靠牆壁行走的鬼一樣嚇人。附帶一提，「雜摺」可能是因爲發音訛傳，也有「實膜」（tsȧt-mòh）或「鏨某」（tsām-bóo）的說法，但都是龜毛、不乾脆的意思。

　　相較於「巴結」跟「雜摺」屬於抽象又難以聯想、圖像化的詞語，「歹扭搦」跟「歹剃頭」這兩個詞，Phang Phang 就不曾搞混過。由於我的頭髮都是 Phang Phang 幫我剃的，而且我一定要剃非常短，所以自從她學會「歹剃頭」之後，就懂得用雙關語來調侃我說：「足好剃頭。」一方面是因爲不用費心幫我修剪什麼髮型，推刀幾下就清潔溜溜；另一方面也是說我一點都不難搞，完全不會「歹剃頭」。不過執著於頭髮要剃得很短的我，倒也是非常「雜摺」就是了。

　　相信很多人都經歷過學校髮禁的時代，大部分人可能以爲是針對頭髮太長或搞怪的禁令，但其實頭髮太短也是會被禁止的。當時有不少人鑽漏洞，模仿歌神張學友的「學友頭」髮型，把平頭前端用髮膠或沾水抹得高高尖尖的。反正按照規定，只要耳後不曉得幾公分有推高即可，所以不少學生打著頭殼前半部的主意做造型。既

然耳後推高、動頭殼前半部都可以，那整顆頭剃成三分頭應該沒問題吧？

結果我某次去家庭理髮「吩咐」（huan-hù）說要剃三分頭，隔天去學校卻被生活訓育組長抓去訓斥。說太長不行、太短也不行，但切齊耳後推高，就算頭殼前面鑽漏洞做造型，要怎樣都可以，真的有夠「歹剃頭」。

至於跟「歹剃頭」相近的詞還有「歹扭搦」，它的反義詞則是「好扭搦」，亦即很好搞定的意思。這個「搦」（la̍k）有緊握、掌握之意，另外也可用在清理，譬如常見的「搦屎搦尿」（la̍k-sái-la̍k-jiō），字面上的意思是清理屎尿，但也延伸來形容忙著很多瑣碎事或面對事務的辛勞、不可開交的情境。

後來升學搬家，我就再也沒去過那間家庭理髮了。前陣子聊到這些詞，才又想起國中髮禁的這些瑣事。仔細講過之後，果然就再也忘不了這些詞彙的意思。這也算是台語在我記憶中「巴結」的一種展現吧。

[47] 阿祖家的水缸
甕肚

羅馬字 àng-tōo
釋 義 自私、小氣。

　　華語有許多詞彙是直接從日語借用、翻譯過來的，尤其是哲學、醫學、天文、科技等領域的專有名詞，它們有個專稱叫做「和製漢語」，在台語和日語之間也有一樣的借用、交流與融合現象。到了近當代，仍有不少新的「和製漢語」被發明，並且在台灣流通。最常見的像是「達人」、「御宅族」、「職人」、「元氣」、「一生懸命」等等，大多數人都已習慣直接用華語讀出這些漢字，但以前的台灣人則是直接用台語來讀這些以漢字書寫的日語詞彙。甚至近年受到日本的 ACG 文化影響，諸如「蘿莉」、「傲嬌」、「大心」、「腹黑」等等用語，更常見於年輕世代與網路世界之中。

　　某次我跟 Phang Phang 聊到「腹黑」這個詞，即使我們都不懂日文，但透過漢字，大概可以猜到是「黑心的」、「表裡不一」的意思。台語也有類似的說法，那就是「甕肚」（àng-tōo）。我們第一次聽到這個詞，是在電台的廣播節目當中聽主持人自嘲說：「我這人實在是足甕肚……」雖然透過主持人的前後語意理解這個詞，但當下我們誤以為是唸成「暗肚」，直到後來查字典才知道原來是寫成「甕肚」。

　　「甕肚」指的是一個人自私小器，或是壞心眼。若照字面來理解，我總覺得「甕肚」像是形容人的肚子跟酒甕一樣大，感覺很正

面、很有肚量。反倒是起初誤聽的「暗肚」比較有負面感，而且也很容易跟日語說的「腹黑」聯想在一起。那麼，爲何以前的人會說「甕肚」，而不是說「暗肚」呢？

那是因爲，以前的人會利用「甕」這種容器醃製食物。這種容器最大的特色就是「窄口肚大」，若是「寬口窄身」的叫做「缸」。由於「甕肚」的特性就是能放很多東西進去醃製，但窄口的設計，一次能拿出來的量少，而且不易取出，因此原本做爲節儉的功能，後來就被拿來形容人小氣、藏很多心事不易吐露，甚至也可以用來形容人「偷藏步」。

另外有個說法也跟「甕肚」有關，那就是「甕肚人」，用來形容人守口如瓶，要從對方身上套話非常困難。這句話可以這樣說：「放心，我來做你的甕肚人，免操煩啦！」這句話也可以用台語的「過喙」（kuè-tshuì）來換句話說：「放心，我袂過喙，免操煩啦！」表示自己不會向他人轉知或洩密。這樣說起來，「甕肚」的形容的確極爲精妙傳神。

知道「甕肚」的由來之後，我也不禁思考：如果要說某人的嘴巴守不住祕密，是否可以反過來用「缸肚」來加以形容呢？窄身寬口，誰都可以舀一瓢水的水缸，似乎很符合四處宣傳或逢人便說的「大嘴巴」的意象。不過，換個角度想，窄身寬口、人人都能舀一瓢水的「缸肚」，也可以說是極其有肚量吧？

說到水缸，也讓我想起了記憶中的阿祖家。

我們家族的長輩都非常長壽，一直到我大概國小二年級左右，當時高齡九十好幾的阿祖跟查某阿祖都住在麻豆南勢的三合院。印象中，他們會身穿類似古裝劇會出現的「對襟仔衫」（tuì-khim-á-sann）

或款式類似的衣服，色調也是淺色系居多，日常對話都是台語。像他們這樣活過不同政權交替的老人家，經歷日治到二戰後的社會變遷，整個社會轉換了兩種語言，和後來的世代之間，總有語言與經驗上的隔閡。我小時候還懵懵懂懂的，沒辦法跟他們深聊，不過現在聽阿公提起阿祖他們，總會說：「恁阿祖定定講，就是愛將家己閣有厝內人顧予好，上要緊。無論時代按怎變化，咱做人絕對袂使自卑，若是搪著咱袂曉的代誌，就較謙卑共人請教，但是絕對袂使自卑。」

也許經歷過外界的巨大轉變，讓阿祖輩覺得家裡平安就是最大的幸福，但他們也認為不能因為委屈求全而自卑，無論如何都要抬頭挺胸地活著。現在想想，整個台灣社會因為歷史、政權的轉變，主流語言從日治時期的日語到二戰後持續至今的華語，但家裡最常使用的還是台語，一點也沒變。這或許就是當時的台灣人，以及台語文化、精神富有強韌生命力的一面吧？

以前我只要回阿公家，都會繞去不遠處的阿祖家三合院。那裡有一個水缸，在我記憶中，這個水缸非常巨大，裡面總是裝滿了水。爸媽常提醒我不要太「好玄」（hònn-hiân）、太過於好奇。但當時的我很皮，每次回到阿祖家的三合院，經過大水缸，一定會想要試著跳進去玩水。爸媽每次看到我「搓跤捏手」（so-kha-liap-tshiú）般躍躍欲試，也不厭其煩地再三交待，不要試圖想跳進水缸裡，以免發生危險。

直到有次我一個人在家，獨自看了當時一部叫做《奇門遁甲》的港片後，從此打消跳進水缸的念頭。因為電影當中有一個角色叫做「甕中人」，是一個被鎖在「甕」中浸泡藥水的小童，因為長期

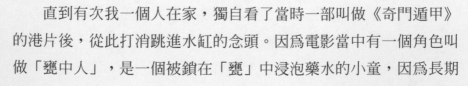

在甕中，他的體型就此固定而成了甕童，簡直就是名副其實的「甕肚人」！雖然這個角色是被鎖在甕裡，而不是口徑大的水缸中，但兩者外觀顏色實在很接近，以至於我當下非常震撼，嚇到一連好幾天都作惡夢。從那天之後，我每到阿祖家的三合院再經過那個水缸時，都乖乖保持距離，敬而遠之。誰叫那個「甕中人」角色實在是太經典了。

現在阿祖家的老原址已經成為家族的玫瑰花園，我有時也會繞去看看，有幾次經過以前放水缸的位置，還是會東張西望，感覺好像會在某個方位突然看到水缸的蹤影。如果水缸真的再度出現在眼前，不曉得探頭往缸裡望的時候，會不會看到小時候的自己？

[48] 蝸牛巷
相出路

羅馬字 sio-tshut-lōo
釋 義 錯過、擦身而過。

　　日常生活中的某些現象，真的很難解釋為什麼會發生。比如每次只要趕時間，停等路口偏偏都會遇到紅燈。或者事情總會朝人們想到的不好的方向發展。這種「越擔心就越有可能發生」的心理學效應，叫做「墨菲定律」。

　　如果要在台語當中找到類似「墨菲定律」的說法，我覺得應該可以說「相出路」（sio-tshut-lōo）。從字面上來解釋「相出路」，或許可以說兩個人彼此錯過、擦身而過。但如果只是這樣翻譯，好像又少了點什麼。也許可以這樣想像：某天跟同學約好要一起去看電影，先在學校大門口碰面，但時間到了對方卻還沒出現，這時候自己因為心急而乾脆前往對方家，沒想到同一時間對方抵達學校大門口，看到現場沒人也跑到自己家去按門鈴。這樣的擺烏龍，便是所謂的「相出路」。

　　這種情境，客語會說「打宕窿」（da`tong lung˘），華語諧音近似「大通龍」，好像一尾「神龍見首不見尾」的大龍，怎麼樣都看不到自己的尾巴，頭尾無法遇上。客語的「打宕窿」用法跟「相出路」幾乎一樣，「窿」有洞穴的意思，好比螞蟻窩的巢穴四通八達，在複雜的蟻窩內部，肯定會「相出路」了。

　　從前面的舉例來看，「相出路」可以說是一種極其湊巧的偶然、

讓事情發展不順利，並不同於單純的錯過。如果是一般的「失約」，台語會直接說「落空逝」（làu-khang-tsuā），代表白走一趟，也有錯過的意思。至於「擦身而過」，台語有另一個說法叫「相閃身」（sio-siám-sin），就是兩個人迎面走來，眼看要碰到了，趕快彼此側個身讓對方先過的那種感覺。相對來說，「相出路」雖然也可以解釋成擦身而過，但涵義比「相閃身」更廣泛，所以我會覺得兩者還是有所不同。

　　說到「相閃身」，不免讓人想到台南的許多窄巷。若是行人三三兩兩穿梭其中還可以，若人數再多一點，可能就得「相閃身」了。然而，對如今依舊繁華，甚至宛若「資深熟女」般帶有知性風味的府城而言，這些巷弄卻有如台南的血管紋理，不僅蘊含在地人的日常點滴，更能指引遊人探索每個角落的文史景點。例如台灣文學家葉石濤的作品《往事如雲》曾經提及中西區永福路名為「蝸牛巷」的巷弄區廓，同時講到「宮古座」的相對位置，並描繪出府城「西門町」當時的繁華。如今走進「蝸牛巷」，不但可以揣摩當時葉石濤筆下的巷弄面貌，還能看到許多蝸牛造型的裝置藝術。在四通八達的巷子中，有時候果真需要「相閃身」才能通過，看似毫無方向感地「踅玲瑯」（sèh-lin-long）繞來繞去，但「林百貨」、「總趕宮」、「大菜市」、「天公廟」就在巷弄的出口等待大家到訪。

　　某個假日，我和 Phang Phang 在中西區巷弄散步，Phang Phang突然問：「台語形容兩個相約見面的人卻錯過了，叫『相出路』，那台語的『邂逅』該怎麼說呢？」

　　「『邂逅』是指兩人沒有約定卻不經意地相遇，台語類似『不經意』的說法有『無意中』（bôr-ì-tiong）和『無張持』（bôr-tiunn-tî）。」

　　「所以台語的『邂逅』可以說成『無張持拄著』？」

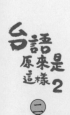

「嗯，或許跟『相出路』一樣，有個專有名詞或說法。」

聽完我的回答後，Phang Phang 含糊地應聲「嗯……」兩人便繼續漫步走出巷弄。但轉入面向大馬路的騎樓時，Phang Phang 突然開心地說：「既然『相出路』是錯過，那邂逅可不可以說成『相拄路』（sio-tú-lōo）或『同齊路』（tâng-tsê-lōo）？」

「可能是『同齊路』會比較適合喔！『彼一工，伊兩人同齊路佇台南的蝸牛巷，才有日後一段故事……』嗯，也許有通唷。」我順著 Phang Phang 的想法，兩人腦力激盪一番，也許不完全正確，但徒步在舊城區的台南，討論著怎麼為生活在這裡、有著悠久歷史的語言加入新的生命和創意，或許也是一種浪漫吧？

葉石濤曾說過一句現今流傳甚廣的名言：「台南是一個適合人們作夢、幹活、戀愛、結婚、悠然過活的地方。」我早先看到這句話，只覺得是一句平鋪直敘，對於台南有著故鄉情懷與認同的金句。後來無意間讀了葉石濤的作品《台灣男子簡阿淘》之後，發現故事主角就是葉石濤本人的投射，歷經了日治時期、二戰後的社會巨大變化，無論是主角或作者葉石濤本人，都遭遇了白色恐怖統治下的牢獄之災。如今再度回想起葉石濤那段描述台南的名言，更是感觸良多，短短一句話充滿滄桑，有著對於故鄉台南厚實的愛。這也讓我認知到，故鄉始終是故鄉，無論發生了什麼、遭遇了什麼，這樣的愛是始終不變的。

走在「蝸牛巷」，蜿蜒的巷弄就像是難以預料的人生道路，不曉得下次面對到、迎面而來要跟自己「相閃身」的會是怎樣的面孔。但穿過一間間的店鋪民居、轉過幾次彎，終究可以繞出巷弄之間，找到屬於自己的人生風景吧？

公共場所有許多設備、標示或狀況，如果用台語該怎麼說呢？某些器具該怎麼用台語表示？我們有過這樣的想像，就寫了一篇來介紹公共場所中可用的台語。

註：新創詞以粉紅字表示

電樓梯（tiān-lâu-thui）：手扶梯
手扶梯是電動的，所以稱為「電樓梯」。

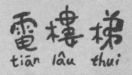

拍火桶（phah-hué-tháng）、
拍火器（phah-hué-khì）：滅火器

「滅火」的台語是「拍火」，也就是打火的意思，所以我們才會把消防員尊稱為「打火英雄」。由此延伸，「滅火器」可以說成「拍火桶」或「拍火器」。

細尾魚
sè bué hî

細尾魚（sè-bué-hî）、七仔店（tshit-áh-tiàm）、洗門（sé-bûn）：7-11

7-11的全名為Seven-Eleven。我想起以前朋友的阿嬤唸這個詞的時候，因為發音太快速含糊，「seven e…」的後半段卡住唸不出來，講著講著就變成「細尾魚」。從那之後，我在家裡也都習慣這樣講，連家人也受到我的影響說起「細尾魚」了。至於「七仔店」算是滿普遍的另一種台語說法，一方面是招牌有個大大的「七」字，另一方面則是趣味，因為「七仔」在台語又有「愛人」、「女友」的意思。「洗門」也是從seven的音變來的，電影《大佛普拉斯》把7-11稱為「洗門」之後開始風行這個講法。

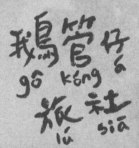

我鵝管仔
gô kóng á
旅社
lú siā

鵝管仔旅社（gô-kóng-á-lú-siā）：膠囊旅館

台語本來就有「鵝管仔」這個詞，也就是膠囊的意思。所以「膠囊旅館」可以說成「鵝管仔旅社」。

三角𩑩
sann kak khōng

三角𩑩（sann-kak-khōng）：三角錐

「𩑩」是堆砌起來的意思，譬如用水泥「𩑩起來」。三角錐則可以說是「三角𩑩起來」的錐狀物。

過路線
kuè lōo suànn

過路線（kuè-lōo-suànn）、
迴路線（thàng-lōo-suànn）：斑馬線

斑馬線的實際名稱是「行人穿越道」，如果從這個方向思考，台語應該可以說成「過路線」或「迴路線」。「迴」是指通達、穿透，譬如「迴過」就是鑽過、穿過的意思。直直抵達某處，也可以說是「直直迴過去」。

挵紅燈
lòng âng ting

挵紅燈（lòng-âng-ting）：闖紅燈

「挵」是直衝、碰撞的意思，直直朝著紅燈衝過去要闖越，就像是衝撞紅燈一樣，所以說成「挵紅燈」。

車擋
tshia tòng

車擋（tshia-tòng）：煞車

「擋」就是攔阻的意思，煞車做為攔阻、減低車速的零件，就稱為「車擋」。有一種腳踏車沒有手煞車，而是以腳踏往後煞，稱為「跤擋」。機車旁邊的側柱稱為「邊仔擋」，但中柱是稱為「拄仔」（tú-á），因為「拄」是一物抵住一物，中柱就是靠這個原理將機車立起。

顧路
kòo lōo

顧路（kòo-lōo）、
故障（kòo-tsiong）：拋錨

車子突然拋錨停在路邊，會戲稱是在「顧路」。台語也習慣把機械壞損一律稱為「故障」。

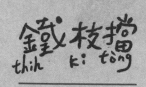

鐵枝擋
thih ki tòng

鐵枝擋
（thih-ki-tòng）：平交道柵欄

鐵軌是「鐵枝路」，平交道的柵欄
則稱為「鐵枝擋」。

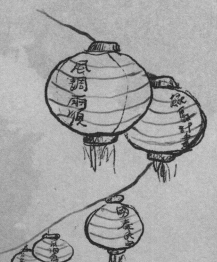

鼓仔燈
kóo á ting

鼓仔燈（kóo-á-ting）：燈籠

用細竹或鐵絲做成鼓形的燈具，所以
稱為「鼓仔燈」

[49] 電腦前的男人
三胛六肩

羅馬字 sann-kah-la̍k-king

釋　義 形容人走路不端莊、駝背，動作不雅觀。

　　幾年前開始經營店鋪，其中一項令人頭痛的事就是「造作」（tsō-tsok）──不是形容人矯揉造作，而是要把一間店搞得矯揉造作，也就是裝潢啦！台語也可以直接說「裝潢」（tsong-hông），但一直以來，家裡對於店面裝修一事都是說「造作」，有一種工程浩大的感覺。實際經歷過，也果真如此。

　　「造作」的過程中，可以學到許多有趣的事，尤其能在工程師傅的口中聽到許多道地的「造作」台語。譬如「樑」，我們家裡習慣直接講 liông，但師傅們則會講 hari，源自日語的はり，華語諧音「哈利」。至於用來區隔店鋪與休息空間的和室拉門，師傅是以「門籬仔」（mn̂g-lî-á）稱之，這也和我們家裡習慣稱「惜字」（sik-jī）不同，這個講法是源自日語的「障子」（shouji）。雖然講法有差，但溝通上倒也無礙，反倒新增了不少詞彙量，也再次印證許多工程相關的台語都是源自日語的歷史。然而，這些專有名詞成為台語的外來語後，發音跟日語已大不相同，有了自己的生命力。每次學到這些不同領域的外來語，總有一種在這個語言的某個區塊中發現寶藏的感覺，那種聲音的變化更迷人。

　　裝潢有分「文場」（bûn-tiûnn）跟「武場」（bú-tiûnn）。一般住家的裝潢屬「文場」，商業空間的「造作」則是「武場」。主要的差

異在於，「文場」因為是住家的關係，做為一般生活起居的場所，很多地方要著重細膩、「幼路」（iù-lōo）；「武場」由於是做生意的場地，多半要拚速度，能越快完工越早開業越好，其施作方式與空間動線規劃也有別於住家的「文場」，有些地方不用太細緻，更不用提各行各業的不同需求了。

關於裝潢與房屋格局，還有許多可以討論的內容。比如我們搬到社區大樓時，大樓住家有一片戶外露台，我記得小時候家裡是店面「徛家」（khiā-ke），會把騎樓稱為「店亭仔」（tiàm-tîng-á），外縣市則多稱為「亭仔跤」（tîng-á-kha），那這裡的露台該怎麼說？總不能把公寓外的露台也說成「店亭仔」吧？後來聽裝潢師傅說成 pe-lán-tàt，華語諧音近似「貝蘭達」，才曉得原來這也是個台語外來語，源自日語的ベランダ（beranda）。我從此一直記得這個「貝蘭達」，每次把露台講成「貝蘭達」時，就覺得很有一股異國風情。

我們店鋪的「造作」，果真如「武場」般，火速趕工完成。也就在我們開張後沒多久，阿母說想要來店裡「覕覕咧」（tsàm-tsàm--leh），「行踏」（kiânn-tàh）看看，關心我們的情況。當時店內櫃台的電腦螢幕跟椅子高度有點落差，阿母看到我坐在電腦前工作的樣子，忍不住直呼：「你坐按呢三胛六肩，頭強欲攄入去電腦內底矣。」

「三胛六肩」（sann-kah-la̍k-king），通常是形容坐沒坐相或姿勢不良，也能形容人走路的樣子不端莊、駝背，總之就是動作不雅觀的意思。類似的說法還有「無骨髓」（bô-kut-the），Phang Phang 一開始把這個詞記成「無骨鐵」，感覺就像連骨架都散開來了，可見坐姿有多難看。

另外還有一個相近的說法叫做「三胛六曲」（sann-kah-la̍k-khiau），

不過這個說法還可以用來形容抽象的說話態度，譬如說一個人講話拐彎抹角，除了說對方「轉彎踅角」（tńg-uan-sèh-kak），也可以說他「三胛六曲」很不直接，譬如：「講話較直接咧，莫按呢三胛六曲。」

「胛」，就是「肩胛」。每次聽到「三胛六肩」，都會讓我想到《幽遊白書》戶愚呂弟的 120% 變身，他的「肩胛」簡直是爆裂成誇張巨大的外觀。所以當阿母說在電腦前的我「三胛六肩」時，我腦中就想像自己是 120% 變身的戶愚呂弟，整團擠在電腦椅上。不過真相是殘酷的，我沒這麼強壯就是了。

至於「三胛六曲」的「曲」，則是成勾狀、曲折的意思。台語形容人死掉會說「曲去」（khiau--khi），意思接近華語說的「翹辮子」。至於粵語說人死掉則是會用「瓜」（gwā）來形容，譬如說「瓜咗」（gwā-jó），據說粵語因此不說「黃瓜」，而是說成「青瓜」（chēng-gwā），以免對姓黃的人不吉利。當然也有比較普遍的說法，認為同一種食物的名稱，本來就會因為語言跟地區而有所不同。

台語當然也有同樣的狀況。好比有次阿母對 Phang Phang 說：「你替我將這盤紅菜捀去桌頂。」Phang Phang 心想，紅菜不是紅鳳菜嗎？但阿母手上端的明明是茄子，難道是講錯了？於是便問說：「這盤敢毋是茄仔？」

「嘿啦，紅菜。」阿母笑著說。

原來茄子在台南有好幾種不同的講法，「紅菜」是其中一種。據說是為了迴避過去把男性生殖器戲稱為「茄仔」的聯想或誤會，才改以紅菜稱之。有趣的是，在國外的社群通訊軟體當中，茄子做為一種表情圖案或「絵文字」（emoji）也有生殖器的隱喻，感覺這類黃腔，無論古今海內外都不曾少過。總之，我們家都會把「茄仔」

稱爲「紅菜」，而紅鳳菜則是直接照字面稱爲「紅鳳菜」（âng-hōng-tshài）。

　　畫面回到坐在電腦前「三胛六肩」的我。後來上網買了一個螢幕架，將電腦螢幕妥善架高與視線平行後，問題就解決了。學會怎麼講「坐沒坐相」之後，「站沒站相」也可以一起學起來，就叫做「三七步」（sam-tshit-pōo）。之所以叫「三七步」而不是「六四步」或「五五步」，並不是有誰眞的精確丈量過步伐之間的距離，而是形容一個人的站姿跟「三七仔」（sam-tshit-á）一樣輕浮不正經。「三七仔」就是華語說的「皮條客」，一般來說，這些人長時間在外拉客走動，不太可能一直保持立正站挺，久而久之，人們就把他們的站姿戲稱爲「三七步」了。不過現在多半只是形容走路或站姿輕浮不端正的意思。

　　老一輩的人對於坐姿站姿似乎都很要求，在某些場合尤其明顯。例如結婚時，我聽到「媒人」（hm̂-lâng）牽著 Phang Phang 入座時說：「坐予正，得人疼。」當時聽到心驚了一下，該不會是因爲看我坐姿太「三胛六肩」所以出言提醒嗎？後來才知道這是一句俗諺，也是結婚時媒人會說的吉祥話。題外話，「媒人婆」的台語，台南有 muâi-lâng 或 hm̂-lâng 兩種說法，我們家則習慣說 hm̂-lâng，若勉強以華語諧音，發音近似「哼郎」。Phang Phang 覺得「哼郎」這個說法非常古錐（kóo-tsui），像是一邊哼著口哨、歡歡喜喜把親事說成。

　　從開店「造作」完成、買了螢幕架解決我「三胛六肩」的問題之後，至今也不知不覺好幾年過去了。此時此刻的我，除了提醒自己不要「三胛六曲」，也期許自己未來能將從小到大在台南聽到的台語詞彙及經歷的趣事，完整記錄下來。

硬篤

羅馬字 ngē-táu

釋 義 難過、辛苦。

　　某天晚上，我跟 Phang Phang 去赤崁樓聽露天音樂會。Phang Phang 結婚後成了台南人，身為台南市民可以憑身分證免費進場，對她而言，每次進古蹟場館拿出身分證時，她總認為這是一次又一次的提醒，自己已朝向人生下一個階段前進，同時也產生一種微妙的潛移默化，成為「台南人」的認同感慢慢加深。

　　進了赤崁樓，我又一次跟 Phang Phang 聊到，以前曾聽過赤崁樓與安平古堡地底下有個「古井隧道」能互通的都市傳說。雖然這個傳說實在相當荒唐，但每次只要來到赤崁樓，我總忍不住一聊再聊，猜測這個隧道是否在更深的地底？或是有如日本小說《豐臣公主》般，藏著一個台南人世世代代守護的祕密約定？我在之前出版的小說《鯤島計畫》當中，就有寫一篇〈透明電梯〉的故事，講述鯤島在日本時代有個專為帝國「處理人事」的祕密暗殺組織「透明電梯」，組織成員「古井豹」有次出任務失敗，遍體鱗傷的他，就是想逃到赤崁樓的地底隧道，但最後仍被敵方攔截……

　　這時候，音樂會開始了。一連幾首台語老歌，有時是純音樂的演奏，有時則加入歌手動聽的嗓音獻唱。經主持人介紹，我才曉得原來這活動名為「台南古蹟音樂沙龍」，會於固定時間分別在孔廟、安平古堡、赤崁樓這幾處古蹟進行音樂表演。現場的音樂節奏，總

是能勾起在場聽眾的情緒，甚至有一對老阿公老阿嬤開始在舞台側邊跳起雙人舞，在樂團演奏寶島歌王洪一峰的〈寶島曼波〉時，這對老人家即興的舞蹈更帶起高潮，現場響起掌聲，一片歡樂。

　　有兩位阿桑坐在我們前面，她們低聲笑著說：「這馬日子加較快活矣，若無像較早少年時遐硬篤，哪有時間來聽音樂。」另外一位阿桑則說：「聽音樂心情加較輕鬆，我攏特別來聽這團表演。」

　　「硬篤」（ngē-táu），意思是困難、辛苦，另外也常聽到「食力」（tsiàh-làt），這兩個詞的意思感覺很接近，但用法有所不同。通常在形容工作或生活的困難，可以說：「你逐工攏加班，食這款頭路誠硬篤呢。」這句話當中的「硬篤」也可以用「食力」取代，但「食力」的意思又比較像是用力、費力、勉強的意涵，譬如說：「序大人有歲矣，目睭無啥好，欲看電視較食力。」

　　至於和「硬篤」相反的詞彙則是「舒步」（soo-pōo），形容舒服、輕鬆的狀態。譬如說：「你實在有夠舒步，遐早就下班矣。」這時可以回答：「無影啦！我上班時嘛足硬篤好無。」由此可知「硬篤」跟「舒步」的對照狀況。

　　另外，有一個詞發音跟「硬篤」很接近，就是「信篤」（sìn-táu），華語諧音近似「信道」。台語當然可以直接說「相信」（siong-sìn），但「信篤」除了相信，似乎還多了一種信任或是認同，把說話者的觀點徹底聽進心坎裡的感覺。譬如說：「直直鼓舞產品偌好，我才無咧信篤。」又或者說：「我才無共伊信篤，伊逐擺攏講一寡五四三。」看起來，這應該是台語限定的詞彙跟說法吧？

　　那次在赤崁樓聽音樂會，最令人印象深刻的，除了載歌載舞的老人家之外，還有一位從頭到尾都戴著一頂紳士帽的老先生。他在

點歌的空檔自我介紹,說自己每週固定時間都會從嘉義搭火車來台南,再從「台南車頭」一路慢慢散步走來赤崁樓,就是專程要聽「台南古蹟音樂沙龍」的音樂會演出。記得這位頭戴紳士帽的老人家,用很悅耳的台語腔調緩慢地述說,言談之間充滿著感謝跟喜樂的情緒,這樣的言語對我而言,也是當晚音樂會的美妙旋律之一。

後來某個週末晚上,我跟 Phang Phang 在東區採買生活用品,慢步回家的途中行經文化中心,正巧又遇到露天演奏會。我們想起前次在赤崁樓欣賞音樂會的經驗,感覺非常美好,於是也停下腳步欣賞。

這一場音樂表演是「星光音樂廣場」的活動,演奏曲目也是以台語歌為主,聽眾多半是周邊社區的民眾,可以看到許多家長帶著小孩,或是剛吃飽飯出來散步的老人家,很隨興地坐著或站著聆聽。仔細觀察,有些中年人似乎有點「驚歹勢」,在離座位稍遠的暗處,隨著節奏跳起國標舞。這讓我想起那次在赤崁樓音樂會上載歌載舞的老人家,充滿生命力地舞動著。

幾首曲目後,樂團也演奏起寶島歌王洪一峰的〈寶島曼波〉,隨著副歌旋律響起,有些老人家聽眾終於按捺不住,再忍下去就太「硬篤」也太「食力」啦!他們紛紛起身,踩著輕快的恰恰步伐,緩緩地左三步、右三步,在舞台前側跳了起來。剛剛在角落默默踏著國標舞步的幾位中年人,也從遠方暗處越跳越前面,甚至騎著三輪車的小朋友也伸出小手不斷打著拍子。〈寶島曼波〉的旋律,跟著在地人們的情緒飛動著,實在是值得被記憶起來的又一個美好夜晚。

音樂會結束後,我跟 Phang Phang 坐在星光音樂廣場旁的椅子

上，看著慢慢散去的人潮，也聊起之前在赤崁樓講到的「硬篤」一詞。台灣過去的歷史，真的可以說非常「硬篤」，雖然到今天，人們的生活算是平和，但仍隱約有許多食力、不穩定的未來正在不停地滲透進來。我在這種不安的情緒下寫出了〈透明電梯〉這篇故事，但真實生活中並沒有「透明電梯」這樣的祕密組織保護台灣，能保護台灣的，只有我們。

看著稍早聽完音樂會的老人家與工作人員在談笑間互相道別，希望我們到了他們那個年紀的時候，已經不必為了台灣是否會有「食力硬篤的未來」而憂心；如果有煩惱，希望也只是生活中瑣碎的小事。那我們就真的可以輕鬆地隨著音樂跳著舞，讓那些煩心的事情，隨一個華麗的轉身一笑置之。

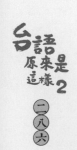

[51] 大方的拍結毬
畏小人

羅馬字 uì-siáu-jîn
釋　義 害羞、怕生。

　　由於我學生時期讀視覺設計，因此使我常常思考，該怎麼把最貼近自己生活的事物與設計結合起來，結合得越緊密越好。如果能像台語說的「拍結毬」（phah-kat-kiû）那樣，也就是將線條纏繞，一層繞一層打結球一般緊密是最好了。

　　那麼，什麼樣的事物跟自己的生活最貼近呢？想來想去，當然就是我的母語「台語」了！對我來說，台語是如此緊密貼近自己的生命歷程，只有將台語相關的事物與設計結合，才能夠徹底感動自己，感動別人。要不然，做出來的東西可能不是「拍結毬」，而是惹人過敏的「拍咳啾」（phah-kha-tshiùnn），看了頻頻打噴嚏的東西，那可就糟了。

　　除了纏繞線條、層層打結球以外，台語還有一種情況會說「拍結毬」。當人不知所措、感到害羞時，手指不自覺糾在一起、不停捲動，就可以這樣形容：「免歹勢啦！看你手指頭仔若拍結毬咧，攏強欲拍結矣。」

　　關於害羞或靦腆的狀況，台語還有許多傳神的形容詞。譬如「閉思」（pì-sù）、「驚見笑」（kiann-kiàn-siàu）或說「驚歹勢」（kiann-pháinn-sè），以上三種都是很常見的說法，長輩通常會拿來形容小孩子害羞怕生的模樣。另外還有一種說法我個人非常喜歡，聽起來很

哲學，叫做「畏小人」（uì-siáu-jîn）。

照字面上來看，「畏」的意思有恐懼、害怕或厭惡之意，如同「畏寒」就是打冷顫、身體不適、感到發冷，這種狀況我們會說：「身體無啥爽快，閣會畏寒。」、「這款體質就是較會畏寒，愛加減注意身體。」

另外，「畏」也可以用於形容對某些事物的厭惡、反胃。比如我很常聽阿母說：「這魚仔無夠鮮，愈食愈畏。」、「過年食傷豐沛，這馬看著大魚肉就感覺足畏。」

至於「畏小人」，從字面上可以解釋為害怕小人、對小人厭惡反感，因而不喜歡接觸人群、害怕表現出自我的真實面貌，和他人抱持距離。如果以此詮釋「害羞怕生」的性格，似乎也說得通，所以我才會覺得這句話很哲學。

「畏小人」除了害羞怕生的意思之外，也可以用來形容人害怕被指責，或是成為討論焦點，被講個幾句就跑走躲起來，也就是台語說的「驚人講」，譬如說：「伊較畏小人，講幾句就無歡喜矣。」、「序大定定講我足畏小人，攏無大方。」而每次跟家人討論到巴哥犬溜逗時，牠也會躲進椅子下，這時阿母就會說：「溜逗畏小人。」

人與人之間的相處，看表相往往會失準，有時判斷對方內向或外向，通常只是自己的觀察或想像居多。即使是看似「畏小人」的性格，也可能只是一種自我保護，畢竟誰都怕被傷害。保持一定的距離，雖然看似寂寞了點，但也是防止受傷最有效的方式之一。

和「畏小人」相反的說法則是「大範」（tuā-pān），有活潑外向的意思，也可以直接說「真有範」、「有範」。這個「範」本身有外向性格的模樣或輪廓的涵義，意思有點接近「大方」（tāi-hong），

不過台語形容人大方，多半還包括出手大方、慷慨的意思，跟「冇手」（phànn-tshiú）同義，譬如說：「伊眞冇手。」

值得一提的是，台語的「冇」這個字，有鬆軟不紮實之意，粵語的「冇」讀 maoˇ，則是「沒有」的意思，兩者詞義透過漢字倒也有幾分相近。從字面上來看，「冇手」有一種對別人大方、對自己倒是很手軟的意涵，套句現代用語有點像是「手滑了」，或許就是一時手滑，才會掏腰包對他人慷慨吧？至於客語的「冇」讀作 pang，意思是空虛不實，發音正好跟 Phang Phang 的 Phang 很像，所以讓她記憶深刻，意思也跟台語的「冇」接近。有句客語說「打冇嘴」（daˋ pang zoi），華語諧音近似「大胖嘴」，意思是空口說白話，也就是台語說的「出一支喙」。我想，既然客語可以這樣說，那台語是不是也能用「冇喙」（phànn-tshui）來形容出一張嘴的人呢？

大方慷慨的反義是小氣，台語除了很常聽到的「凍霜」（tàng-sng），也可以說「喀質」（khe-tsit），這說法源自日語的「ケチ」（kechi）。就語感而言，直接說人「凍霜」好像語氣重了點，若以「喀質」形容感覺輕一些。有趣的是，客語的小氣有「齾察」（ngadˋ cadˋ）一說，諧音近似台語「落漆」（lak-tshat），硬要聯想的話，一個人被說小氣時，當下也確實是眞「落漆」。

語言就是這樣，透過一個詞繞來繞去，可以思考出無限可能，就像「拍結毬」一樣，越纏繞越紮實，最後形成一個非常緊密的宇宙。我們也期待自己能將台語和設計完美結合，爲大家帶來更多厚實、大方的「拍結毬」作品，每一次都越緊密、越精彩。

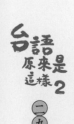

[52] 珍珠耳鉤

注文

羅馬字 tsù-bûn

釋　義 預定、預約。

　　我很喜歡從阿母那裡聽聽、聊聊家族的往事。畢竟透過阿母的視角看阿公阿嬤，跟透過阿爸做兒子的視角觀察自己的父母親，是截然不同的。

　　據說阿嬤很注重乾淨，也很注意服儀整齊。她年輕的時候，甚至連去「做穡」（tsò-sit）農作也會戴上「珍珠耳鉤」。

　　「耳鉤」（hīnn-kau）就是耳環，泛指勾在耳垂上的裝飾物，或也可以稱為「耳仔永久」（hī-á-íng-kiú）。這其實是源自日語的イヤリング（iyaringu），台語發音像是「耳仔永久」，聽起來很唯美，把耳環說成可以永久保持在耳邊的裝飾物，似乎也說得通。

　　《台風雜記》的作者佐倉孫三曾於 1895 至 1898 年間來到台灣，他在台灣的見聞紀錄中，就有提到當時的台灣女性已經很注重儀容，即使是鄉間務農的女性，也會梳整好頭髮、戴耳環，並身著整潔的衣褲。可見台灣女性對美的態度與追求已有相當的歷史，而阿嬤對服儀的講究，無疑就是繼承了這樣的觀念。

　　「做穡」的「穡」（sit）本來是指農事，但如今已泛指所有的工作，例如家人虧我到底在忙什麼，會說：「無你到底是咧做啥物穡？無閒啥？」現在的人比較常說「工課」（khang-khuè）或「頭路」（thâu-lōo），但其實還有另一種說法跟「做穡」差不多，叫做「穡頭」

(sit-thâu)，用法跟「工課」或「頭路」一樣，只是有了「穡」這個字眼，感覺容易聯想到揮汗如雨的繁重工作，譬如說：「為著顧三頓，穡頭閣較忝，嘛著愛做。」

粵語有個詞叫做「事頭」（sih táuh），是老闆的意思，華語諧音近似「洗頭」，老闆娘則是「事頭婆」（sih tàuh pòh）。我當時學到粵語的「事頭」，馬上聯想到台語的「穡頭」，意思或許不一樣，但硬要聯想在一起好像也說得通。「事頭」若照字面來理解，可以想像成處理許多事務的領頭者，換句話說，就是當老闆的人了。那處理許多事務，不也就是在「做穡」，做了許多「穡頭」嗎？說來有點牽強，但這樣記憶聯想，既鮮明又不容易遺忘。

我後來才曉得，粵語的「事頭」已經算是很老派的用法，現在都是說「老闆」（lóuh báan）比較多。或許就跟台語講「穡頭」顯得老派，「頭路」跟「工課」相對普遍的意思一樣吧？

想到阿嬤年輕做「穡頭」時，仍穿戴整齊，每次外出做事必定戴上珍珠耳環，感覺頗有一種「事頭婆」的風範。至於外婆呢？據阿母說，外婆也跟阿嬤一樣，年輕的時候常會跟人「注文」買珍珠，舉凡珍珠耳環或項鍊等首飾配件，都是她的「注文」項目。「注文」（tsù-bûn）是預定、預約的意思，源自日文，不過早已成為台語中的外來語，不管是日常生活中的各種預定、預約，或是餐廳點餐時都會用到，尤其是吃日本料理或是比較傳統的合菜、現炒店時很常聽到。像我跟 Phang Phang 很常去的一間現炒店，老闆娘的名言便是：「恁先坐、稍等咧，我連鞭替恁注文。」在餐館聽到這句話，感覺更加親切美味了。

不過正式點餐時，反而不會說「今仔欲注文啥」，而是會直接

說「今仔欲食啥」，這真是外來語的微妙之處，「注文」一詞彷彿成為店家與顧客之間的一種情感交流與招呼語。

說到店家與顧客打招呼的方式，日本料理店一定會說「いらっしゃいませ」（irassyaimase），台灣比較常聽到的是「歡迎光臨」。但若要我舉例，我反而覺得便當店或點心攤的老闆用台語大喊：「來坐！」（lâi-tsē）更有味道，是精髓所在。有些店家語速更快，乍聽像是只有拖一個「坐」（tsē）拉長音，氣勢一點也不輸給「いらっしゃいませ」啊！

我曾經看過《府城的美味時光：台南安閑園的飯桌》這本書，作者辛永清是府城紳士辛西淮的女兒，透過她筆下的字句，以美食做為主軸串起許多故事，重現她們家在日治時期的生活點滴。其中有一段描寫到，當時辛永清的母親也有「注文」珍珠的習慣，會有人固定時間拿珠寶盒到家中供母親挑選。看到這段，就想起阿母口中的阿嬤、外婆也都有這種習慣，難道這是府城女士的慣習之一？

我阿母可能被我外婆影響，也很喜歡珍珠。儘管現在挑選珍珠配件的管道多了，過去專人到府的服務已不復見，但阿母有自己習慣的店，有新貨就會打電話來通知。我記得以前在家，很常接到賣珍珠阿桑的電話說：「恁媽媽敢有佇厝？無你替我共講，伊吩咐的物件來矣。」

這裡的「吩咐」（huan-hù）就是交待的意思，不過也有點類似「注文」的語感，譬如說：「這新貨你若確定欲愛，我就閣幫你吩咐一件。」

除了珍珠，許多長輩們也有戴手鐲的習慣。手鐲的台語稱為「手環」（tshiú-khuân），有點類似將戒指稱為「手指」（tshiú-tsí）的概念。

有趣的是，粵語稱隨身碟也會用「手指」（sáu ji）稱之。此「手指」雖非彼「手指」，但都是可保存記憶之物。

指稱的東西不同，也象徵該時代事物的變化。我常在想，以前的人將耳環稱為「耳勾」，若以現代人的角度，「耳勾」倒像是固定眼鏡、勾在耳後的支撐架。這麼說，每個詞彙跟事物的連結好像有排隊順序似的，這個詞已經被優先命名走了，先來後到，慢的就再想新說法，或是等人重新「注文」吧！

[53] 改衫阿嬤
硬插

羅馬字 ngē-tshah
釋 義 強硬插入、強制攙扶、能力強或很能幹。

　　菜市場有一位改衫阿嬤，年約七十幾歲，雖然年紀大了，但她最引以為傲的是眼睛沒近視、沒老花，視力好得不得了，改衣穿線都沒問題。據阿母轉述，改衫阿嬤曾經透露眼睛保養的祕訣說：「因為我目睭附近攏無動過刀，所以目睭才會遐呢利。」

　　她幾乎逢人就說自己沒紋眉、沒割雙眼皮，所以眼睛才會這麼健康。不過我是覺得「譀譀仔」（hàm-hàm-á），沒什麼根據，姑且聽聽就好，畢竟我也沒割雙眼皮，更沒紋眉，可是國小三年級就開始戴眼鏡、當起「目鏡仙」啦！我想，改衫阿嬤之所以這樣大談她的保養眼睛之道，可能是炫耀自己有自然的雙眼皮跟濃密眉毛的成分居多吧？

　　想想也是，記得我第一次聽阿母說起這位改衫阿嬤，便是用「硬插」（ngē-tshah）來形容她：「彼位菜市仔改衫的太太，體質有夠硬插，七十偌歲人，目睭講攏無故障。」

　　整體而言，「硬插」大概有三種意思。

　　第一種，做「強硬插入」解。譬如開車時被下一台車插隊搶停車位，就可以說：「我排有夠久，結果伊直接硬插入來。」

　　第二種，做「強制攙扶」解。譬如某人明明身體不適，卻堅持不就醫，就可以說：「破病甲遐嚴重矣，閣無想欲治療，共硬插去

看醫生。」

　　最後一種解釋，則是做「能力強、很能幹」解，正如一開始從阿母口中聽到的意思一樣。

　　Phang Phang 一開始把這個「硬插」聽成「硬柴」（ngē-tshâ），腦海中想像出一株百年的老神木，直挺挺地豎立在樹林中。雖然音聽錯了，但這樣的想像似乎還算合理，讓她歪打正著。而不管是哪一個意思，只要情境適合，不分年齡性別都可以用「硬插」，但若是形容年長者，則可以延伸為身體硬朗、活力充沛，還可以做很多事情的意思。

　　台語有另一個形容人很能幹的詞是「勥跤」（khiàng-kha），不過通常用在形容女性。雖然是指人精明能幹，但若以早期傳統的觀念，則大多有貶意。

　　另外，形容老人家身體強健，還可以說「鐵骨仔生」（thih-kut-á-senn），不過通常是指對方身材精瘦、體格結實。其他如「勇壯」（ióng-tsòng）或「粗勇」，拿來形容改衫阿嬤這類身材中等的老人家，似乎不太適合，只有「硬插」比較能用來形容人體態中等、健康狀況良好。

　　此外，還有一個詞叫做「硬掙」（ngē-tsiānn），常會用來形容人筋骨僵硬，譬如「筋路硬掙」、「肩胛頭硬掙」。話說我從小就「筋路硬掙」，國小曾經報名國術課，放學後必須在教室外拉腳筋，就是把左腳右腳輪流交換抬在圍牆上，接著再劈腿。但不管是哪一招，我都辦不到。

　　上述是我印象中「硬柴」跟「硬掙」的最主要差異。另外還有一個容易搞混的詞是「硬骨」（ngē-kut），意思是很有骨氣、不容易

妥協。有趣的是，平平都是「硬」，只是後面分別加上「柴」或是「骨」，意思怎麼就差這麼多？「硬骨」主要是形容具上進心的人，譬如說：「伊足硬骨，環境遐艱苦嘛足認真做代誌。」

「骨」系列容易搞混或會錯意的，還有「背骨」（puē-kut）跟「反骨」（píng-kut）。「背骨」通常是指叛徒、背信忘義，或者說忘本、吃裡扒外，也可以直接用「背骨仔」來形容，譬如說：「你這背骨仔真害，為著利益反背眾人。」或許這個「背骨」就是從「反背」（huán-puē）來的，如果骨子裡都有反背性格，當然就是「背骨仔」囉！

至於「反骨」則是指叛逆、不受限。要注意的是，反骨的「反」（píng）跟反背的「反」（huán）發音不同，反骨的「反」是「反過來、反過去」的「反」（píng），而反背的「反」則是「造反」的「反」（huán），兩種發音的意思截然不同，或許可以參照上面的舉例記下來。

而我之所以想到這個「硬柴」，一方面也是前陣子 Phang Phang 拿衣服去給這位改衫阿嬤修改，才又想起這一連串關於「硬柴」的趣事。我們當然不會放過這個機會，也從改衫阿嬤那問到了一些新詞，比如「百褶裙」要怎麼說？改衫阿嬤則是用一種理所當然的語氣回答：「抾襇裙啊！」

「抾襇」（khioh-kíng）就是打摺，是一種製作衣裙的方法，「百褶裙」用台語來思考，就叫做「抾襇裙」。那男生的「卡其褲」有沒有專屬的講法？改衫阿嬤笑說：「卡其褲就是卡其褲。」原來「卡其」（khah-kî）就是直接發音，不用想太多。這讓我想起以前外公總會以台語直接唸「養樂多」（ióng-lȯk-to），有些東西的說法，其實是

先有台語，後來才漸漸習慣被華語取而代之。

　　我們也順便問了「裁縫車」的台語怎麼說，改衫阿嬤回答：「Mī-sìn啊！」華語諧音近似「迷信」，源自日語的ミシン（mishin）。不過我也曾聽過大菜市那裡改衣服的老人家說「車仔」（tshia-á），我總覺得「車仔」聽起來好像比較小台，mī-sìn比較大組，但或許純粹是發音聽起來的感覺，兩者都是指「裁縫車」的意思，沒什麼不同。

　　關於台語，要學要聽的還有很多，每次這樣隨興問幾句，總是可以聯想到更多更廣的事情。我們走出改衫阿嬤的店，耳邊還能聽到mī-sìn的聲音，還有突然插播的路過阿桑的聊天聲。其聲音之宏量讓我想到，或許「硬柴」不只形容身體硬朗，連聲音都能包含進去呢！

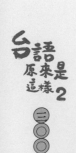

[54] 抽靈籤卜聖卦
撨摵

羅馬字 tshiâu-tshik

釋　義 調度、安排。

　　台南除了「蝸牛巷」，還有另外一條巷子叫做「葫蘆巷」，又名「算命巷」，位於今日大天后宮及開基武廟旁。原本是因巷道彎曲綿延如葫蘆而得名，後來由於算命館群聚於此、數量可觀，故有算命街、算命巷的別稱。甚至因為許多香客信眾到武廟抽籤拜拜會經過此路，所以這裡也被稱為「抽籤巷」。

　　台語有句話說「卜看覓」，這個「卜」源自於「卜卦」（pok-kuà），也有試試看、嘗試一下的意思。一般人對於卜卦的印象或認知，大概來自這段台語口訣：「鈃鈃仔，卜聖卦……」或是「抽靈籤、卜聖卦……」第一句「鈃鈃仔」是由動詞「鈃」（giang）跟名詞「鈃仔」（giang-á）結合而成，是指搖動「鈃仔」（小搖鈴）的意思。而無論是「鈃鈃仔」或者「抽靈籤」，都是為了要「卜聖卦」。這個「聖」（siànn）並非字面上的神聖之意，而是指卦象或訊息靈驗準確、料事如神。譬如說：「我講話逐擺攏足聖，你真正愛聽。」也可以說：「這間廟真正足聖。」

　　有卜過卦的人都知道，卜卦前要將籤筒或占卜之物「摵摵咧」，這個「摵」（tshik）便是指上下晃動、把物件亂數弄散的意思。比起在廟裡面抽籤卜卦，我們或許更常在夜市或小吃攤聽到這個字，因為大家習以為常的「切仔麵」的「切」，其實就是用「麵摵仔」上

下晃動麵體的動作，所以「切仔麵」原本應該要寫作「摵仔麵」才對，只是民間長年俗寫如此，也就此沿用下來。

那將籤筒「摵摵咧」的動作，在客語怎麼說呢？客語的說法跟台語有點類似，叫做「搐籤筒」。「搐」（cug）發音近似華語諧音「出」，跟台語「摵」意義相近，都是上下搖晃的動作。至於「搐」這個字在台語則唸為 tiuh，有抽動的意思。例如說：「頭殼搐一咧、搐一咧。」就是形容頭時不時有抽痛不適之感，非常傳神。

關於「摵」這個字，台語還有另一個相關的詞，叫做「撨摵」（tshiâu-tshik），原本的意思是調度、安排，譬如說：「這擺的任務予我來撨摵就好矣。」不過後來似乎有引申出勞師動眾或辛苦的意涵，套句現在的話就是「瞎忙」。

先看第一個「撨」字，它原本就有挪移、調整的意思。現在華語常聽人說「喬什麼」、「喬一下」，其實就是從台語的「撨」借過去用的。也因為這個字有搬移挪動的意涵，所以也被引申為「處理」（某事），例如把事情處理妥當會說「撨好勢」，處理事情則說「撨代誌」。將身體骨頭挪移調正的「整骨」可以說「撨骨」（tshiâu kut），甚至進一步表達將事情導回正軌的語境，也都可以用「撨」來形容，相當萬用。

第二個「摵」字則如前所述，是上下搖晃的意思。從字面上來看，「撨摵」原本就有搬動物品或安排某事的意思，本來就是耗費心力的事，如果再加上移動位置，又上下搖晃的意象，勞動的狀況更鮮明，也難怪「撨摵」除了安排、調度的意思之外，還多一層勞師動眾、耗費心神的感覺了。

說到調度、安排，台語還有另一種說法叫做「發落」（huat-lòh），

發音有點像是英語的 follow，意思也有幾分接近。台語說「發落」，意思比較接近華語的「張羅」，譬如說：「交予我發落。」意思是將某事責任交付予我。不過「發落」和「撨摵」的感覺差很多，因為「撨摵」還帶著一種勞師動眾的辛苦、辛勞感。

跟「撨摵」那種辛苦感相關的，還有兩個詞值得介紹，那就是「碌」（li̍k）跟「業」（gia̍p）。

「碌」，意思就是辛苦勞累，台語用「碌」或是「碌死」來表達，可以說：「你毋通傷碌，身體愛顧。」也有句台灣諺語說：「拍鼓的碌死歕鼓吹。」意思是打鼓的節奏太快，吹嗩吶的只能拚命吹奏跟上進度，結果累得半死，象徵團隊之間缺乏默契可言。

至於「業」這個字，對我而言則充滿禪意跟哲學。因為以前常聽到老一輩的邊做事邊碎唸說：「講到底就是業啦！實在有夠勞碌。」、「這命，實在是有夠業。」不曉得是不是從宗教上的「業障」（gia̍p-tsiong）簡稱而來？總之「業」是形容非常勞碌、辛苦折磨的意思，甚至可以連疊三次「業業業」來形容其坎坷的程度。

不過，這句「業業業」如果發音不對，成了英文 yep、yep、yep，反倒帶有一種苦中作樂的感覺。或許保持這種悠然的意識，讓生活減壓，也不是什麼壞事吧？

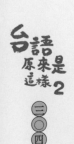

開日
khui jit

［55］綿延不絕的府城溪流
開日

羅馬字 khui-ji̍t
釋 義 天氣變好。天氣變好。

連續下了好幾週的雨，在台南算是少見。

如果是「摒大雨」（piànn-tuā-hōo）這種傾盆大雨倒也罷了，大不了就是待在家裡，但最讓人受不了的是下起「雨毛仔」（hōo-mn̂g-á）的毛毛雨，不大不小的雨勢，或是間歇性的雨，不曉得什麼時候該出門，或是出門得隨時預防下雨。

一天，趁著雨剛停，仍是「烏陰天」（oo-im-thinn）的氣象，我們決定「孂雨縫」（nn̄g-hōo-phāng），趁著間歇雨勢稍停的空檔，出門採買生活必需品。就在行經文化中心，穿越一片木棧道時，Phang Phang 突然大呼：「咦？生菇矣！」

台語的「生菇」（senn-koo）是發霉的意思。聽到 Phang Phang 的驚呼，我心想哪裡發霉了嗎？但順著 Phang Phang 的手勢看過去，居然真的有幾朵碩大的白色蕈菇，環繞著一旁樹根的周圍長了出來。雖然不太熟悉，但總覺得很像以前曾看新聞介紹過的「雷公屁」（luî-kong-phui），據說這種蕈類會開花並發出惡臭，藉此吸引昆蟲，而且總是在大雨過後冒出來，所以才因此得名。

幾日過後，總算「開日」（khui-ji̍t），這句話跟「天氣變好」、「好天」是一樣意思，但「開日」更有撥雲見日的畫面感。另外還有一種說法是「養花天」（iúnn-hue-thinn），照字面翻譯是栽植、培育花朵

的日子，那肯定是好天氣。

　　台語對各種天氣的形容詞，可說五花八門、應有盡有。人們自古與大自然爲伍，語言文化的發展，當然會從對自然的細膩觀察而來。譬如有一種天氣叫「查某雨」（tsa-bóo-hōo），指的是太陽雨、陰陽雨，或前門下雨、後門無雨的狀況，這是個多美的詞！據說日本有一個傳說，狐狸會趁著下「查某雨」的時候舉行婚禮，我也記得大學時觀賞黑澤明的電影《夢》，其中有一個短篇就是在演這個橋段，印象非常深刻。台灣也有類似的傳說，是鯽仔魚會在下西北雨的時候娶妻，因爲下雨時，人們會紛紛往屋內躲雨，所以鯽仔魚會趁這時候迎娶太太。

　　知道台灣和日本的兩種傳說後，我腦中開始上演一齣故事：日治時期的台灣，狐狸也到了這塊島嶼，某次在大雨的圍護之下娶親，不料隊伍正巧與鯽仔魚「撞突」（tōng-tu̍t），雙方起了衝突，但在劍拔弩張時，天公開日了，陽光照著大家的眼睛瞇成一條線。最後狐狸與鯽仔魚約定，以後分別在查某雨和西北雨時娶親，日後和平地相處在這塊島嶼上。

　　「開日」之後，文化中心木棧道旁的白色蕈菇仍遍布著，有幾朵已經被壓扁，有一朵呈現疑似什麼東西準備破殼而出的狀態，難道這些蕈類眞的是「雷公屁」嗎？現在想想似乎也不得而知了。

　　天氣晴朗的這天，我們爲了查詢資料，跑到位在台南公園的台南圖書館，其實日治時期的台南圖書館是位於吳園的一角，今日火車站後站前的大遠百位置。二戰後，台南圖書館才遷移至今天的台南公園。至於「台南公園」這個名字，在二戰後曾一度更名爲中山公園，因此現在不少台南人還是習慣這麼稱呼。如同湯德章紀念公

園被改稱爲民生綠園一樣，台南公園被改成中山公園，其實都是二戰後的記憶，事實上，這裡從日治時期就叫做台南公園，現在只是恢復了它原本的名字。

　　台南公園在日治時期曾爲熱帶實驗林，所以樹種相當豐富，甚至已達百年歷史。譬如 1901 年栽植的菩提樹，或是種在清時期刑場位置的雨豆樹。小時候對這裡的記憶便是圖書館、防空洞、溜冰場等等，後來發現這兩顆碩大古老的雨豆樹及菩提樹，意外得知樹齡都已超過百年，才驚覺原來台南公園的歷史這麼悠久！在「惜花連盆」（sioh hue liân phûn）、愛屋及鳥的心情之下，我漸漸對台南公園產生好奇，從公園擴展到周邊區域，這兩顆樹的「盆」眞的有夠大。

　　此外，台南公園還有一座「重道崇文坊」，爲台南現存四座牌坊之一。這座牌坊的由來，與府城當時一位有著「清時期台灣唯一藝術家」美稱的林朝英有關。他擅水墨、雕刻、書法，因當時自費贊助台南孔廟整修而受到表揚，在獲得重道崇文匾額後，建造了這座牌坊。

　　重道崇文坊原本位於龍王廟旁，而龍王廟的原址正是台南警察署前方、國立台灣文學館側邊可見的警察署古蹟，也就是今日台南美術館的展館一館。日治時期因道路整頓問題，龍王廟被迫拆除，重道崇文坊原本也難逃相同命運，但因林朝英後代自費向當時日本政府陳情，最後「異地保留」，遷移至今天的台南公園內。

　　任何事物都會改變，改變是唯一的不變，但這塊土地上保留的記憶經歷了許多變化，仍能透過語言、建築、文化、地名等留下蛛絲馬跡，供後人追尋過去的樣貌，整座城市就像時空膠囊一樣。例如「天宮廟」的位置，是過去府城地貌的最高處，或許鄭成功時期

是因此選擇此地做為祭告上天之處，但這裡過去又稱為「鷲嶺」
（tsiū-niá），在「天宮廟」旁、台南人習稱「大上帝廟」的北極殿內
仍掛有「鷲嶺」匾額。日治時期，或許也是考量此地相對較高，日
人在此建立了俗稱「胡椒罐仔」的台南測候所。

　　鄭成功時期在此祭告上天，清時期在此建廟遙拜上帝，日治時
期則是透過測候所來一窺天氣變化，不知某天是否可以在此預測未
來？無論多駭人的大雨籠罩、陰晴不定的陣雨捉弄，最後終能撥雲
見日地「開日」，我總希冀這塊島嶼，日後依然風調雨順，島上的
人們、動植物皆能和平幸福。

　　只是令我好奇的是，今日在台灣下起查某雨時，已經很難看到
狐狸了，那麼將來下起西北雨時，還會有鯽仔魚出來娶親嗎？

我們無意間發現，公園裡有許多遊樂器具，或是新式運動用品，幾乎很少有台語的專稱，或是約定俗成的台語講法。只要說到這些東西，大概都會自動轉為華語。所以我們盡量從日常生活中檢視自己在公園比較常看到、用到的東西，分享這些台語說法給各位參考。

輪仔鞋
lián á ê

輪仔鞋（lián-á-ê）、跙冰鞋（tshū-ping-ê）：溜冰鞋

「跙」是溜的意思，照字面直翻的話是「跙冰鞋」。但溜冰鞋其實是四個輪子的構造，所以也可以直接稱為「輪仔鞋」。

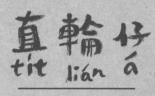

直輪仔
tit lián á

直輪仔（tit-lián-á）：直排輪

「直輪仔」是參考華語「直排輪」的思考邏輯，但不是稱為「直輪鞋」或「直排輪鞋」，說「直輪仔」就可以清楚明白地表示是一直列的輪子。

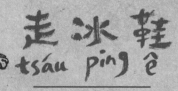

走冰鞋
tsáu ping ê

走冰鞋（tsáu-ping-ê）：冰刀鞋

參考日治時期將競馬場稱為「走馬場」的邏輯，以「走冰」來描述在滑冰場上奔馳，故將冰刀鞋稱為「走冰鞋」。

枋仔（pang-á）：滑板

這其實不能算是新詞，因為我以前在學校滑板社時，大家講台語便是用「枋仔」來指稱滑板。「枋仔」是薄而平的板子，通常指木板。至於滑板還有「長板」、「交通板」、「小魚板」等種類，構造長度略有不同。「長板」直譯「長枋」，「交通板」也可直譯為「交通枋」，「小魚板」通常會稱為「魚仔枋」。

枋 pang
仔 á

枋仔車
pang á tshia

枋仔車（pang-á-tshia）：滑板車

沿用滑板的台語說法，加上車字。

塗龍枋
thôo liông pang

塗龍枋（thôo-liông-pang）：蛇板

「塗龍」是土龍、蛇鰻之意。其實照「蛇板」的字面直稱「蛇枋」也無妨，但發音近似厚紙板的台語「紙枋」，所以我們乾脆用「塗龍枋」稱之，畢竟兩者都是很滑溜的形態。其他還有「雙龍板」或「飄移板」等，構造略有不同，「雙龍板」可以直翻為「雙龍枋」，而「飄移板」則可稱為「飄揚枋」（phiau-iông-pang），意思相同。

胸坎縛
hing khám pak

胸坎縛（hing-khám-pak）：胸背帶

　　我們帶狗狗溜逗外出散步時，都會用牽繩牽住牠。那是一種包覆胸口的H型背帶，所以我們以「胸坎縛」稱之。「胸坎」就是胸膛、胸部，「縛」為束縛、捆綁之意，將動詞置於後面，成為專屬名詞。

狗仔兄（káu-á-hiann）：狗狗

台語說「囡仔兄」是指小兄弟，也是長輩對小孩子的一種親切稱呼。於是我們沿用這個說法，習慣把「狗狗」稱為「狗仔兄」，感覺也很可愛。

狗 káu
仔 á
兄 hiann

幼秀步
iù siù pōo

幼秀步（iù-siù-pōo）：小碎步

　　「幼秀」除了指秀氣之外，也形容動作輕盈。小碎步的動作恰好符合「幼秀步」的形容。

拭臭臭
tshit tshàu tshàu

拭臭臭（tshit tshàu-tshàu）：擦屁屁

華語經常會用疊字來塑造一種可愛的感覺，譬如說「屁屁」、「狗狗」、「貓貓」等，但這種裝可愛可不是華語的專利，甚至台語本來就有許多疊詞可用來說「囡仔話」。在這裡，我們將「擦屁屁」直翻為台語「拭臭臭」，「拭」就是擦抹的意思，至於「臭臭」則是大便的代稱。每次帶狗狗溜逗出門散步，遇到牠便便時，我們會說「放臭臭」（pàng-tshàu-tshàu），放完再來「拭臭臭」，把屁屁擦乾淨。

跋跋
puáh puáh

跋跋（puáh-puáh）：摔摔

「跋」是跌、滾落的意思。這其實也是我們私底下很常講的一句話，通常會在狗狗溜逗跑太快滑倒時，說他「跋跋」了。

消磨油質
siau buâ iû tsit

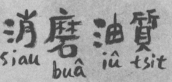

消磨油質（siau-buâ iû-tsit）：燃燒脂肪

「消磨」就是耗損、消除之意，譬如「消磨金錢」，而我們做生意最常聽到的就是說：「開店的水電、人事成本攏是咧消磨。」至於在公園運動燃燒脂肪，我們則認為可以用「消磨油質」來形容，想像身體油脂像是被平均耗損、消除掉的感覺。

杚硞枋（khit-khòk-pang）：翹翹板

「杚杚硞硞」是台語狀聲詞，用來形容物體碰撞的聲音。玩翹翹板碰撞地面的時候，發出的聲音正好類似「杚杚硞硞」，於是稱為「杚硞枋」。

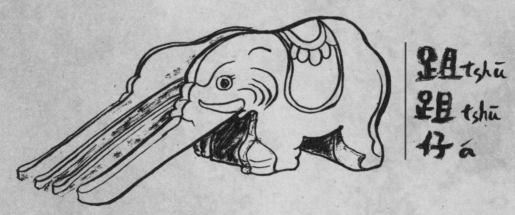

跙跙仔（tshū tshū-á）、跙流籠（tshū liû-lông）、跙石象（tshū sik-tshiōnn）、すべりだい（suberidai）：溜滑梯

「跙」是溜的意思，「跙仔」則是滑行器具的泛稱。舉凡搭乘用軌道繩索推移的「流籠」，或是從傳統的石象造型溜滑梯溜下來，都可以用「跙」來表示。附帶一提，小時候很流行用「石象」玩「大白鯊」的遊戲，那時候的小朋友要嘛說玩「大白鯊」，不然就會說玩「死欲你埋」。當時不曉得什麼是「死欲你埋」，很久以後才知道，原來是從日語すべりだい（suberidai）來的，也就是滑梯或滑行台的意思。做為台語的外來語，すべりだい發音真的很接近「死欲你埋」（sí beh lí tâi）。

正手反
tsiànn tshiú píng

正手反 (tsiànn-tshiú-píng)、
倒手反 (tòr-tshiú-píng)：側翻

台語把這種橫向的側翻稱為「拋麒麟」（pha-kî-lîn）。但在台南，無論是側翻、後翻或前翻，都習慣說成「反死狗仔」（píng-sí-káu-á）。我們為了避免「死狗仔」的說法，所以自創「正手反」或「倒手反」的講法。「反」是翻轉的意思，「正手」是右手，「倒手」是左手。假設右手先著地的側翻，則為「正手反」，反之則為「倒手反」。

頭前輾
thâu tsîng liàn

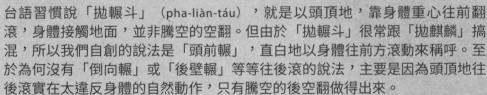

頭前輾 (thâu-tsîng-liàn)：
前滾翻

台語習慣說「拋輾斗」（pha-liàn-táu），就是以頭頂地，靠身體重心往前翻滾，身體接觸地面，並非騰空的空翻。但由於「拋輾斗」很常跟「拋麒麟」搞混，所以我們自創的說法是「頭前輾」，直白地以身體往前方滾動來稱呼。至於為何沒有「倒向輾」或「後壁輾」等等往後滾的說法，主要是因為頭頂地往後滾實在太違反身體的自然動作，只有騰空的後空翻做得出來。

捙畚斗
tshia pùn táu

捙畚斗 (tshia-pùn-táu)：地蹦

「地蹦」這個動作，無論是舞蹈或是功夫片都很常見到，就是身體朝上躺地，靠手反撐和腰力將腳捲起，瞬間蹦跳彈起的動作。我們沿用台語原本的「捙畚斗」（tshia-pùn-táu）來形容，覺得實在太傳神。因為「捙畚斗」就好比畚箕一樣，掃地的時候，畚箕一定會往後將灰塵集中，接著再平放到地面，如此循環。至於跟「捙畚斗」相近的「捙跋反」（tshia-puah-píng），則是在地面胡亂翻轉、打滾的意思。如果不小心「捙畚斗」失敗，就會變成「捙跋反」了。

頭前反 thâu tsîng píng

頭前反（thâu-tsîng-píng）、
倒摔反（tòr-siàng-píng）：前空翻、後空翻

台語說「揰輾斗」（tshia-liàn-táu），是指身體騰空往前或往後的跳躍動勢。小時候講這些動作都一律統稱為「反死狗仔」，但現在我們習慣把這些動作做出明顯區隔：往前翻的就稱「頭前反」，往後的則以「倒摔反」稱之，因為倒栽蔥的台語是「倒摔向」（tòr-siàng-hiànn），所以取「倒摔」來命名。

雙手行 siang tshiú kiânn

雙手行（siang-tshiú-kiânn）、
倒摔行（tòr-siàng-kiânn）：倒立行走

台語原本的說法是「閹雞行」（iam-ke-kiânn），或許是因為兩手倒立走的時候，手臂較細，看起來像雞在走路，而雙腳朝上則像是雞翅膀而得名。至於為什麼是「閹雞」？因為倒立之後，下半身重要部位跟頭正好上下顛倒，加上公雞被閹掉後，雞冠會變小，走路動作會變得沒有以前威風，如同倒立走路一般，沒辦法像正常行走那樣輕鬆自如，所以才有此說法。我們為了避免「閹雞行」的說法，所以自創「雙手行」跟「倒摔行」。

[56] 不是龜龜鱉鱉只是驚生份
若卵

羅馬字 ná-nńg
釋　義 畏縮、害怕膽小，做事不乾脆。

　　身為台南人，在台南舊城區的路上看到廟會，可以說是習以為常的事情。

　　「後頭厝」（āu-thâu-tshù）在廟宇旁邊的 Phang Phang，小時候就非常喜歡看廟會陣頭。某次假日，我跟 Phang Phang 在中西區的「天公廟」附近閒晃，聽到鞭炮聲知道即將有陣頭經過，我們於是跑去「店亭仔」（tiàm-tîng-á）附近的騎樓空位，等待即將出現的隊伍陣容。

　　小時候，我對廟會遊行印象最深刻的是七爺八爺和踩高蹺的隊伍，我第一次看到那個畫面時，覺得實在太奇幻了，隊伍裡面的人都穿著窄袖窄褲的緞面古裝，上面有精緻的刺繡，每一位的刺繡顏色都不同，有的頭上會搭配同色的軟帽，有的是以緞面的小塊布料將包包頭包覆起來。爸媽那時告訴我，這叫做「踏蹺」（táh-khiau），我也因此錯把廟會的遊行活動直接和「踏蹺」連結在一起，後來才知道「踏蹺」原來就是華語的「踩高蹺」！據 Phang Phang 描述，她幼時曾看過廟會的高蹺隊伍停等紅綠燈，「踏蹺」的人要前後反覆踏小步，雙手也要前後輕輕甩動，才得以維持平衡。那姿體的律動看起來跟七爺八爺一樣，令人不由地感到敬畏。但不曉得是否因為路上汽機車的數量變多，基於安全考量，或是練習「踏蹺」的人變少了，總之現代廟會越來越少見到「踏蹺」了。

當我們在等待陣頭走過來時，聽到一旁的媽媽跟小孩說：「你躲在花圈後面做什麼？看這個也在怕。」原來有個小弟弟站在旁邊的傳統大花圈後面，這時有一個看起來像是他阿公的老人家從旁邊走過來，笑著說：「呵呵呵，毋通遐 ná-nǹg，來！咱來去上頭前，來、來……」接著便拉著小弟弟往前方移動看陣頭去了。

　　這個「ná-nǹg」，意思是畏畏縮縮、害怕膽小，做事不乾脆，但目前教育部字典查不到這個詞的寫法，只能找三個最接近的漢字來拼湊，可供參考。

　　第一個是「若卵」（ná-nǹg），若照字面直翻「像蛋一樣」，好比蛋殼般脆弱、尚未孵化，需要呵護照顧的樣子，似乎可以通。印象中，比較常聽到長輩用這句話來形容晚輩，像是在描述無法獨當一面的稚嫩感覺。

　　第二個是音最接近的寫法，寫作「若褸」（ná-nǹg）。只是這個「褸」為穿越、穿縮之意，字面上看來較為抽象。

　　第三個則是「凹軟」（nah-nńg），字面上的意思是凹陷、塌軟之意，或許可引申來形容軟綿綿、沒有骨氣的樣子。「若卵」或「凹軟」的意思最貼近 ná-nǹg，但兩者的發音都和 ná-nǹg 有點落差，不曉得會不會是其中一種說法，只是後來因為地方的語音差異而造成訛音？我跟 Phang Phang 覺得「若卵」看起來比較文雅，但「凹軟」好像比較符合這個詞的意思，兩者感覺都可以說出一番理由。

　　形容人的個性軟弱，還有一種說法比較常見，那就是「軟汫」（nńg-tsiánn），台灣樂團茄子蛋的歌曲〈浪流連〉唱：「……其實我生活甲無好我家己攏知影，恁攏了解我會掩崁我的軟汫，平凡的，歹命的，咱拚死做……」我認為這裡之所以用「軟汫」，主要是可

以和「知影」押韻，而且「軟洇」也能用來形容身體上的脆弱，正好和歌詞後半段的「平凡的，歹命的，咱拚死做」形成一種生理心理上的脆弱不堪，產生雙關效果。

但跟軟洇不同的是，ná-nñg 不會用來描述身體狀態的脆弱，而 ná-nñg 某種程度還有點「龜龜鱉鱉」（ku-ku-pih-pih）的意味，形容一個人不乾脆、不夠直接了當。另一個類似的形容詞是「掩掩揜揜」（ng-ng-iap-iap），說人遮遮掩掩、偷偷摸摸，也有點不乾脆的意思，譬如說：「你講話莫按呢掩掩揜揜，有啥物話就直接講出來。」

剛剛笑著說孫子 ná-nñg 的阿公，祖孫倆已經在前面迎接陣頭，笑著拍手「看鬧熱」了，看到這個情景，突然覺得 ná-nñg 其實有點溫暖，若真的是「若卵」，那種長輩期待晚輩早日獨當一面、破殼而出的情感，令人難忘。

說到「天公廟」，我們有一次在這裡遇到「授籙安籙法會」，法師正拿著「法索」（huat-sorh）執行法事，吸引了 Phang Phang 的注意，便拉著我停下來觀看。她以前沒看過「法索」，那是一種鞭狀的法器，木柄精刻成蛇頭造型，下方連接編織好的麻繩，將麻繩以木柄蛇頭為中心做圈狀盤繞整齊，讓牠呈現如眼鏡蛇蓄勢待發的姿態，直直立在桌上，獨特的造型引起 Phang Phang 的好奇。「法索」本體為「麻索」（muâ-soh），又稱為「法鞭」（huat-pian）、「淨鞭」（tsīng-pian），透過鞭打製造聲音的效果達到法事的效用，也稱為「金鞭聖者」（kim-pian-sìng-tsiá）。鞭柄之所以為蛇頭造型，是因為「蛇」的台語文讀與台語的「邪」（siâ）同音，有「以蛇攻邪、以毒攻毒」的意涵，透過「法索」鞭打，做為鎮煞避兇的儀式之一。

若有信眾希望透過「祭改」（tsè-kái）來消災解厄，法師會將「法

索」披在對方肩上，然後唸消災文，最後將「法索」取下，朝地面打出聲響，象徵趨吉避兇。但若是祈求國泰民安這種整體性的儀式，法師則是會將「法索」披在自己身上，此時使用的「法索」也會比較長。

那次在「天公廟」看到法會時，現場有很多家長帶著國高中年紀的孩子來此「祭改」。但不曉得是不是因為被半強迫帶來，許多年輕人跟在家長身邊，感覺好像有點不甘願，甚至扭扭捏捏的樣子。有位家長似乎有點生氣，推著兒子的背說：「緊咧！啊你莫曲痀矣。」我也曾經歷這個年紀，總有一種感到怕生或與外界格格不入的感覺，這時若遇到性子也很急的家人，難免會被認為怎麼這麼「ná-nng」或是「龜龜鱉鱉」，但其實只是「驚生份」（kiann-senn-hūn）或「驚歹勢」，比較內向害羞而已。

後來，回顧自己的成長過程，漸漸可以了解父母不少看似責備的話語，其實都是期許孩子能早日「獨當一面」的心情。不過反過來想，身為父母的家長，如果能多少回想曾是孩子的自己，那「驚歹勢」的青春少年歲月，或許相處起來更能相互同理吧？

［57］司奶的溜逗桑
靠勢

羅馬字 khòr/khò-sè
釋 義 仗勢、仗恃。

　　某次，我們帶家裡的巴哥溜逗桑去看醫生，當我把牠抱上診療台時，溜逗卻一直扭來扭去，掙扎個不停。

　　醫生見狀便說：「恁先出去等，無伊看恁佇遮，會靠勢。」

　　「靠勢」（khòr-sè），有仗勢、仗恃的意思。通常形容一個人仗著背後有靠山，可以說：「伊靠勢有人伨，講話特別旺聲。」然而靠山在台語裡，除了「靠勢」或直翻成「靠山」（khòr-suann）之外，還有比較隱晦的說法，譬如「後壁」（āu-piah），本意是單純指後面，但也暗指背後的勢力或背景。另外也有源自日語バック（bakku）的台語外來語 bâ-kùh，通常是指倒車的意思，但廣泛來講也是指後面，最後就跟「後壁」一樣引申為背景、靠山之用了，通常會說「伊後壁眞夠力」或是「伊 bâ-kùh 眞厚」、「bâ-kùh 眞在」。

　　這裡的「在」（tsāi）是指穩固，譬如「椅仔無在」就是指椅子晃動不穩，也可用於形容膽識，比如「少年仔誠在膽」。這句「在膽」（tsāi-tánn），意思有點接近現在常聽到的「腳數好」（kioh-siàu-hór），華語常諧音爲「叫小賀」，不過「在膽」似乎更有股沉穩的感覺，像是聽到人說的「老神在在」（lāu-sîn-tsāi-tsāi），給人穩若泰山的聯想。

　　「靠勢」除了形容一個人有背景、有靠山以外，另一種意思則是說人驕傲自大、過於自信。譬如說：「你毋通傷過頭靠勢講代誌

一定會成，該拍拚嘛著拍拚。」在這裡，有一個跟「靠勢」接近的說法是「靠穩」（khòr-ún），一樣有過於自信的意思，但比較沒有驕傲自大的感覺，單純形容一個人太過相信事情一定會朝預期的方向發展，譬如說：「閣咧睏，你想講序大人一定會叫你起來，毋通傷過頭靠穩。」

跟「靠勢」、「靠穩」相關的，還有「佂」（thiānn）這個字。現在華語常說的「挺不挺我？」、「我挺你！」的「挺」，意思跟台語的「佂」接近，本義為支撐或補強，因此引申做「情義相挺」，但基本用法是描述物體之間的依靠支撐，比如說：「桌仔欲倒欲倒，幫我先用這塊柴，將桌仔佂咧！」又因為這句「佂」有補強的意思，所以長輩也很常會說：「烳寡豬心，佂一咧！」

場景回到診療台上的溜逗，牠果然是如醫生所說的「靠勢」，我們迴避後，溜逗便乖乖地面對現實了，前後態度差很多。據醫生所說，有些狗或貓會觀察飼主的心情跟現場的苗頭，簡單講就是很會「掠目色」（liáh-bák-sik）察顏觀色。

我覺得「掠目色」這句話形容得真好。「掠」是抓的意思，「目色」則是指臉色或眼神。有句話說「你的眼睛背叛你的心」，眼神幾乎可以說是傳達一個人喜怒哀樂最誠實的關鍵，與其說「眼睛是靈魂之窗」，我倒覺得可以再補一句「眼神是扯後腿的損友」，因為厲害的人可以透過眼神判斷一個人是否說謊、害羞，或任何細微的情緒變化。「掠目色」的「掠」，感覺就像是那驚鴻一瞥，抓到了對方一閃即逝的眼神閃爍。

不過看著我們家的溜逗，說他是仗著飼主耍脾氣，我感覺牠應該比較像是帶點不安的「司奶」吧？

「司奶」（sai-nai）是指撒嬌，通常第一次見到這個台語寫法的人，反應都很大，因爲這個詞跟台語漢字的「外型」很難聯想在一起。台語漢字的「外型」？是的，每個漢字都像是一張臉孔，而字與字之間的組合產生的詞彙，理所當然成就了一個語詞的臉龐。或許「司奶」的「司」比較容易讓人聯想到「公司」的「司」，甚至是「司公」（sai-kong），也就是華語的師公、道士的意思，所以「司奶」總是很難跟撒嬌這個詞聯想在一起。

　　想來想去，這個「司奶」搞不好直接以羅馬字的 sai-nai 來表示還比較好記哩！

　　至於客語也有兩種「撒嬌」的講法，一種是「做嬌」（zo gieu´），另一種說法則是跟台語的「司奶」接近，稱爲「使妮」（sai´ nai´）。這不禁令人聯想到台語的「使態」（sāi-thái），有要任性的意思，不曉得客語的「使妮」跟台語的「使態」，有沒有可能存在某種程度的相互影響或關聯？但不管是「使妮」或「司奶」，兩者都有一些「使態」鬧脾氣的意涵，只是撒嬌較爲柔和溫暖，有時只是想要有人保護或同理自己。就好比站在診療台上的溜逗，或許並非單純的「靠勢」，而是心裡不曉得下一步將要發生什麼事而產生的防衛機制而已吧？

[58] 日治時期的文青風
臭濁

羅馬字 tshàu-tsȯk
釋義 俗豔。

　　大家覺得日治時期台灣的時髦女性是穿什麼，又是做什麼樣的打扮呢？

　　依一些文獻資料、老照片或畫作所示，當時台灣女性的穿著，主要分為傳統服飾、和服、西式洋服、旗袍等。在我記憶中，我的阿祖跟查某阿祖都會穿一種俗稱「對襟仔」（tuì-khim-á）的傳統服飾。而在日治時期知名畫家陳進女士的作品中，也可以看到她常以身著旗袍的女性為畫作主題，她自己則有身穿和服和西式洋服的沙龍照。另外如台南士紳辛西淮之女辛永清，也曾描述她母親終身都只穿旗袍。

　　某次，Phang Phang 回後頭厝（āu-thâu-tshù），無意間在衫仔櫥發現一件丈姆的旗袍，金銀色底，繡有金蔥跟紅色「大母花」（tuā-bó-hue）。

　　「大母花」並不是指特定的花種，只要衣服或是裝飾有大量的花朵，都可以用「大母花」來形容。至於「大母花」的「母」，則是用來形容物品有多大。譬如台語說「大人大種」，意思是指一個人老大不小，都已經幾歲了還不成熟，這句話的另一種說法就是「大母人，大母種」，對比之下語氣更強。簡而言之，把「大母花」的「大母」，想成是現代人口頭常說的「超級大」、「超～大的」就能理

解了。

　　看著這件旗袍，不曉得是因為不合身還是過時的關係，我忍不住笑說：「按呢看起來足臭濁。」

　　「臭濁？敢是像『臭煬』（tshàu-iāng）的意思？」Phang Phang問。

　　「毋是啦！臭濁是講俗氣，臭煬是講臭屁、愛展。」我說。

　　「臭濁」（tshàu-tsòk）有俗豔的意思，但俗豔並非單純的俗氣，而是台語所謂的「倯媠倯媠」（sông-suí-sông-suí），意思是雖然有點俗氣，但還是帶有幾分美感。相對於用來形容女性穿著的「臭濁」或「倯媠倯媠」，對男性則多半會用「倯閣有力」，現在多半寫作「俗又有力」，意思是雖然有點俗氣但卻帶著生猛有力的反差。換句話說，「倯媠倯媠」跟「臭濁」的語感，差不多算是女子版的「倯閣有力」吧？

　　不過關於「倯」這件事，其實也是一種滿抽象的認知，很多時候都只憑感覺或好惡，要說出什麼具體的指標來解釋「倯」，非常不容易。

　　記得第一次聽到「倯」這個詞，是在國小參加漫畫才藝班的時候。某次老師上課穿了一件外套，有同學看了鼓譟大笑說：「老師你穿這樣好『倯』喔！」那天回家，我在晚餐餐桌上問爸媽什麼叫做「倯」？阿爸當時回：「就是『俗氣』的意思。」我反問：「那『俗氣』是什麼意思呢？」阿母反過來又說了一遍：「就是『倯』的意思。」結果解釋來、解釋去，都繞著「倯」跟「俗氣」打轉，等於完全沒解釋到，這大概是個只可意會、不可言傳的詞彙吧？

　　後來透過生活經驗的累積才漸漸理解，「哦、原來是按呢！」，這個「倯」原來是指這樣的穿著或類型，有時是氣質，有時是談吐，

甚至幾種顏色獨立分開並不「俗」，但全部組合起來就充滿「俗氣」（sông-khì）了。簡直可以說是從內而外散發出來的俗氣磁場。

關於穿著的各種形容詞，學生時代同儕之間還有很多五花八門、極具特色的講法。例如國中時，同儕之間對於穿著老氣又超越「俗」的程度，都會用「俗閣無力」形容，更有人會說這種穿著是「老人嫁妝」（lāu-lâng-kè-tsng）。起初，我不曉得「老人嫁妝」真正的意思，初次聽到，也只覺得在那個語境下大概是在笑不合時宜的穿著，除了俗氣之外還多了點怪異感。後來才知道，原來「老人嫁妝」是指壽衣，以及往生時所需要用到的各種物品。

學生時代胡亂開些玩笑似乎難免，無論是「老人嫁妝」、「老嫁妝」還是「壽星要穿壽衣戴壽帽」之類的玩笑話，都是用壽衣或其他的往生用品、陪葬飾品來戲謔別人衣著的雙關語，聽起來有點不吉利。不過現在想起來，人終究會走上這一關，不是嗎？

至於為什麼會把「老人嫁妝」一類的形容跟穿著很「俗」，甚至是「臭濁」連結在一起？其中固然有諷刺對方穿著如壽衣般的意圖，但另一方面，或許也是配色跟衣著樣式相似的聯想吧？只不過「臭濁」跟「俗」一樣，雖然是一種抽象的認知，猶如判斷美醜的主觀界定，卻似乎又有一道模糊的準則，有點像學會游泳的那一剎那，身體學會在水中活動成為反射動作的感覺。

如果說「臭濁」就是很「俗」，「俗」到像是有味道從文字飄出來一樣，那要形容人很時髦、時尚，該怎麼說呢？除了說「毛斷」或「時髦」之外，也能直接用「鮮沢」（tshinn-tshioh）來形容。「鮮沢」原本是形容魚、肉的表面光澤，品質鮮美，後來引申指人的穿著造型華麗、時尚有品味，就會說：「伊的穿插足鮮沢。」有點像日語

說「お洒落」（osyare）的意思。

　　拜現今科技及社群網路所賜，有許多收藏家或研究單位將日治時期台灣老照片分享上網，讓我們能一睹過去的時代風華，還有許多高手陸續修復、重現老照片的風貌，將台灣古寫真上色。在這些照片中可以發現，當時無論是人們的穿著或是建築的外觀，似乎都有個特色，就是乾淨整潔，配色協調不浮誇。人們在路上穿戴整齊，即使是街頭的「點心攤」小販，也身著西式洋服的背心，街上也多半是身著洋服的人們，色調以協調的暖色系為主。這簡直不亞於現在的「文青風」吧？

　　不過，要擺脫「臭濁」，也不是跟別人一樣的穿搭就好了。要從「臭濁」變為「鮮沢」，還是得選擇適合自己的穿著打扮才是最重要的吧？

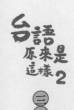

要把五花八門的化妝品翻成台語，絕對是浩大工程。尤其面對許多新的品項，在「創造新詞」的時候，必須思考「有沒有必要」。如果可以直接用台語對應既有漢字讀的，是不是就該訓練自己直接用台語讀出來？譬如：唇蜜（tûn-bit）、睫毛膏（tsiah-mn̂g-ko）、眉筆（bî-pit）、眉粉（bî-hún）、眼影（gán-iánn）、蜜粉（bit-hún）、保溼水（pó-sip-tsuí）、面膜（bīn-mooh）、粉餅（hún-piánn）、粉底（hún-té）、粉條（hún-tiâu）、化妝水（huà-tsong-tsui）等等，這些都是好發音、意義不變的詞，或許直翻即可。但其他像是「青春棒」這種不能照字面翻的詞，必須透過意義來重新詮釋該怎麼用台語說，以下是我們的分享。

粉閘（hún-tsàh）：遮瑕

「遮瑕」就是用粉遮住臉上瑕疵，而台語的「閘」有遮掩的意思，所以直接說「粉閘」。

空氣粉餅（khong-khì-hún-piánn）：氣墊粉餅

近年來新開發的一種粉餅，用「氣墊」訴求一種充滿空氣的感覺，讓上妝者的妝感更有光澤，而且帶有空氣感一般的自然。所以我們以台語的「空氣」取代「氣墊」來稱呼這個新型的粉餅。

紅膨粉（âng-phòng-hún）：腮紅

「膨粉」是早期的一種粉底，台語本來就有這個詞。現代的「腮紅」可以沿用這個概念，在前面加一個「紅」字以利區別。

鮮睫毛（tshinn-tsiah-mîg）：假睫毛

之所以不直翻為「假睫毛」，是因為ké-tsiah-mîg的發音聽起來很像「雞汁毛」，或是蕃茄醬的台語外來語khe-tsiap-pū（源自日語ケチャップ）。我們習慣說「鮮睫毛」，是想到假睫毛是用種的，尚未種在眼皮上的睫毛是最新鮮的，所以才這樣命名。

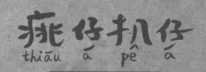

疿仔扒仔（thiāu-á-pê-á）、
疿仔鋏仔（thiāu-á-giap-á）：青春棒、粉刺夾

「青春棒」又名「粉刺夾」，是用來擠青春痘的棒子。青春痘的台語是「疿仔」，至於「扒仔」則是挖東西的工具，「鋏仔」是夾子。這兩種說法，可視「青春棒」的構造或功能來用。

膠水（ka-tsuí）：髮膠

老一輩的人會把髮膠稱為「膠水」或單稱「膠」，泛指定型用的液體。但華語的「膠水」指的是漿糊，台語叫做「糊仔」（kôo-á），可別搞混囉！

蠟膏（la̍h-ko）：髮蠟

相對於髮膠的液態狀，髮蠟算是膏狀的，所以我們稱「蠟膏」。

水膏 (tsuí-ko)：乳液

乳液，因為它本身就是水水的膏狀物，
所以便稱為「水膏」。

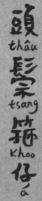

頭鬃箍仔
(thâu-tsang-khoo-á)：髮箍

「箍仔」本身就是圓狀物，所以
髮箍才會這樣說。

洗妝油
sé tsong iû

洗妝油 (sé-tsong-iû)：卸妝油

卸妝就像是把妝容梳洗乾淨，所以將卸妝稱
作「洗妝」，卸妝油則稱為「洗妝油」。

爆妝 (piak-tsong)：脫妝

和卸妝不同，脫妝是指妝容在不經意的情
況下脫落。由於「爆」有裂開的意思，
「爆空」 (piak-khang) 則是指事跡敗露，
所以妝容花掉可以用「爆妝」來形容。

防曝膏 hông phàk ko

防曝膏（hông-phàk-ko）：防曬乳

防曬為「防曝」，乳液類一律以「膏」來稱呼。

胸坎苴 hing khám tsū

胸坎苴（hing-khám-tsū）：胸墊

「苴」有墊的意思。胸墊，墊在胸部，所以稱為「胸坎苴」。

指甲花 tsíng kah hue

指甲花（tsíng-kah-hue）、
指甲油（tsíng-kah-iû）：指甲油

「指甲花」原本是指鳳仙花，因為以前的人會將花瓣放在指甲上做為染料，所以才有這種說法。不管是沿用舊稱，或是直接翻譯成「指甲油」，意思一樣。

髻仔鬃
（kuè-á-tsang）：假髮束

假髮束以前就有，所以台語當然也有對應的稱呼。「髻」是盤在頭上或後腦的頭髮，譬如「頭鬃髻」就是髮髻。

髻 仔 鬃
kuè á tsang

揀敆染色
(kíng-kap-ní-sik)：挑染

「揀」是挑選。「敆」有配合、調配之意，如看中醫「抓藥方」會說「敆藥仔」或「拆藥仔」。將「揀敆」合用，則是指從眾多選項中挑選出來搭配的意思，加上在頭髮上做隨機分布染色的挑染，於是可稱為「揀敆染色」。

揀 敆 染 色
kíng kap ní sik

頭鬃尾 (thâu-tsang-bué)：辮子

也有人把馬尾叫做頭鬃尾，但基本上還是指稱辮子為主。「綁辮子」會說「掠頭鬃尾」，「掠」（liàh）是抓的意思，要將頭髮綁成辮子，的確是要不斷地抓、拿，才有辦法綁出來。

頭
thâu

鬃
tsang

尾
bué

雙 尾 仔
siang bué á

雙尾仔 (siang-bué-á)：雙馬尾

以「毛尾仔」變化而來，雙馬尾就直接說「雙尾仔」。

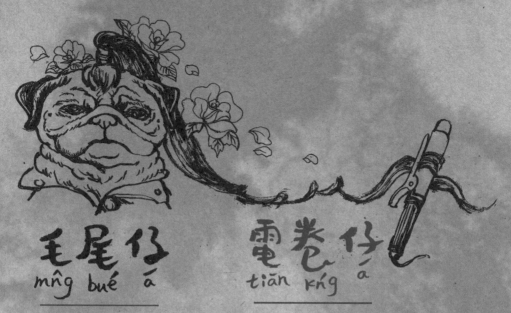

毛尾仔
mn̂g bué á

電卷仔
tiān kńg á

毛尾仔（mn̂g-bué-á）：馬尾

主要是指馬尾，但也有人會以
此稱呼辮子，或是指髮梢。

電卷仔（tiān-kńg-á）：電棒捲

依照電棒捲本身的功能跟外觀，
以「電卷仔」稱之。

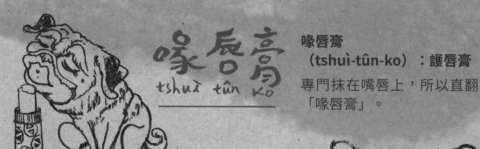

喙唇膏
tshuì tûn ko

**喙唇膏
（tshuì-tûn-ko）：護唇膏**

專門抹在嘴唇上，所以直翻
「喙唇膏」。

胭脂（ian-tsi）：口紅

塗口紅、擦口紅會說「點胭
脂」，有時也會把上妝簡單
說成「點寡胭脂」。

胭脂
ian tsi

愛睏神

羅馬字 ài-khùn-sîn

釋 義 睡神，引申指睡意。

　　有一次熬夜趕工，忙到一個段落才發現時間已經很晚了，稍作整理便連忙上床睡覺。但熄燈後，翻來覆去就是睡不著，整個夜晚的聲音突然變得好強烈，窗外街道有什麼細小的聲響都能聽得很清楚。這時候，我知道「愛睏神」離開了。

　　「愛睏神」（ài-khùn-sîn），照字面可以理解為睡神，引申指睡意，跟華語說的「夢周公」、「跟周公下棋」差不多意思。但台語的「神」，其實還有精神或描述意識、狀態的意涵，譬如我們說一個人「戇神」（gōng-sîn），並不是真的有個「笨神」，而是指對方恍神或發呆，如同華語說的「恍神」。而台語通常會用「愛睏神過去矣」來描述失眠，把睡意的發生或消失比擬為「睡神」的降臨或離開，實在相當生動活潑。

　　如果「愛睏神」沒來，可能有人會吃「愛睏藥仔」（ài-khùn-ioh-á）來助眠。從字面上來看，「愛睏藥仔」就是吃了會想睡的藥，亦即安眠藥。但台語說「食著愛睏藥仔」，除了是真的吃安眠藥以外，也可以形容人非常愛睏、睡眼惺忪，隨時都可以躺下進入深層睡眠，又或者剛昏睡起來，神智未醒的樣子，像是吃了安眠藥睡整天。

　　這樣說起來，台語真的有很多「神」詞彙盤旋在空中，隨時等待機會降臨在每個人身上。除了上面提到的「愛睏神」跟「戇神」

之外，其他還有「好笑神」、「展風神」、「無頭神」、「孱神」、「豬哥神」、「大面神」等等，讓我一尊一尊來介紹出場。

第一尊，「好笑神」（hó-tshiò-sîn），光從字面想像，就覺得這個神明有一張笑嘻嘻的臉孔。我們可以用「好笑神」來形容一個人經常面帶笑容、五官神態自若，整天笑呵呵的樣子。此外，因為笑口常開通常也會得人緣，我們也可以搭配「好笑神」來形容一個人的人緣很好，譬如說：「這囡仔足好笑神，一定足有人緣。」

第二尊，「展風神」（tián-hong-sîn），想像拿著大把扇子的風神，不管到什麼地方都會忍不住扇幾下手中的大扇子，向天下人宣告自己大駕光臨。引申來說，就是形容一個人神氣威風，也形容愛臭屁、炫耀的模樣。其實這個詞非常有趣，可以拆開，也可以合體，像是機器人變大變小，組合後又有新面貌。單獨一個「展」，本身就有誇耀、愛現的意思，比如說：「莫閣展矣，看破跤手矣。」或是直接把「風神」二字當作動詞用，像是說：「伊閣咧風神矣，逐擺若按呢我上艱苦。」最後則是組合在一起變成「展風神」，不但程度更高，通常是用來指稱跟炫耀、臭屁或愛現相關的行為動作，譬如說：「你莫逐擺佇遮展風神，講家己偌利害。」

跟「展風神」相比，前一尊「好笑神」只能單打獨鬥，沒辦法單獨使用「好」或「笑神」來表示好人緣、神態自若的樣子。講到這裡，Phang Phang 表示，感覺「展風神」的法力好像高了那麼一截。

第三尊，「無頭神」（bô-thâu-sîn），有健忘、沒記性的意思，這個詞跟「好笑神」一樣只能單打獨鬥，若只說「無頭」，感覺還頗驚悚的。不過「無頭神」用來形容健忘，本身就很有奇幻感跟故事性，很像一個沒有頭的角色，如果台灣有超級英雄，那一定要加入

這樣一個「無頭神」。這個角色的口頭禪可以是：「我用跤頭趺想就知矣，因爲我是無頭神。」用「跤頭趺」（kha-thâu-u）思考的意思是這件事情很簡單，不需要使用大腦，但因爲是「無頭神」，所以當然只能用膝蓋思考啦！一出場就來個雙關冷笑話。

下一尊，「屪神」（lān-sîn），意思是輕佻、不正經，又或者說「無才」（bô-tsâi），特別是形容男性，因爲「屪」字就是指男性的生殖器，意思有點類似說人「三八」。以前常聽長輩說「行路較有才咧」或是「莫按呢動作遐爾無才」，若加強語氣或程度，就會搬出「屪神」了，譬如說：「莫逐工按呢屪神模樣，鬼看嘛會驚。」但同儕之間講「屪神」，通常是針對群體中的「嘴砲王」，比如說：「來矣、來矣，閣開始屪神矣，講是你咧講，做是逐家做。」如果是現在，「屪神」或許也可以翻譯成「很愛嘴」的意思。

第五尊，「豬哥神」（ti-ko-sîn），意思是好色之徒，這句話跟「展風神」一樣是可以被拆解使用的，由此可見其功力深厚。「豬哥神」除了原本的用法，也可以單獨講「豬哥」，用來形容一個人好色。至於「豬哥神」則是直指某個人、替他冠上這個稱號，譬如說：「伊眞正是豬哥神，逐擺攏跤來手來。」

「跤來手來」（kha-lâi-tshiú-lâi）照字面解釋，便是手腳並用做一些不正經的色狼行爲，也就是華語講的「毛手毛腳」。另一句很容易搞混，但意思不同的是「起跤動手」（khí-kha-tāng-tshiú），這句話是說雙方產生爭執、大打出手，更精確的翻譯應該可以說「全武行」。如果這兩句話搞混錯用，把一個豬哥對人毛手毛腳說成：「伊有夠豬哥，閣開始起跤動手矣。」或是把兩方人馬互看不爽，準備要上演「全武行」說成：「雙方面講袂合，開始跤來手來矣！」那畫面

反差實在太大了！

　　最後一尊「大面神」（tuā-bīn-sîn），意思是形容人很厚臉皮，照字面想像，好像是一尊臉很大的神明，因爲大臉，所以「厚面皮」（kāu-bīn-phuê）。我們通常會說：「伊實在足大面神，逐擺攏佔人便宜。」雖然意思跟「厚面皮」一樣，但是語氣相對沒那麼重，甚至有點揶揄對方的感覺。

　　以上便是台語詞彙當中的幾尊神明，形容起來非常生動，彷彿這些神明會隨時準備降臨在某人頭上似的。這讓我想到小時候聽過一段順口溜：「星期一，猴子穿新衣；星期二，猴子肚子餓；星期三，猴子去爬山……」不曉得是否也可以編一個台語版本：「拜一，愛睏神；拜二，無頭神；拜三，大面神；拜四，好笑神；拜五，展風神；拜六，豬哥神；禮拜做屧神。」大家覺得呢？

［60］分塗豆還是焙塗豆
分頭仔

羅馬字　pun-thâu-á
釋　義　按部就班、有條不紊地完成一件事。

　　如果會烹飪的話，應該都會有幾道自己拿手的「手路菜」，像我雖然沒什麼烹飪天分，但多少還是會一些基本的煮食。只能說「粗魯派、粗魯煮」，雖稱不上美味，但也餓不到肚子就是了。

　　「粗魯派」（tshoo-lóo-phài），意思是很粗魯，說好聽點是不拘小節，譬如說：「你真正是粗魯派，款物件款甲若予銃拍著。」

　　「予銃拍著」、「予鬼拍著」，無論是被槍打到或被鬼打到，都是台語常見於形容環境雜亂或是事情做得一塌糊塗的詞。「予銃拍著」的完整說法是「予銃子拍著」，至於「予鬼拍著」有時還可以用來形容很倒楣的情況。

　　一開始，我以為「粗魯派」是爸媽自己發明的說法，後來某次跟 Phang Phang 聊到這個詞，才知道原來她小時候就有聽過，只是 Phang Phang 一直把這句話理解成「粗魯牌」。但即使如此，也還是八九不離十了，至少都是粗魯的意思，一個是結黨立派，一個則是成為粗魯品牌。

　　我下廚完全是「粗魯派」，相較之下，Phang Phang 則是名副其實的「幼秀」，慢條斯理的「揀菜」，每當她在進行這個動作時，就像「分頭仔咧焙塗豆」，非常慢條斯理。「揀菜」（kíng-tshài）就是挑菜的意思，把蔬菜不能吃的地方去掉，多半是蕃薯葉、菠菜，

要把蕃薯葉某個部分「揀起來」，這樣吃的時候就不會有「臭羶味」
（tshàu-hiàn-bī），也會比較嫩。

　　上面提到的「焜塗豆」，意思是熬煮花生，這句話現在常被誤
解成「分土豆」，但其實「焜」（kûn）是指長時間熬煮。譬如說：「塗
豆焜甲綿綿鬆鬆。」亦即花生經長時間的熬煮後，綿密可口。又因
為「焜塗豆」需要很長的時間，被引申形容為慢動作，也才會有上
面那句「分頭仔咧焜塗豆」的說法出現。

　　以前某牌牛奶花生的電視廣告台詞，似乎很常被誤聽為「電腦
閣會分塗豆」，若是不明白台語，搭配廣告的畫面，應該會直接把
這句台詞聯想成電腦在「分類」花生。但原句其實是「電腦閣會焜
塗豆」，也就是電腦也會熬煮花生的意思。不知多少人誤會多少年。

　　那「分頭仔」（pun-thâu-á）又是什麼意思呢？Phang Phang 小時
候不太懂台語，一直將「分頭仔」理解成緩慢或慢郎中，雖不中亦
不遠矣——答案揭曉，「分頭仔」指的是按部就班、慢條斯理將一
件事情完成。

　　另外還有一個詞叫做「揀敆」（kíng-kap），常被 Phang Phang 誤
解成是加減挑選，或是店家準備サービス（saabisu），免費相送之意。
但這次就猜得比較遠了，「揀敆」的意思是隨機挑選，或從多件東
西中挑選出幾樣。例如阿母會跟店家「吩咐」（huan-hù）一些飾品或
衣服，如果有些東西種類比較多，可能是同樣款式但不同顏色，又
或者類型接近但價格是一樣的，這時她就會說：「無你幫我先揀敆
一寡你感覺較好的起來。」

　　這也難怪 Phang Phang 在徹底了解這個詞之前，一直都以為「揀
敆」有免費贈送的意思，每當店家表示要幫她「揀敆」出一些水果

分
頭
仔

三
四
五

或東西時，她都以為人家有額外相送一些分量，以至於這些年下來，她只要聽到店家說出「揀敆」就會非常開心，覺得分量多了很多。結果現在知道「揀敆」真正的意思之後，若再聽到店家說「揀敆」，她就會說：「我家己揀就好矣！」

「揀」本身就有挑選的意思，而「敆」則是調配、組合，譬如去傳統藥材行抓藥就會說「敆藥仔」（kap ioh-á）。又或者把兩樣物品組裝起來，也可以說「敆起來」，有調合跟合併的意思。整體而言，「揀敆」就是從數種物品之中，挑選之後再取出調合，可以想像其種類繁多、千挑萬選的感覺，也可以說是「敆做伙」。

相反地，若是單一食材，則可以說「孤味」或「孤一味」。最近有部電影是以《孤味》為名，這個詞在台語原本就有指稱一家店只專賣一道料理的意思，電影的劇情意境則引申為「孤單的味道」，像是封閉了自己的情感。「孤」本身就是單獨、單一之意，譬如獨子會說「孤囝」，形容單身一人會說「孤一人」或「孤身」，像歌手鄭宜農跟陳嫻靜的台語歌曲〈街仔路雨落袂停〉裡面就這樣唱：「又是孤身的烏暗暝，人去樓空，心事茫茫⋯⋯」我聽到這首歌也不禁思考，是否能新創「敆身」或「揀敆人」這樣的詞來表示現在所謂的「嗨咖」呢？畢竟「孤味」的反義詞就是「揀敆」啊！

這樣說起來，「揀敆」也可以說是「分頭仔」從各種物品裡千挑萬選做調合，「揀菜」更是要「分頭仔咧揔塗豆」的耐心，意義不同，卻又彼此引申呼應。這種按部就班的下廚習慣，說實在也沒什麼不好，「揀菜」就讓 Phang Phang 處理，我則負責一貫「粗魯派」的煮湯、等其他菜餚就好。

倒是長期吃「揀」過的菜色，無形中也練就出能分辨這道菜是

三四六

否有「揀菜」過的味覺了。如果連「粗魯派」的我都能分辨出來，可見有沒有「揀菜」的差異真的是非常明顯！

另外，我們也常討論這個「敆」是否能成為一個新創詞「敆音樂」（kap im-gak）？

不久前，台灣饒舌歌手顏冠希 JY 有兩首非常令人印象深刻的作品，分別是跟濁水溪公社柯董合作推出的〈農村無代誌〉，以及和夾子小應跨刀完成的〈再轉吧！七彩霓虹燈〉。這兩首歌都用了很精彩的「音樂取樣」。這種「音樂取樣」的技術叫作 sampling，也就是由某一首歌曲中取一段旋律，再重新製作編排，放進自己的作品中，讓聽眾更有共鳴。好比〈農村無代誌〉裡的前奏一下，便是濁水溪公社自己經典的歌曲〈農村出代誌〉，曲末則是在經典口號「一二三四」之間，複誦著台語老歌〈舞女〉的歌詞，這或許是隱喻濁水溪公社在歌曲〈南榕的遺言〉概念中，曾提及鄭南榕先生曾表示過的，台灣的地位像是「舞女」般，在惡劣環境討生活，雖舞步曼妙，但是強顏歡笑，非常可憐。

高段的「音樂取樣」跳脫單純的音符，進一步賦予作品更多連結、隱喻和精神象徵，這樣的「音樂取樣」或許就可以用「敆音樂」稱之。在音樂資料庫中，擷取各種素材重新譜成一部新作品，宛如烹飪時準備「手路菜」一樣，讓素材成為豐富的「靈糧」，也像是從各種藥方中「敆藥仔」，讓素材調和成一帖解救心靈的「靈藥」。這樣一想，「敆音樂」確實很像是對音樂進行「揀菜」，取其精華呢！

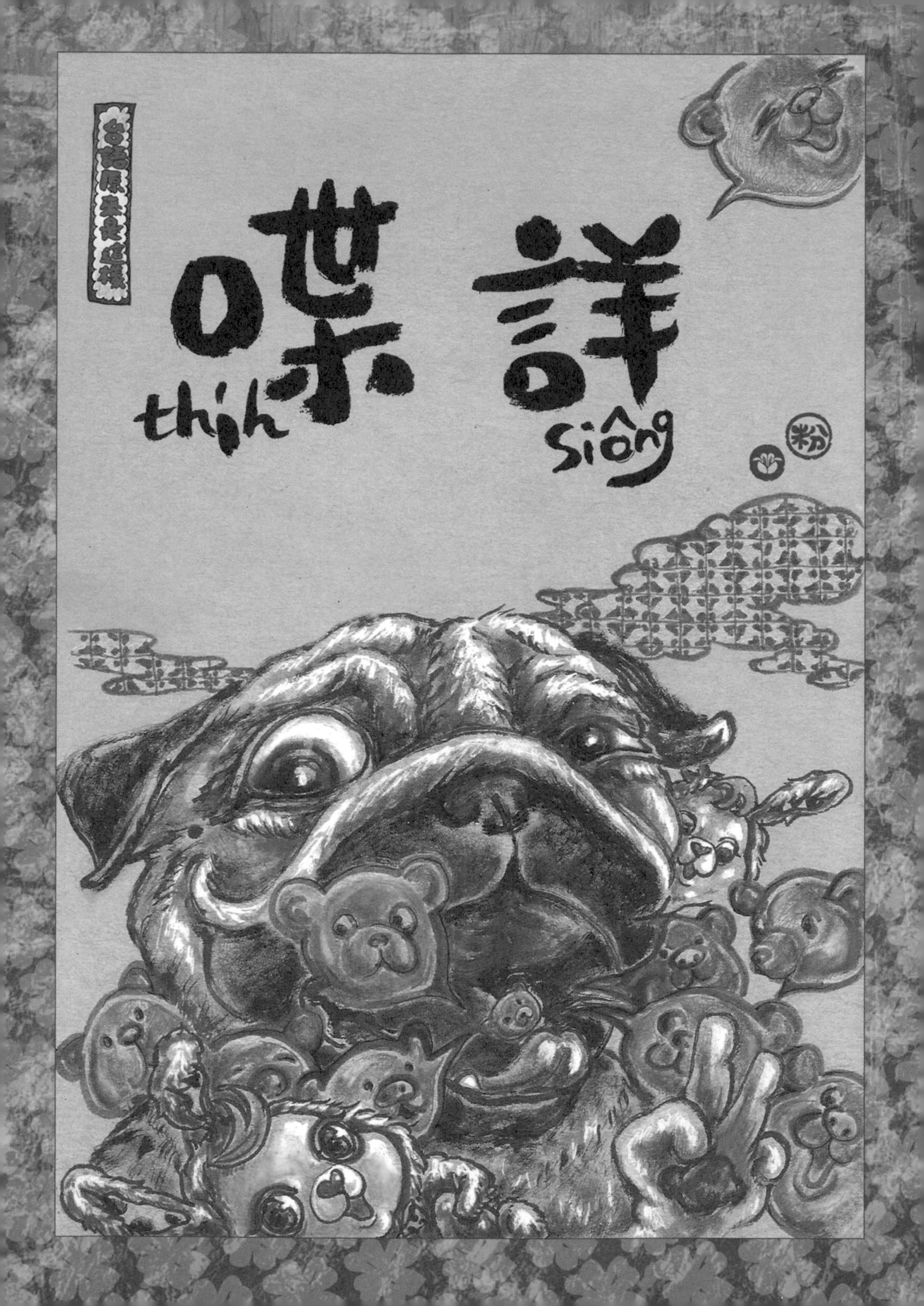

台語原來是這樣
喋詳
thi̍h siông
粉

喋詳

羅馬字 thih-siông
釋　義 喋喋不休、嘮叨。

　　某天無意間，在網路上聽到饒舌歌手鍋爐爺爺的〈嘉義仔〉這首歌，有一句是這樣唱：「……做人正義，唱歌較無正經；為人謹慎，做代誌真頂真；唱兩句予你秤斤，價值毋但黃金，等你換著現金保證你手捎甲攏糾筋；莫閣喋詳，無需要誰的認同……」歌曲旋律順耳，歌詞韻腳與涵義之間的搭配有趣，其中的「喋詳」更是引起我的興趣。

　　「喋詳」（thih-siông），華語諧音近似「體熊」，意思是喋喋不休、嘮叨，或是出一張嘴的意思。若是以現在的流行語來說，大概類似「很愛嘴」吧？

　　華語說「喋喋不休」，台語則是說「喋」（thih），漢字寫法相同。這個字本身就是指多話，所以有句話說「大舌閣興喋」（tuā-tsih koh hing thih）便是形容話很多但又言不及義的意思。客語也有用到這個「喋」字，會說「好喋」（hau` de），類似台語的「厚喋」（kāu-thih）。

　　至於歌詞當中的「喋詳」，我在台南似乎很少聽人這樣講，至少在我的成長過程中，大多數都是以「厚喋」來形容。記得高中時，班上幾位同學在課堂上互虧說：「你真正足厚喋呢！」、「莫閣繼續喋矣」、「無人比你愛喋啦……」由於已是上課時間，班導師此時不知不覺從後門走了進來，他是一位上課很風趣的老師，他看同

學還在聊天，便半開玩笑地說：「攏莫閣喋，閣喋就將喙攏紩紩起來……」這裡的「紩」（thīnn）是指縫紉、縫合，也就是把嘴巴縫起來的意思，和台語的「喋」發音接近，講起來也正好有押韻，令人印象深刻。

這樣說起來，台南跟嘉義的距離雖然說遠不遠，不少住新營的朋友也常往嘉義跑，但「喋詳」跟「厚喋」的講法就有這麼明顯的差異！難怪以前老一輩的會形容說，台語可能過一條溪、一個庄，詞彙腔調就有很微妙的不同了。

Phang Phang 大學時期在嘉義讀書，經她介紹才曉得，原來嘉義在吃的方面也很有特色。說到嘉義，一般會想到最有名的火雞肉飯，除此之外，像是皮蛋豆腐、涼麵、龍鬚菜、涼圓等等，把這些美食小菜搭著「美乃滋」一起吃，正是嘉義的美味祕訣。這跟台南就有很大的差異了。

台語會把「美乃滋」稱爲「白醋」（pe̍h-tshòo）。我腦中思索著在台南吃到美乃滋的情況，大概有兩種，第一種就是在外面吃「白醋筍」，也就是「白醋涼筍」的時候，另一種則是「魚蛋沙拉」，有時遇到比較熱情的老闆可能會被問說：「白醋閣欲加寡無？」若不明就裡，搞不好會誤以爲是要直接加白色透明的醋。但相對於黑色的「烏醋」（oo-tshòo），台語會把白色透明的醋直接稱爲「醋」（tshòo），而不會說「白醋」，因爲「白醋」是指美乃滋，會造成混淆。我想起某次有客人跟我聊到，他曾吩咐小孩去買「白醋」，結果孩子買了一瓶「醋」回來，於是成了他們家的經典趣事。不過，這種「白醋非醋」的特例，如果沒有特別記一下，有時候還眞可能會腦袋打結。

夏天熱到沒食慾，吃涼麵時如果能加點「白醋」，好像真的比較開胃。我跟 Phang Phang 聊到這些「白醋」料理，也一時嘴饞，於是當天便買了現成的涼麵，再自己加點「白醋」過過癮。果然，加了「白醋」的涼麵，味道好像變得比較濃郁了，除了麻醬的口感之外，還多了一點甜甜的味道，感覺這個口味其實也滿適合台南人也說不定？

　　看完這篇，或許之後可以安排嘉義小旅行，除了基本款的火雞肉飯，也別錯過加「白醋」的道地嘉義涼麵喔！

[62] 超能力者
抾膏

羅馬字 ｋｅ̍ｈ-ｋôｒ/ｋô
釋　義 心裡不自在、有疙瘩。

　　我從以前就是超級英雄漫畫迷，相關的影集電影當然是多多益善，所以我對一些超自然或是宇宙神祕的事情也很感興趣。

　　一直都覺得，人或多或少是有超能力的，只是超能力的度量衡由高至低，有所不同。好比有的人特別能耐痛，有的人跑得特別快，有的人骨頭特別軟，這些應該都屬於現實生活的超能力吧？我曾經看過一段國外影片，有人的骨頭軟到可以把自己塞進一個小箱子裡，或是把頭不自然地轉到奇怪的角度，這應該就屬於某一種超能力，又或者說很有潛力，只要觸發了某一個契機就會成為超能力者。

　　舉例來說，蜘蛛人被蜘蛛咬到後，外觀沒有像變蠅人一樣變得那麼可怕，而是單純有了超能力。這或許就是主角本身的潛力，搞不好換個人被咬，情況就大不同，會成為像變蠅人一樣的怪物也不一定。另一個例子是蝙蝠俠，蝙蝠俠的英文是 Batman，但漫畫中有另一個角色叫 Man-Bat，是一隻有蝙蝠外觀的人型怪物，兩個角色對抗時，單元名稱成了「Batman v.s. Man-Bat」，帶有濃濃地諷刺黑色感。撇除編劇或故事創造衝突的需求，單就故事而言，這或許就是個人潛能導致的「一人一款命」，平平都是落難時被蝙蝠群包圍，但 Batman 身著蝙蝠裝，Man-Bat 則變成十足的蝙蝠樣。同樣的道理，如果是換個人被蜘蛛咬到，或許就不是 Spiderman，而是 Man-

Spider 了。不過話說回頭，這些超能力者無論是被迫或自願，最終都得面臨自己內在與超能力共存的課題，如何保持「面對眞實自我」的開放心境，是這些故事最大的核心主軸。

「Batman v.s. Man-Bat」的對比，其實很像「歡樂」v.s.「尷尬」的一線之隔。假設是同樣話題，但說話者的「歡樂磁場」強，那氣氛肯定是「笑詼」跟「五仁」；反之，若說話者的「尷尬磁場」強，那氣氛便會被導向「扴膏」跟「礙虐」。仔細想想，這雖然只是拿捏講話的分寸或讀空氣，但某種程度也是與生俱來的性格或潛力，對有些人來說，應該也是一種超能力了。

「笑詼」（tshiò-khue），通常寫作「笑虧」，但其實「詼」本身就有戲謔的意思，所以才會說：「你莫共我詼矣！」意思就是別取笑捉弄我了。

「五仁」（ngóo-jîn），是形容一個人風趣，會逗人開心，我們可以說：「伊眞五仁。」或者說「激五仁」（kik-ngóo-jîn），用現在說法表示，就是很搞笑的意思。

「五仁」這個說法，據傳有兩種起源。其一是源於「五仁月餅」，因爲用料實在、內餡豐富，如果要搞笑，也的確需要跟月餅一樣有料；另外一說是源自「忤逆」（ngóo-gik），與人唱反調，似乎也是搞笑的特質之一，好比日本「漫才」一搭一唱的雙人組合，一個負責裝傻、一個負責嚴肅，在唱反調的過程中達到搞笑目的。不過不管怎樣，可以確定「五仁」或「激五仁」能用來表達或形容幽默風趣的人或事。

「礙虐」（gāi-giòh），意思是情緒上感到彆扭，或是氣氛尷尬的意思。譬如看到成套的書沒有照順序排放，這時候就可以說看了感

覺很「礙虐」。或者是看到在意的人卻不好意思說話、講起話來語無倫次，也可以說感到「礙虐」。

「扴膏」（kéh-kôr），諧音近似「給格」，意思是心理上一種不自在、不舒服的感覺，跟「礙虐」相比，更多了一些心裡產生疙瘩的意味。

舉例來說，像是人與人之間的互動，有些時候實話反而難以說出口，那種介於說與不說之間的拿捏，或許可以用「說了會不合，不說又會很『扴膏』」來形容，我們可以用這個情境直接記起「扴膏」這個詞。又譬如身上穿的衣服有味道、汙漬甚至起毛球，不馬上換掉就感到渾身不自在，很「扴膏」；或是跟誰有過節，知道他常常偷吃自己的東西，但又怕說出來傷和氣，因此內心糾結，也是「扴膏」。

「扴」本身有「逆」、「阻礙」的意思，比如兩種味道之間有所抵觸、衝突，違逆不受用，就可以說：「這兩種氣味合起來足扴味（kéh-bī）。」甚至形容人礙手礙腳、礙事，也可以說「扴跤扴手」。從這裡也不難想像「扴膏」本身所包含的心理疙瘩程度了。

不過，無論是「歡樂磁場」或是「尷尬磁場」，都是人格特質，也都是獨一無二的，就好比美漫超能力者的特殊能力。與生俱來也好，後天養成也罷，重點還是保持內心的順流自在，才是最重要的吧？

[63] 日常的海產博物館
心適

羅馬字 sim-sik

釋義 有趣的、愉快的，有時用在挖苦對方。

　　說到台灣美食，有一項一定不能錯過的美味，那就是「熱炒」（或說「快炒」），台語則會說「現炒的」（hiān-tshá--ê）。跟「熱炒」很相似的，還有所謂的「海產店」，台語會說「海產擔」（hái-sán-tànn）。

　　通常到「海產擔」，「注文」完合菜之後，會跟老闆討論該怎麼料理。最近在台南安平發現一間海產店，無論是用餐區或是生鮮區，都非常乾淨清爽，店員也很有耐心，不會有讓客人感到焦躁或被催促的氣氛。

　　有一回再次光顧這間海產店，在生鮮區選擇今天該「注文」什麼魚時，正好旁邊有兩位歐巴桑也在挑選，其中一位應該是首次光顧這家店，顯得有點興奮。生鮮區的海鮮種類豐富，雙排檯面上鋪滿冰塊，整齊有序地排放著，前方還有小牌子標示海產名稱，以及建議的烹煮方式，簡直就像是日常的海產博物館。那位歐巴桑似乎選好了魚，開心地說：「這烏貓，看起來足鮮呢！」說完就左顧右盼，看似想要找夾子還是小籃子把魚夾起來，這時她一旁的友人歐巴桑便笑著說：「你嘛足心適，叫服務人員來處理就好矣。」

　　海產店裡的「烏貓」（oo-niau）當然不是喵喵叫的黑貓，而是石斑魚的一種，又稱「烏貓鱠」（oo-niau-kuè）或「烏貓鱠魚」（oo-niau-kuè-hî），因爲其間帶的外觀得名。但台語的「烏貓」也可以用來形容時髦的女子，所以乍聽「烏貓鱨」這個名字，彷彿感受到這條魚有如「水中烏貓姐」一般吸引人的特質。

　　至於「心適」（sim-sik）的本意是有趣或愉快，但用在這裡的意思有點像是在挖苦人。對應華語大概是：「你也眞可愛，竟然會這樣做事情。」、「你嘛幫幫忙。」諸如此類的反諷感。台語除了用「心適」之外，也常會聽人說：「你嘛足古錐，哪會按呢做代誌。」之類的，將「心適」直接以「古錐」來替換。

　　但「心適」眞正的意思，主要還是用在形容人或事的有趣、值得回味，例如我看到這間店時心裡就想：「這間海產擔將魚仔名攏寫甲清清楚楚，實在足心適。」意思是這間店將各式海鮮魚種標示得一清二楚，讓人忍不住仔細一覽所有名稱。畢竟過去多半是「會曉食、袂曉讀」，但現在除了享受這些海味，還能順便學習這些魚類道地的台語名，舉例如下：

1. 鮭魚：紅鰱魚（âng-liân-hî）、鹹鰱魚（kiâm-liân-hî）、三文魚（sam-bûn-hî）。三文魚是取英語 salmon 音譯爲外來語。

2. 旗魚：旗魚（kî-hî）。

3. 鯛魚：台灣鯛，由吳郭魚改良而來，而吳郭魚的台語說法有南洋仔（Lâm-iûnn-á）、南洋鯽仔（Lâm-iûnn-tsit-á）。另外也有以紅目鰱做爲生魚片的大眼鯛，稱爲 âng-bàk-liân。還有一種烏格仔（oo-keh-á），爲黑鯛。

4. 鯡魚：以日語にしん（nishin）做爲台語外來語稱之。

5. 鮪魚：鮪魚大部分直接以日語發音轉化爲台語外來語，例如

鮪魚肉稱為まぐろ（maguro），至於一般做為生魚片的腹肉則稱之為とろ（toro），坊間常直接以 TORO 來代稱鮪魚。台語本身還有「串仔」（tshǹg-á）的說法，至於黑鮪魚則是烏甕串（oo-àng-tshǹg），或結合外來語稱為「烏 TORO」。

6. 鰻魚：鰻（muâ），或說「鰻仔」（muâ-á）。

7. 章魚：一般以日語たこ（tako）做為台語外來語稱之。其他容易搞混的種類，諸如小管仔（sió-kńg-á）、墨賊仔（ba̍k-tsa̍t-á），墨賊仔又稱花枝（hue-ki）。還有軟絲仔（nńg-si-á）、透抽（thàu-thiu）、鰇魚（jiû-hî）等。

8. 竹筴魚：巴郎（pa-lang），也說「四破魚」（sì-phuà-hî）。

9. 鯖魚：以日語做為台語外來語稱サバ（saba），發音近似台語的瘦肉（sán-bah），另也說「花飛」（hue-hui）。

10. 比目魚：扁魚（pínn-hî）。說個有趣的題外話，台語會用「扁魚」一詞來形容夫妻感情很好，例如：「阮爸爸媽媽敢若扁魚，做啥物代誌攏做伙。」

介紹完以上常見的各種魚類台語名，又想起那間海產店的生鮮區檯面，真的是非常「心適」，真正是一間日常的海產博物館呢！

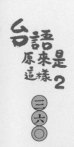

做 tsò 譴 khiàn 損 sńg

[64] 安定訊號
做譴損

羅馬字 tsòr/tsò-khiàn-sńg
釋 義 儀式作法。

　　家裡的陽台，有足夠的空間讓我們種植一些植物。基本款的蘭花是一定要有的，其他還有左手香、蘆薈、芙蓉、虎尾蘭、九層塔，還有專門給巴哥犬溜逗吃的蕃薯葉。比較大欉的有發財樹、血桐，還有持續長高的茄苳樹。雖然目前只是一欉高約一公尺半的迷你小茄苳樹，不過已經足夠讓我們偶爾摘下茄苳葉來「烹雞仔」，這裡也是喜鵲每年會選擇築巢的地方。

　　用茄苳葉「烹雞仔」，這個說法跟技巧源自於我外婆。「烹」（phing）聽起來像是「拼」，小時候最期待的便是聽到外婆說要「烹雞仔」。以前不明就裡，一直覺得是「拼雞仔」，把雞肉拼湊成一道美味佳餚，雞肉搭配茄苳葉來烹煮，總是可以把雞汁跟肉質表現得非常完美可口。後來這個說法跟技巧傳給了我阿母，然後阿母又傳給了我們，除了「烹雞仔」還多了一道「烹魚仔」，將虱目魚用蒜頭或九層塔「烹」煮，悶熟後完全入味，非常鮮美可口。而無論是茄苳葉或是九層塔，都可以取自陽台，這也成為生活樂趣之一。

　　左手香，有人說是「倒手芳」，也有一說是「到手芳」。它的生命力旺盛，簡單插枝，幾天過後便可見證所謂的「無心插柳」，整盆左手香綿綿不絕地繁衍。每次看到這旺盛的生命力，總會期許本土語言及文化也能像左手香一樣，充滿生機、入手傳香，甚至可

以治療「潰爛之處」。另一種充滿生命力的植物則是血桐，某天無意間在發財樹旁邊看到它的存在，推測應該是被風吹來或是小鳥帶來的種子，就此落地生根。短短幾個月的時間，不知不覺長得比發財樹還高，也讓我們見證了植物的韌性。反觀同樣種植在陽台的花朵，好比蘭花或是牽牛花，都必須細心呵護，儘管陽台不是溫室，但果真體現了「溫室裡的花朵」這句話。

曾聽長輩說過，如果花不會開，就拿刷子輕刷已開的花，再拿這個刷子輕刷其他難以照顧的花朵，據說這樣花就會越養越美，台語稱為「換花」（uānn-hue）。我也曾經聽過以前婚嫁有「喜不見喜」的習俗，如果迎娶隊伍在途中偶遇，雙方新娘要互換頭上花飾，破解這個偶遇，這個儀式也叫做「換花」。兩種「換花」目的不同，但都是一種「儀式」，彼此是否有共同的文化來源或影響，不得而知。但所謂的「儀式」則有個專有名稱，叫做「做譴損」（tsòr-khiàn-sńg）。

「做譴損」，意思是作法，又或者泛指一些儀式性的行為。好比我的丈姆會幫人寫輓聯，通常寫好輓聯後，對方都會給個紅包做為禮俗，但若不收對方紅包裡的錢，則會撕下紅包頭的一小角，並將紅包退回給對方，這時就會說：「做一个譴損就好。」

又譬如和衣服有關的轉運儀式，以前老一輩會將嬰兒的衣服倒掛來曬，據說這樣嬰兒會比較好帶。或者家中小孩不好帶，去別人家要一件乖寶寶穿過的嬰兒服回來，這也是一種「換花」，並統稱為「做譴損」。

現在想想，無論是「換花」的儀式，還是各種「做譴損」的撇步，都是一種求心安的表現，也是長輩對子女後輩的關心。不過，如果

能跟種在陽台的植物們一樣，完全不需要這些「做譴損」的行為，也能充分展現驚人生命力，或許更讓人嚮往啊！

　　台灣有句諺語說「放屁安狗心」，意思也有點像是做某些儀式性的行為讓對方安心，不過多了些敷衍的成分。照字面上解讀，像是在狗的面前放個屁，讓狗心安，這是不是台灣古早老一輩的人在解讀狗狗的「安定訊號」呢？「安定訊號」指的是狗狗面對環境變化而產生的一種肢體反應，譬如不停抓癢、打哈欠、舔舌舔鼻、轉過頭等等，這些動作都是狗想要傳達訊息的反應，可以穩定自己或另一隻狗狗的情緒。這也讓我想到，狗與狗之間的習慣是會互聞對方屁股，這也或許是在解讀一些訊息，透過氣味解碼。說不定這句「放屁安狗心」，就是以前的人看到狗能透過聞屁味的行為做為「安定訊號」而推演出來的喔！

　　那麼，「做譴損」算不算是人給自己的一種「安定訊號」呢？無論有沒有效果，希望透過某種儀式性的行為追尋內外平安，應該是人們有意無意的共同目標或最大的心願吧！

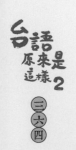

[65] 註定浪漫且神聖的地方
日鬚

羅馬字 jit-tshiu
釋　義 太陽的光芒。

　　日語說「木漏れ日」（こもれび），意思是太陽從樹枝、樹葉之間，照射出來的光影交錯。台語的說法則是「日鬚」（jit-tshiu），就像太陽的鬍鬚，從天空、樹枝之間垂降，照射在這片土地。

　　客語的說法也相當有畫面，會說成「日頭絲」（ngid` teuˇ xi´），也就是從天空灑下一絲一絲的光芒。無論是「絲」還是「鬚」，這些說法都可以感受到陽光從樹木枝葉間穿越，灑在土地上，陣陣光影如夢似幻，透過無形的觸手撫摸著心靈。這樣說來，「日鬚」或「日頭絲」已不只是視覺上明顯的光影對比，這樣的意象還能讓心靈昇華到更高的層次。如果美是一種快感，那無論是「日鬚」或「日頭絲」都肯定是一種美，因為走在光影交錯的地面上時，心裡總會有一種渾身被洗滌的快感。

　　台語的「鬚」說來有趣，很有視覺感，更像是動畫影格的效果。除了字面的鬍鬚，還指細小、零碎貌。譬如「瀾鬚」（nuā-tshiu），就是噴飛出來的口水，似乎能感覺到想出這個語詞的某位古人，透過「動態視覺」看到對面迎面噴飛而來的口水唾沫，漸漸地拉成一條細長狀，而有了「瀾鬚」的感想。「雨鬚」（hōo-tshiu）則是毛毛細雨，滴滴答答的雨絲，遠遠看起來雖像是細長狀的線條，但用柔軟的「鬚」來表示，更顯出其不規律、自然的特性，而非直白地說「雨

線」。這些都可說是古人的一種浪漫情懷吧？

　　高中時，同學之間會將腋毛戲稱爲「高麗鬚」（ko-lê-tshiu）。「高麗」意指人參，而「高麗鬚」就是指人參有著如同鬍鬚的外觀，所以才會用來指稱腋毛。不過我當時覺得很奇怪，爲什麼偏偏要說「高麗鬚」，而不是說「虎鬚」或「鬍鬚」甚至「鯴魚鬚」這種更常見的鬚就好了呢？這三種都比「高麗鬚」還傳神不是嗎？

　　這幾年接觸了台語圖文創作後，某日靈光乍現，或許「高麗鬚」是從「胳下鬚」（koh-ē-tshiu）來的！「胳下空」（koh-ē-khang）是指腋下，由此而來的「胳下鬚」做爲腋下的鬍鬚，當然也就是腋毛了。或許是這個緣故，「胳下鬚」後來才會因爲諧音而被戲稱爲「高麗鬚」吧？

　　有時不免感到古人創造、使用詞彙的邏輯，跟我們現代人有著異曲同工之妙。好比現在華語很流行的「嫑嫑」，其實以前早就有了，那就是將台語的「無愛」合在一起唸成「buaih」，或是將「毋愛」合在一起唸成「mài」。又或者是最近流行的「踹共」，「踹」其實就是台語「出來」的合音「tshuài」，這種合音的例子幾乎是不勝枚舉。

　　說回「日鬚」，台語對於這種光影變化的形容，眞的非常細膩。類似的詞彙像是「貓霧仔光」（bâ-bū-á-kng）以及「拍殕仔光」（phah-phú-á-kng），都是指曙光，形容光線不明、隱隱約約透出的光影。台灣饒舌團體草屯囝仔的台語專輯《貓霧仔光》，同名歌曲便開宗明義地提到這個詞。

　　有此一說，「貓霧仔光」是形容陽光如同貓的雙眼透過雲霧穿透出來，感受到一股炯炯有神的光芒。而「拍殕仔光」的「殕」則

是灰暗不明的意思，例如「殕殕」（phú-phú），灰色的台語便是「殕仔色」，也就是不明朗的色澤。「拍殕仔光」或說「殕仔光」都是指曙光，但「拍殕仔光」說起來更有動態感，好像從天上瞬間打了一盞投射燈，光影非常有層次地穿越雲霧、籠罩著大地。

　　有時候品味著這些台語詞，原本只是單純了解字面上的意思，漸漸深入背後的來源與意義，將之放大且影像化。那種浪漫的感覺，是推動我們繼續前進的催化劑吧！

[66] 挖西牆補東牆
挖壁跤

羅馬字 óo-piah-kha
釋 義 挖角。

    其實我覺得台南人應該要將「挖東牆補西牆」改說成「挖西牆補東牆」比較在地化。為什麼呢？在說明之前，要先說說跟「牆」有關的一些事。

    「牆」的台語通常說「壁」（piah），而和「壁」有關的形容非常之精彩，幾乎到了「桌頂拈柑」（toh-tíng-ni-kam）、信手捻來就能生出詞語的地步。畢竟台語是非常貼近日常的用語，古人在觀察生活所見所聞時，創造出許多生動巧妙的詞彙。透過建材所築出的一道道的「壁」，做為居家生活屏障，又或是區分城裡城外，從古至今都是非常重要的事物。

    而這一道道的「壁」，不只是一種裡外的區隔，也被賦予了指引動線的功能。就連現當代的遊戲設計，也不乏運用「壁」的這種原理，做為角色物理碰撞的一種關聯性，在正常狀態下，角色的設定是不能穿牆的。甚至連河道水路也有跟「壁」相似的功能，除非有船或是橋樑做為通道，否則無法穿越。

    台語有關「壁」的各種用法，可以說將這種區分空間的特性發揮得淋漓盡致。好比「後壁」，代表背靠之後的空間，用來指稱後面、後方，可是台語的「前面」不是說成「前壁」，而是「頭前」。或許正如風水學所謂的「人後壁愛有靠山」，人們總嚮往著身體後

方有個依靠，而腰挺直了便得頭傾、向前走，所以才會以「頭前」稱前方吧？

台南有個名為「後壁」的地方，過去舊稱「侯伯寮」，因位於「頂茄苳」後方，常被稱為「後壁」。日治時期官方更直接將「侯伯寮」改為「後壁寮」。原本因為相對位置而被稱為「後壁」的地區，後來成了地名，從這裡不難理解台語對於「壁」的觀察用運，真的是很生活日常！

台語也有句話說「伸手扙著壁」，就是空間狹小到一出手就碰得到牆壁的意思，也可以引申為窮途末路。如果說連伸手都來不及，直接撞上去，那還有一句「碰壁」（pōng-piah）可用，也就是碰釘子的意思。這句台語已經被華語直接借用很久，甚至還曾經遇過有人問「碰壁」的台語怎麼說哩！其實應該是反過來，「碰壁」的華語就是「碰一鼻子灰」的意思啊！

還有一個詞可能大家比較陌生，那就是「窒壁跤」（that-piah-kha）。「窒」是填補的意思，字面上是指將東西堆擠到牆腳，引申為遭冷落、懷才不遇。反過來說，又有一句話是「挖壁跤」，字面上是挖牆腳，但牆腳除了磚頭外還有什麼好挖的呢？偏偏磚頭是一道牆最重要的組成，所以這句話正是「挖角」的意思。

其實我覺得「挖壁跤」一詞比「挖角」更讓人感到可怕。「挖角」挖的是一個人才，但若是「壁跤」被挖空，城牆則有立即坍塌的可能，會直接造成當下的危機。至於一道被「挖壁跤」的城牆，似乎也難逃被「窒壁跤」的處境，試想一道被逐漸拆解的城牆，最後只能剩下殘餘的遺跡，事實上也就是被冷落、被遺忘了。

話說回頭，為什麼我覺得台南人應該要說「挖西牆補東牆」？

這要先提起安平古堡。現在我們所熟知的安平古堡當中，其實還留有「熱蘭遮城城垣暨城內建築遺構」。過去荷蘭人在這裡建築「熱蘭遮城」做爲貿易及施政中心，接著鄭成功攻下「熱蘭遮城」並遷入，往後這裡又被稱爲「王城」。後來清國時期，開發重心從安平移至府城，「王城」逐漸荒廢，最後甚至陸續遭到拆除，磚塊被「挖壁跤」去修建億載金城。

發現了嗎？將「西方」荷蘭人所築的「熱蘭遮城」，拿去修建「東方」清國的億載金城，這樣不就是「挖西牆補東牆」嗎？

如此的「挖壁跤」，清楚突顯了當時哪座城牆較爲重要。不過「挖壁跤」之後的磚牆被拿去修築億載金城後，爲什麼那些磚頭不會被說是「窒壁跤」呢？我想「窒壁跤」是指隨意屯積不要的東西，甚至像是雜物般堆疊，才有冷落的意思。

換句話說，磚頭擺對了位置就是築城牆，而被隨意丟棄不管，才是被冷落、被遺忘。所謂的人事物不就是這麼一回事嗎？擺在心上的，就是對的、重要的；而早就忘記的，則是被「窒壁跤」的雜物。另外重新置放於優先順位的，則是被「挖壁跤」的要緊事物。

或許我們心中一直存在一道「壁」，無時無刻都在抉擇著大大小小的事物啊！

[67] 南勢跟新市
有字

羅馬字 ū-jī
釋　義 行為超過，故意作對、唱反調。

　　某次阿母跟 Phang Phang 聊到某個話題時突然說到：「……愛較細膩，嘛有可能彼个人是咧有字。」這句話冒出一個關鍵字「有字」（ū-jī），但後來一直逮不到機會發問，當下就先照語意解讀成「有心機」的意思。

　　事後 Phang Phang 問我，偏偏這句話我也沒聽過。「有字」，有什麼字？難道還有別的意思？

　　我一度懷疑是不是自己或 Phang Phang 聽錯，畢竟 Phang Phang 聽錯搞混的案例不勝枚舉。她最著名的聽錯事蹟是將「殕殕」（phú-phú）跟「普普」（phóo-phóo）搞混，「殕殕」是引申為沒有用，有點看不起人的意思，「普普」則是大概、略微的意思。其他案例像是台語的「咱」跟「阮」，「咱」包括聽話者，「阮」不包括聽話者，而「咱」又有敬語的用法，譬如接到一通陌生電話，要跟對方說：「請問咱佗位揣？」至於「阮」除了不包括聽話者之外，多半也會用於女性自稱，有點類似日語的女性自稱詞あたし（atashi），有別於一般的わたし（watashi）。

　　前陣子聽到一首由 UncleWill、Joey、狗人等一群饒舌歌手們合唱的台灣饒舌歌曲〈咱 Lán〉，又勾起了「咱」「阮」之分的回憶。再加上歌詞提到許多關於越來越少聽到台語、傳承台語的憂心，也

讓我們感同身受。裡面有句歌詞是：「……時間若是河流，咱著是沙石，上重要愛追求，保留傳統原樣，古音流傳至今，是台語歷史久長……」或許這也是歌名定調為「咱」的緣故吧？因為這是一首唱給聽眾思考，也讓演唱者自己反思的歌曲。

Phang Phang 的另一個經典聽錯案例，則是把「南勢」跟「新市」搞錯。阿公家在麻豆的「南勢」，靠近總爺糖廠，「新市」則是靠近南科，雖同在台南，但兩個地方隔著一條曾文溪，在截然不同的區域。至於她是怎麼搞錯的呢？如果只聽華語的「南勢」跟「新市」，會誤以為是「南市」跟「新市」，或者「南勢」跟「新勢」。但若是在地人，多半習慣用台語稱「南勢」（Lâm-si）、「新市」（Sin-tshī），「勢」跟「市」的台語音，有如隔著一條曾文溪一般完全不同，自然也就不可能搞混。

阿公家跟外公家雖然都在麻豆，但我們會用很精準的方式做區分。譬如當爸媽說「轉去南勢」，就知道是要回南勢的阿公家，至於說「轉去麻豆」則代表要回外公家。原因是，「麻豆」在當地人的言談中，象徵的是「麻豆鎮上」，而外公家就是在「麻豆鎮上」，即使兩地距離不到兩公里，不過在語言的使用中，依然保留著這些指涉特定地點或距離的習慣和感覺。據阿母說，小時候她們是住在麻豆的總爺糖廠宿舍裡，長大後才搬到「麻豆鎮上」，而小時候從總爺糖廠要到「麻豆鎮上」，總是會說要「出糖廠」、「出總爺」，準備「去鎮上」或「去麻豆」。

這種表現地點或相對位置的說法，也保留到現在。譬如前面說到一條曾文溪兩旁的「南勢」跟「新市」，以曾文溪為準，則還有「溪南」跟「溪北」的地理區分法。過去老台南人習慣用這種說法

來表示縣市分界，麻豆人若要來市區，總是習慣說「去台南」、「欲來去台南」，即便腳下踏的就是大台南的範圍，這也是一種相對距離的感受。

我們覺得這種說法，有點近似於古代所謂「城裡」、「城外」的感覺，即使現今交通便利了，但那種語感可能還保留著。至今仍有朋友會故意開玩笑，把去台南的中西區說成「欲入城」，但這某程度似乎也象徵著，即使在同一個城市中，不同的區域甚至就有可能出現不一樣的在地文化與認同。

拜 Phang Phang 曾經搞錯「南勢」跟「新市」之賜，「有字」這兩個字一直放在我心上，而且後來終於得到答案：「有字」是類似「刁故意」（tiau-kòo-i）之意，就是行為超過，故意作對、唱反調的意思，通常是家中長輩指責晚輩越來越沒有分寸、不知自己幾兩重、開始不聽長輩的話，接近「無站節」（bô tsām-tsat）。譬如說：「你愈來愈有字唉，阿母和你講話閣會應喙，開始會攑跤矣。」雖然是指責晚輩不聽話，卻還不到冥頑過分的程度。至於另一個詞「攑跤」（giah-kha），就是有點得意的樣子，但也沒有到「聳鬚」（tshàng-tshiu）或「囂俳」（hiau-pai）這麼囂張。

老一輩也會以「字深」（jī-tshim），來形容某人學問深、飽讀詩書之意。不過類似的詞「有花字」（ū-hue-jī）卻又是指一個人有心機、居心不良或別有企圖，比方說：「你愛較注意，伊敢若有花字」。

既然有「有字」這樣的講法，那是否有另一個對應的「無字」呢？我目前是還沒聽過，不過這不代表不能夠創造出來。好比呼應上述三個跟「字」有關的形容，「無字」是否可以暗諷人腦袋空空，又或者引申為「做人沒心機」、「單純」的意思呢？譬如說：「放

心啦！我這个人足清白、無字啦，會使信任我。」只要某種形容詞普遍使用後，自然就會變成習慣。

「字」有點像是一個承載文化的壓縮檔，解壓縮之後可以跑出一連串的資料，但壓縮後精準的幾個字就能表達完整的意義。好比一句「好膽莫走」，解壓縮之後可以有「有本事不要離開」、「有膽量就不要走」等多種詮釋，但這些語句無論怎樣直翻為台語，都沒有壓縮後的「好膽莫走」這麼原汁原味。正如同「有字」是「ㄎ故意」的意思，做存心、故意來解釋，但「ㄎ」卻又多了幾分戲弄的味道。

這些台語詞彙，每一個都像是獨一無二的「文化壓縮檔」啊！

無論哪種語言，幾乎都有流行語或新的形容詞在快速更新。即使是平常習慣的語言，如果久久沒跟上潮流，很容易就聽不懂在說什麼了。像是香港粵語有所謂的「潮語」，也就是「潮流語言」，這些「潮語」如果不仔細研究，就算懂粵語，也不一定能馬上理解。那台語是否也能有自己的「潮語」呢？或許「潮語」可以說是「礤話」吧？因為「礤」（tshuah）音近「ㄘㄨㄚ」，本身就有很潮的意思了。快來看看哪些流行語可以用台語來表達吧！

起使態（khí-sāi-thái）、
使態病（sāi-thái-pēnn）：
公主病、王子病

「使態」（sāi-thái）有點類似「張」或是耍任性。若是單指「公主病」或「王子病」，都可以說是「起使態」或「使態病」。

倖呆（sīng-tai）：極度溺愛

「孝呆」是指愚笨至極，照字面上解釋，就是愚孝到一個極限而被形容是蠢呆的地步。台語的「倖」是寵的意思，所以把溺愛到極致的行為，稱為「倖呆」。

煏lê
Piak

煏lê（piak-lê）、
煏戲文（piak-hì-bûn）、
煏戲齣（piak-hì-tshut）：爆雷

「爆雷」的「雷」是源自日語ネタバレ（netabare），也就是劇透的意思。華語寫成「捏它八雷」、「捏它」、「捏」或「雷」。以前說netabare，我就會接著講「給你巴落去」，講起來還真順。「爆雷」有人說是「煏戲文」、「煏戲齣」。「煏」是事情「煏空」的煏，直接講「煏lê」感覺比較順。

興傳
hìng thuân

興傳（hìng-thuân）：瘋傳

現在說的「瘋傳」，是對某件事過於癡迷的態度，台語的「興」就有癡迷於某事的愛好之意，所以稱「興傳」。不直接說成「痟傳」（siáu-thuân），是因為跟「興傳」相比，「痟傳」可以指一些明顯造假或不正確的新聞訊息大量散布的情況。

貧惰步文化
pûn tuānn pōo bûn huà

貧惰步文化（pûn-tuānn-pōo-bûn-huà）：速成文化

「貧惰步」是既有的台語詞，用來形容出懶招、懶人法。我家裡很常用這句話，譬如說：「你閣咧用貧惰步矣。」由此延伸，速成文化也可以說是「貧惰步文化」。

起貧惰
khí pûn tuānn

起貧惰
（khí-pûn-tuānn）：放空

有點懶洋洋、耍賴的感覺。比
如說我今天什麼事都不想做，
單純想偷懶，就可以說：「我
今仔想欲起貧惰。」順道一
提，發呆的台語則是「戇神」
或「趖神」。

同齊路
tâng tsê lōo

相拄路（sior-tú-lōo）、
同齊路（tâng-tsê-lōo）：邂逅

台語的「相出路」是指錯過、
擦身而過，也就是「向左走、
向右走」，那如果是不期而遇
呢？或許可以說是在路上相遇
或因巧合走在同條路上。「相
拄」為相遇，而「同齊」則是
一起、共同之意。

敆音樂
kap im gȧk

敆音樂（kap im-gȧk）：取樣

台語會將抓藥稱為「敆藥仔」，「敆」（kap）有調配組合之意，跟「音樂取樣」的原文sampling意思接近，所以我們把取樣音樂稱為「敆音樂」，詳細可參看本書的〈分頭仔〉單元。

感癬
tsheh siān

感癬（tsheh-siān）：厭世

「厭世」的台語怎麼講？我們覺得可以說「感癬」（tsheh-siān），就是對世界感到「感心」，對周遭人事物又感到很「癬」。又「感」又「癬」，所以說「感癬」。

隔幔
keh mua

隔幔（keh-mua）：隔閡

「幔」是如披風般寬大的
衣物，譬如雨幔、風幔。
有所隔閡，就如同雙方中
間隔了一層「幔」，所以
稱為「隔幔」。

話有隔幔
uē ū keh mua

**話有隔幔
（uē ū keh-mua）：代溝**

講話講不通，台語說「講袂伸
捙」。「伸捙」（tshun-tshia）
是指講話使人能夠明白了解。
反之，如果說話有代溝，有所
隔閡，就可以說是「話有隔
幔」。

用情笘壓
iōng tsîng teh ah

用情笘壓（iōng tsîng teh-ah）、
唱哭調仔：情緒勒索

「笘」本身就有壓的意思，「笘壓」
則是更加強壓下去的力道，如同「壓
落底」之意。所以近年流行的「情緒
勒索」，以比較口語的台語可以說：「你莫用
情，共我壓落底。」舉凡用哭哭啼啼的方
式，或是說一些讓對方難過的話語來威脅對
方答應自己的訴求都算。這種「情緒勒索」，
過去台語類似的說法有「你莫唱哭調仔」或是「你
莫來這套」，所謂的「哭調仔」是指語調悲淒的言辭，
後來多半形容像在唱戲一樣。或許形容人「唱哭調仔」就是更早期的
「情緒勒索」也不一定。

綴伻
tuè phenn

綴伻（tuè phenn）：跟風

跟風的英文是follow suit，源
自撲克牌術語，suit就是撲克
牌的花色，跟著別人打出同樣花
色的牌，最後引申為「跟風」。
台語的「綴」有跟隨之意，至
於「伻」則有分配的意思，
台語有個說法是「仝伻的」
（kāng phenn--ê），說「你和伊是
仝伻的」，意思是同一掛、同一
對的，跟撲克牌的pair意思相同。
所以取其語意，把「跟風」說成「綴伻」，希望自己跟他人是「同一對
的」、「仝伻」的概念。

戲弄節
hí láng tseh

戲弄節（hì-lāng-tseh）、
愚人節（gû-jîn-tseh）、戀人節
（gōng-lâng-tseh）：愚人節

「愚人節」我們都說「戲弄節」，
也有人會直接照讀「愚人節」，但
讀起來會很像「牛奶節」。還有一
種說法是「戀人節」。如果你喜歡
戲弄人，你就是在過「戲弄節」；
如果你被人戲弄了，這樣你過的就
是「戀人節」啦！

稻仔尾賊
tiū á búe tshát

稻仔尾賊
（tiū-á-bué-tshát）：收割王

常聽人說某某又在「收割」
了，誰是「收割王」……那
麼，「收割王」的台語要怎
麼說呢？台語可以說「稻仔
尾賊」。坐享其成、不勞而
獲的台語是「割稻仔尾」，
如果是專門收割、撿尾刀、
專偷人家功勞的人，應該用
「賊」來形容會更合適。
所以說「稻仔尾賊」也就是
「收割王」的意思啦！

欠話
khiàm uē

欠話（khiàm-uē）：詞窮

「厚話」是指話很多，那麼話很少、少到詞窮了，或許可以用「欠話」來形容。講話講到「欠一句上要緊的話」，這樣就是「欠話」。

舒步箍仔
soo pōo khoo á

**舒步箍仔
（soo-pōo khoo-á）：舒適圈**

舒步（soo-pōo），簡單講就是「過太爽」，也就是比舒服還要再放鬆，一般就會用舒步來形容。如果要說「舒適圈」，應該可以加上圓圈的台語「箍仔」來表達，也就是「舒步箍仔」。

[68] 工作日常
消定

羅馬字 siau-tiānn
釋 義 訂金被沒收。

　　平常工作跟刻印有關，有意無意間，也學到了許多相關的台語詞。

　　一般最基本的木頭印章，稱爲「便印仔」（piān-in-á）、「迌迌印仔」（tshit-thô-in-á）或「柴印仔」（tshâ-in-á）；印鑑章則稱爲「印鑑」（in-kàm），印鑑通常較爲貴重，以篆體或吉祥印爲主；將寶寶臍帶鑲嵌在印材內部或頂端，做爲紀念用的，稱爲「肚臍印仔」（tōo-tsâi-in-á）；一般印鑑章使用的「硃砂泥」則稱爲「印色」（in-sik），給橡皮印章蓋的叫「印台」（in-tâi）；橡皮印章的台語是「樹奶印仔」，因爲橡皮的台語便是「樹奶」（tshiū-ni），看似簡單，但印象很深刻；給連續印章使用的油墨稱爲「染」（ni）或單稱「水」（tsuí），連續印章的台語則是「原子印仔」，因爲連續印章就像原子筆一樣，可以持續出墨反覆使用。原子筆如果沒水了，台語也習慣說：「這支筆無染矣。」用染料的染來形容內部的筆墨，文字化之後，顯得特別雅緻。

　　另外還有刻印的機器，每當要把那根針歸位至中心點時，有個說法叫「教針」（kà-tsiam），也就是校正針頭。台語用「教」來表示校正，說起來非常傳神。

　　上述是跟工作專業有關的幾個台語詞彙，但交易結帳時，有些

台語也是很有意思的。比方說支票的台語可以說「tsi-phiò」，但老一輩的人會說「手形」（tshiú-hîng），源於日語「手形」（てがた），是直接將漢字以台語讀出，進而變成台語詞；若要去銀行兌換支票，稱「切」（tshè）支票，而空頭支票的台語稱作「菝仔票」（pát-á-phiò），菝仔即芭樂，在台灣算是一年四季皆盛產的水果，相當普遍平價，或許是因此才以這種水果形容跳票、不值錢的支票。其他相關的詞彙，像是「訂金」的台語可以說「定金」（tiānn-kim），也有「前謝」（tsîng-siā）的說法，譬如：「我前謝先予恁五千。」而另一個最令我們感到有趣的就是「消定」（siau-tiānn）這個詞。

「消定」是指訂金被沒收，譬如說：「伊去予人消定矣。」第一次聽到這個說法，是從長輩那聽到「賒數」（sia-siàu）時一起學到的。「賒數」的意思是指賒帳，同義詞還有「放數」（pàng-siàu）跟「記數」（kì-siàu），而「賒」（sia）這個字也可以單獨使用，譬如說：「這擺和你賒這件商品。」正如同「消定」把「訂金被沒收」這整件事都濃縮進一個詞彙內，非常簡單扼要。

平常時，像是「消定」或「賒」這樣跟買賣、會計相關的說法，幾乎不太會用到，但記得我當時學到這個說法時，腦海中響起的是傳統收銀機台在開啟的瞬間，會發出「噹」的一聲。清脆的響鈴聲，好像隱隱約約發出了這些詞彙的聲音。

聲音就跟氣味一樣，會跟記憶產生某種共鳴，進而影響到對這個詞彙、這件事的感受。好比「消定」的「定」（tiānn），對照聘金聘禮會說「大定」、「小定」，下聘金則說「送定」（sàng-tiānn），這樣的音頻，似乎就象徵著一件重要的約定，把一件事說定、固定住了。巧合的是，台語的「船錨」也是說「碇」（tiānn），發音幾乎

一樣，拋擲船錨則說「拋碇」（pha-tiānn），可以想像成把船錨固定住、座落在某一處。那種 tiānn 的音頻，安穩且固定。甚至連計算金子的量詞也是用「碇」，譬如說「一碇金仔」。這樣回過頭來思考「消定」這個詞，或許又增添更豐富的想像了。

將一件沉甸甸且重要的失物消除，也就是將訂金給沒收，實在相當深刻又有畫面感啊！

[69] 要排列還是排隊
新興

羅馬字 sin-hing
釋　義 興起、流行。

　　每次看新聞報導某新開幕店家吸引大批排隊人潮，不禁佩服排隊者的耐力跟意志力。小時候曾經排過一間新開幕的店，當時家人便笑稱我是在「新興」，才會有這樣的耐心。

　　「新興」（sin-hing）照字面解釋，是指最近興起、正在流行之意，比如「新興的商品」、「新興的產業」。但台語的「新興」又有另一種意思，例如買了新衣服，每次外出時都選擇穿這件新衣，家人可能就會笑說：「有夠新興。」意思是正在興頭上，還充滿著興致。如果不是對某件事物正好在興頭上，應該沒辦法這麼有愛地「排列」等待吧？

　　排隊幾乎是現代人的日常。有人說現代人很喜歡排隊，但難道以前的人就不喜歡排隊嗎？所謂的「不喜歡」排隊，並非指「不用排隊」或「不排隊」，而是說見到大排長龍的隊伍，是會耐著性子乖乖等待，還是索性放棄呢？台語說到「排隊」這件事，現在的人多半是直翻成「排隊」（pâi-tuī），不過老一輩的，例如我外婆說到排隊時，是用「排列」（pâi-liát）來表示。有趣的是，客語也是稱為「排列」（paiˇ lied）。

　　其實若照字面思考，「排列」應該比較符合現在我們所謂的「排隊」。某家店大排長龍，顧客一個接著一個，照順序接遞排著，也

新興

三九一

就是依著同一列的次序排列。這樣的狀況，台語用「排列」來表示似乎較為精準。至於「排隊」則是依序列成為一隊伍，感覺比較像朝會升旗典禮時，一個接一個的人有秩序地成為「隊伍」，卻沒有順序問題。

不過反過來思考隊伍的情況，好像也就沒有那麼絕對了。比如說，如果是車站售票口前的排隊狀況，人潮大概會「排列」成一列有次序的人龍。要是像電影院這樣依照動線回繞的排法，遠看倒也像是「排隊」的隊伍。

那以前的人，是否跟現代人一樣愛「排列」或「排隊」呢？

日治時期，學校教育便有「排隊不爭先恐後」的規範。除此之外，我們從著名的台南文人——許丙丁的相關著作，也能略知端倪。

許丙丁是一位橫跨日治時期到戰後的台南文人，對音樂及電影也有涉獵，曾於月刊刊載章回漫畫《小封神》。日治時期，他曾在《台南新報》發表〈公園步月〉，並且於《台灣警察時報》、《台灣警察協會雜誌》發表漫畫。透過他的作品，我們能一探日治時期的庶民生活風貌。

在他的漫畫作品中，有許多常民生活擺攤的景象，甚至在「虛禮廢止名刺交換會」前，畫著滿滿「排列」的人潮。從這裡除了可以見到「排列」的狀態外，也可以看到「名刺」的使用，早在當時就已經有交換名片的行為，甚至「名刺」這個日語，現在仍持續做為台語外來語被使用著。

這種「排列」的行為，肯定在當時便十分盛行。或許是商業的熱絡，加上學校教育制度化的建立，人們開始習慣有秩序地「排列」。至於願意花那麼多的時間「排列」、不願放棄的心態，或許

就跟「新興」有關吧？

　　「興」（hing）本身有旺盛的意思，譬如說「運途咧興」是指運勢很旺，「生理當興」則是指生意興隆，感覺除了字面的意思外，或許更有那麼一股油然而生的氣氛。現在的流行語說「生火」，大概也就是這種「新興」的感覺。如果不是有「新興」的「生火」之感，又要怎樣這麼有愛地「排列」下去呢？

[70] 白飯魚跟魩仔魚
蓋暢

羅馬字 kài-thiòng

釋 義 活該。

　　學生時代很流行帆布鞋，幾乎到了「人腳一雙」的地步，正好這幾年復古風當道，帆布鞋又流行了回來，甚至復刻早期的運動鞋款，並給了一個頗相襯的名號，叫做「老爹鞋」，顧名思義，就是爸爸們當年做「春風少年兄」愛穿的那雙運動鞋。一度退潮的鞋子如今捲土重來，加上順口的新名字，可見事物一旦冠上了適當的代稱，很容易就能被記在心裡。

　　爲鞋子取個稱號，也不是近代台灣人的專利。好比說同樣的帆布鞋，香港人習慣稱爲「白飯魚」。

　　爲什麼要把白色帆布鞋稱爲「白飯魚」呢？這是因爲粵語的「鞋」（haai4）和「閪」（hai）字諧音，但粵語的「閪」是指女性生殖器。爲了避免「白鞋」、「白 hai」這樣的諧音，加上白色帆布鞋遠看也眞的很像兩尾「白飯魚」，於是便有了此稱呼。

　　白飯魚類似台灣說的「魩仔魚」（but-á-hî），是多種魚苗混合的統稱，而有一種常被做成小魚乾、類似「魩仔魚」的魚則是「鱙仔魚」（jiâu-á-hî）。之所以講到這個，是因爲得知香港把白色帆布鞋稱作「白飯魚」，我想如果台灣長期都慣用台語思考的話，是否有可能把白色帆布鞋稱爲「魩仔魚」呢？那偏灰色的帆布鞋可能就是稱爲「鱙仔魚」了。

不過，香港之所以會有「白飯魚」的說法，主因還是因為「鞋」的諧音不雅，台語的「鞋」可能沒有這方面的問題，才沒發展出類似的戲稱。硬要說的話，「雨鞋」的台語可能有點接近這個邏輯，除了直翻外，雨鞋另外一個台語說法是「靴管」（hia-kóng），因為雨鞋的外觀就是靴子，加上中空宛如管狀的結構，這或許是最類似「白飯魚」之於帆布鞋的說法吧？

　　其他跟鞋子有關的台語，似乎就沒有創造別稱的共識或習慣，反倒是一些農具或工程用機具，台語有許多有趣的稱呼。好比圓鍬，除了「塗挑」（thôo-thio）這種直觀的說法外，也被稱為「鉛筆」（iân-pit），或許是由外觀聯想而來。其實還有許多由外觀或諧音避諱的台語詞，但鞋子的別稱似乎就非常少，可以說幾乎沒有。不曉得是因為鞋子的台語諧音較少忌諱或不雅，還是因為台語在傳播媒體或生活圈的使用狀況所致。例如身穿平底鞋的青少年如果很少使用台語，就不會以台語對平底鞋進行聯想、再命名，當然也就不可能有創新的詞彙。又如果某地有許多青少年習慣把白色平底鞋以台語戲稱為「魛仔魚」（but-á-hî），那也要有一定程度的流通和傳播，才有可能把「魛仔魚」鞋變成口耳相傳的共識。

　　不過，約莫在我國中時期，歌手張惠妹的〈Bad Boy〉正當紅。當時便有不少人戲稱這首歌就是台語的「白布鞋」（pe̍h-pòo-ê）。反過來說，白色布鞋也可以用 Bad Boy 來戲稱囉？

　　除了鞋子以外，監視器的台語稱呼也相當有趣。台語有一種說法是「耙仔機」（pê-á-ki）或「抓耙仔機」（jiàu-pê-á-ki），因為「抓耙仔」就是指打小報告、走漏消息或風聲的人，而監視器把畫面無所遁形地側錄下來，就是扮演這樣的角色，這在饒舌團體草屯囝仔的作品

〈陷阱江湖〉當中就有唱到：「耙仔機，耙仔機，江湖無情，冷血冷吱吱。」

那麼，為什麼「抓耙仔」會有打小報告的意思呢？主要是因為「抓耙仔」本來是指一種長條狀、頂端有手掌或凹槽造型，可以自己拿來抓背癢的工具，又稱為「不求人」。而這種工具的特性就是在你的背後搔啊搔的，好像躲在後面做些什麼；另一方面，它也像是耙草時用來翻地的「耙仔」，把所有潛藏在土裡的東西都翻挖出來，只是打小報告的「抓耙仔」搔的是身上的癢，翻挖的不是土，而是人的背部，也因此才有把打小報告的人說成是「抓耙仔」的說法。

無論是粵語的「白飯魚」也好，或是台語的「耙仔機」也罷，若是只照字面解讀，恐怕很難理解背後要傳達的意義或內涵。這種無法透過字面推測文意的詞語，在華語當中也存在著，我們常說的「活該」就是一例。華語的「活該」，台語除了「死好」之外，還有一種說法就是「蓋暢」（kài-thiòng）。

先說「死好」，台語常戲稱「三好加一好」也就是「四好」，諧音為「死好」，正好和華語的「活該」成為「一死一活」的相反對比。不過從小到大，我很少聽大人說「死好」，反倒比較常講「蓋暢」來對應「活該」。其實「蓋暢」跟「活該」的意思更加接近，因為「蓋」是「很、非常」的意思，而「暢」則是開心雀躍，有一點幸災樂禍的味道。當我們說一個人「樂暢」（lȯk-thiòng）時，是有正面積極、樂觀開朗的性格。但如果講「蓋暢」，就有點像是說對方「愛玩痟」的意味，樂極生悲的感覺盡在不言中。

語言還真的不能單從字面解讀，正如同「白飯魚」一樣。一個

詞彙的形塑看似簡單，但背後象徵的是一定數量的文化共同體，以及他們充滿活力的生命力呢！

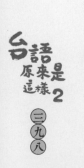

[71] 鱔魚時間
歹聲嗽

羅馬字 pháinn-siann-sàu
釋義 形容人說話的口氣、態度不好或粗暴。

　　台南有很多台語稱之爲「點心擔」的小吃攤。說到「點心擔」的迷人之處，就在於「食巧」而非「食飽」，每一分恰到好處的分量，都正好可以到達口腹之慾的臨界點，食物的分量適中，反而讓人意猶未盡。

　　很多「點心擔」的美食，是用所謂的「生理碗」（sing-lí-uánn）裝盛，「生理碗」的「生理」就是生意買賣的意思，是傳統煮食生意用的瓷器飯碗。到「點心擔」點一碗肉燥飯或米糕，通常店家端上來的飯碗就是「生理碗」，特色是容量小巧、無論是米飯或麵食分量都剛剛好，讓整體視覺跟飽足感都在合理的範圍內。

　　什麼樣的小吃要搭配什麼湯，似乎也有神祕密碼，讓美味升級。

　　好比米粉炒，一定要搭配豬血湯加腸。「米粉炒」充分顯現台語特色，將動詞擺在後方，「炒一盤米粉」成了「米粉炒」，另外還有「白菜滷」及春捲的台語也是一例，「餜一份潤餅」成了「潤餅餜」（jūn-piánn-kauh）。

　　米粉炒的攤子，老闆通常會問：「欲加腸無？」客人通常都直接說「加腸」，而不會說「加腸仔」。有一次各點了有「加腸」跟「沒加腸」的豬血湯，送上桌之後，發現有「加腸」的碗比較高一點，老闆解釋是因爲另一碗外觀高度比較高、長，代表「加腸」的諧音，

忙起來要結帳時，看桌子的碗盤才不會搞混。

　　豬血湯，通常裡面會有白色的塊狀物，華語叫做「豬油泡」或「豬油泡仔」，台語說「豬油粕仔」（ti-iû-phorh-á）。「粕」，是指炸過失去水分的殘渣，而「豬油粕仔」顧名思義，就是豬油炸過之後剩下的「粕」。豬血湯裡的「豬油粕仔」是好東西，簡直可稱之為烹飪外掛，無論是炒飯炒菜，只要加上一點都會變得很好吃。豬血湯搭配酸菜，如果又加上幾顆「豬油粕仔」，風味和層次會更加鮮明。

　　另外，如果說到嘉義會聯想到火雞肉飯，那屬於台南的飯類小吃經典，應該就是蝦仁飯了吧？

　　賣蝦仁飯的「點心擔」，通常桌上會放一罐醃漬黃蘿蔔，台語說 thà-khû-am，源自日語的「沢庵」（takuan）。巧合的是，日文的 an 跟台語的「醃」（am）發音接近，也都是醃漬的意思，譬如「醃肉」或「醃瓜仔」，都是用這個「醃」。吃蝦仁飯搭配 thà-khû-am，半熟鴨蛋黃滿溢在 thà-khû-am 跟蝦仁飯之間，再加上一碗鴨蛋湯，更是美味。

　　台南也是鱔魚意麵重鎮，乾炒勾芡各有千秋。鱔魚意麵通常會搭配麻油豬心湯，點餐的時候如果說要「麻油豬心」，老闆會接著問：「湯的？乾的？」各有不同滋味。有一間鱔魚意麵被我們列為口袋名單第一名，只營業到下午一點半，某次我們享用鱔魚意麵時，一位歐巴桑走到攤位前說：「我欲包鱔魚意麵……」

　　歐巴桑話還沒說完，老闆直接回說：「阮歇睏矣哦！」

　　歐巴桑看著自己的手錶反問：「恁毋是到點半？閣有十分鐘呢。」

但老闆指牆上的時鐘說：「阮遮時間四十分矣。」

當下，我相信在場客人都默默抬頭看了時鐘，果然已經一點四十分了，從此我們都戲稱是「鱔魚時間」。

不少「點心擔」的老闆都滿有個性的。哪間老闆「足性格」，哪間老闆似乎有點「歹聲嗽」，久而久之，甚至成為口耳相傳的特色。

「歹聲嗽」（pháinn-siann-sàu），通常是形容人說話的口氣或態度不好，另外有一個意思相近的詞叫做「烏昏面」（oo-hng-bīn）。雖然「烏昏面」也有態度不佳的語感，但「烏昏面」的人未必是真的脾氣不好，或許只是天生臉部表情較僵化，才會被人誤解為「烏昏面」，或是被形容成看起來「烏昏烏昏」的。簡單來說，「烏昏面」的人有可能是外剛內柔，當然也可能是真的脾氣很差，涵蓋的意義較多，但「歹聲嗽」則是很直接地呈現了個人的負面情緒。「聲嗽」（siann-sàu）本身就有「口氣」的意思，所以照字面看來，「歹聲嗽」就好比將不好的聲音一股作氣、一口氣「嗽」（sàu）出來，如果有畫面的話，大概會是大聲咳出一肚子脾氣的樣子。所以「歹聲嗽」基本上就是已成為既定現象的負面情緒。另外還有一個詞是「肺火叫」（hì-hé-kiò），形容暴跳如雷的樣子，譬如說：「逐擺討論代誌，講無幾句，伊就開始肺火叫。」

無論是「歹聲嗽」或「肺火叫」，都是直接表現出負面情緒的狀態。相較之下，「烏昏面」就還有點面惡心善的可能性。雖然大家都希望帶著好心情享受美食，但換個角度想，這些性格出名的「點心擔」，久了也會成為某種貼近在地的情懷。這些口耳相傳的拼圖，一片一片成為在台南聽到的許許多多讓人回味難忘的記憶。

工程用車

工程車輛雖然不是一般人日常生活會接觸到的工具，但在台灣的道路巷弄間並不算罕見。我們過去也聽過許多人對這些車種的台語說法充滿疑問，所以希望透過這個機會，整理出下列工程車種的說法。

秤仔車
（tshìn-á-tshia）

亦即「吊卡車」。秤仔本身就是秤重的工具。

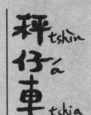

鴨母車（ah-bór-tshia）

亦即「水泥泵浦車」。鴨母車也會用來稱呼「偉士牌」。

干樂（kan-lȯk）

亦即「水泥車」。干樂是「陀螺」的意思，因為水泥車後面的造型看起來很像陀螺。另外一種講法是直接把日語的「生コン」（namakon）做為台語外來語來使用，稱為「拉媽控」（na-ma-khòng）或「拉媽控車」。

豬哥仔（車）
ti kor á

豬哥仔（ti-kor-á）

或是說「豬哥仔車」，也就是「推高機」。推高機前面的兩支貨攕仔，就叫做「豬哥牙」，相當有趣。

山貓 × 削肉
suann niau siah bah

山貓（suann-niau）

就是「鏟土車」，通常是小型的。比較大台的鏟土車叫做「削肉」（siah-bah），源自於shovel。

攄仔車
lu á

攄仔車（lu-á-tshia）

或是說「攄仔」，就是「推土車」的意思。

鴨ah
頭thâu
仔á

鴨頭仔（ah-thâu-á）

就是怪手前端裝上「破碎機」，
看起來就像鴨頭一樣。

鋼kǹg
牙gê

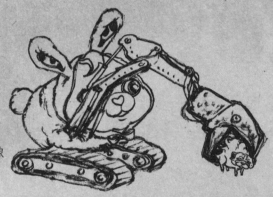

鋼牙（kǹg-gê）

或是講「大鋼牙」，真正很像
牙齒呢！

怪kuài
手tshiú

怪手（kuài-tshiú）

就是「挖土機」。

鐵輪
thih liân

鐵輪（thih-liân）

就是「壓路機」，也可以叫
ローラー（road roller）。

蟳仔車（tsîm-á-tshia）

就是「拖吊車」。因為車後
的拖吊設備像是螃蟹的鉗
子，所以有人將這種車叫做
「蟳仔車」。另有一種可以
將車輛吊去車後斗的，叫做
「全吊」。

蟳 tsîm
仔 á
車 tshia

水龍車
tsuí lîng tshia

水龍車（tsuí-lîng-tshia）

也就是「消防車」，或者說是「拍火車」
（phah-hué-tshia）。某次看電視新聞報導火
災，記者採訪民眾說到「水龍車」這個詞，
結果字幕寫成「靈車」，實在差很多。

本書引用歌詞出處表

歌手／歌名	著作與出版發行資訊
ShiGGa Shay〈Paiseh〉	Song produced by OkayJJack & Mike Gao ／Written by ShiGGa Shay
黃明志〈咱是好兄弟〉	詞曲：黃明志／專輯：亞洲通緝／發行：華納唱片
顏冠希JY〈魔神仔〉	詞曲：顏冠希JY／專輯：108臺灣原創流行音樂大獎得獎作品輯／出版：文化部影視及流行音樂產業局
阿雞、林夢凡〈話畫台南〉	作詞：林泰佑、黃偉豪／作曲：施勁瑋、林泰佑／出版：臺南市政府
阿雞〈喜歡台南〉	詞曲：阿雞GLOJ
盧廣仲〈魚仔〉	詞曲：盧廣仲／專輯：魚仔／發行：添翼創越工作室
流氓阿德〈流氓〉	詞曲：阿德／專輯：流氓／發行：水晶唱片
血肉果汁機〈上山〉	詞曲：血肉果汁機／專輯：GIGO／發行：禾廣
李英宏、蛋堡〈水哥〉	詞曲：李英宏、杜振熙／專輯：水哥2020／發行：顏社
流氓阿德〈我有一個夢〉	詞曲：流氓阿德／編曲：董事長樂團／發行：紫米音樂
草屯囝仔〈職業寫手〉	詞曲：草屯囝仔
施文彬〈誰是老大〉	作詞：武雄／作曲：蘇麗／編曲：鐘興民／專輯：文跡奇武－按怎死都不知／發行：神采製作有限公司
草屯囝仔〈我只想欲安靜〉	詞曲：李明倉、陳樞育／編曲：G.K.高偉庭／專輯：貓霧仔光／發行：混血兒娛樂×環球唱片
趙倩筠〈份家啦〉	詞曲：趙倩筠／編曲：黃培育／專輯：花草人生客語創作專輯
濁水溪公社〈南榕的遺言〉	作詞：唐捐、黑金／編曲：王希文／專輯：鄉土·人民·勃魯斯／發行：禾廣
濁水溪公社〈嬰仔歌〉	作詞：改編傳統台灣童謠／編曲：柯仁堅、蔡仲軒、蘇玠亘／專輯：裝潢／發行：禾廣
表兒〈西瓜靠大邊〉	詞曲：賴裕仁／編曲：表兒／專輯：表兒／發行：種子音樂有限公司
茄子蛋〈浪流連〉	詞曲：黃奇斌／編曲：茄子蛋／專輯：我們以後要結婚／發行：艾格普蘭特艾格
鄭宜農、陳嫺靜〈街仔路雨落袂停〉	詞曲：鄭宜農、陳嫺靜／編曲：何俊葦、王昱辰／專輯：給天王星／發行：火氣音樂
鍋爐爺爺 Piper Peng〈嘉義仔〉	作詞：彭冠輔／beat：[FREE] No Way Out - Hard Old School Hip Hop Instrumental
Uncle Will × Joey × 狗人〈咱Lán〉	詞曲：Uncle Will、Joey、狗人／Beat：DOOM & RZA - Books Of War (instrumental)
草屯囝仔〈陷阱江湖〉	詞曲：李明倉、陳樞育／編曲：G.K.高偉庭／專輯：貓霧仔光／發行：混血兒娛樂×環球唱片

國家圖書館出版品預行編目 (CIP) 資料

台語原來是這樣 . 2：台南生活的台語日常 = TÂi Gí：
guân-lâi sī án-ne/ 大郎頭著；禾日香繪 . -- 臺北市：前
衛出版社, 2021.06
　面；　公分
ISBN 978-957-801-952-2(平裝)

1. 臺語　2. 讀本

803.38　　　　　　　　　　　　110009588

台語原來是這樣 2

台南生活的台語日常

作　　者　大郎頭（Da Lang）
繪　　者　禾日香（Phang Phang）
責任編輯　鄭清鴻
美術編輯　Nico
封面設計　禾日香（Phang Phang）
出版補助　文化部 本土語言創作及應用補助

出 版 者　前衛出版社
　　　　　地址：104056台北市中山區農安街153號4樓之3
　　　　　電話：02-25865708｜傳真：02-25863758
　　　　　郵撥帳號：05625551
　　　　　購書・業務信箱：a4791@ms15.hinet.net
　　　　　投稿・代理信箱：avanguardbook@gmail.com
　　　　　官方網站：http://www.avanguard.com.tw
出版總監　林文欽
法律顧問　南國春秋法律事務所
總 經 銷　紅螞蟻圖書有限公司
　　　　　地址：114066台北市內湖區舊宗路二段121巷19號
　　　　　電話：02-27953656｜傳真：02-27954100

出版日期　2021年6月初版一刷
定　　價　新台幣550元

最新出版與活動訊息，請鎖定前衛出版社臉書官方粉專　f 前衛出版社 🔍